职业院校素质创新教育规划教材

诵读经典

第二版

蒋祖国 张波 主编

吴凤莲 蒋玲 孙杰利 莫春敏 张凤玲 副主编

化学工业出版社

·北京·

本书为创新素质教育而编写。全书共分四篇：第一篇中国古代诗文精选，第二篇中外现代诗歌精选，第三篇中外现代散文精选，第四篇诵读范例，附有朗诵音频资料。

精选的作品，或记事或抒情，或写景或议论，短小精悍，易于诵读。可谓字字珠玑，篇篇华章，诵读后让人启迪心智、丰富思想、震撼心灵。

每篇选文后附有"诵读导航"，旨在引导读者了解诗文的作者、写作背景、主旨、特点，把握诵读作品的情感基调，以便正确诵读。

"诵读示例"具体分析作品的诵读技巧，并附有朗诵音频资料，让学生们举一反三，加以借鉴，学会诵读。

本书突出了可读性、针对性、教育性、实践性等特色，可作为职业院校素质教育教材，也可作为职业院校文学赏析教材，还可以作为社会各行业人员读诵的自学教材。

图书在版编目（CIP）数据

诵读经典/蒋祖国，张波主编． —2版． —北京：
化学工业出版社，2019.9 （2024.9重印）
职业院校素质创新教育规划教材
ISBN 978-7-122-34784-8

Ⅰ．①诵…　Ⅱ．①蒋…②张…　Ⅲ．①文学欣赏-
世界-高等职业教育-教材　Ⅳ．①I06

中国版本图书馆CIP数据核字（2019）第133632号

责任编辑：韩庆利　　　　　　　　　　　　　　装帧设计：史利平
责任校对：杜杏然

出版发行：化学工业出版社（北京市东城区青年湖南街13号　邮政编码100011）
印　　装：河北延风印务有限公司
787mm×1092mm　1/16　印张14　字数303千字　2024年9月北京第2版第7次印刷

购书咨询：010-64518888　　　　　　　　　售后服务：010-64518899
网　　址：http://www.cip.com.cn
凡购买本书，如有缺损质量问题，本社销售中心负责调换。

定　　价：32.00元

职业院校创新素质教育规划教材

《诵读经典》第二版
编写人员名单

主　编：蒋祖国　张　波

副主编：吴凤莲　蒋　玲　孙杰利　莫春敏　张凤玲

参　编：廖善维　袁艳琴　黄欢成　张　袁　沈豆子　张文林

　　　　沈民权　闵江红　吴兴排　罗施兵　严翊铷　宋丽莉

　　　　黄俏琳　黄芳云　丘　菊　苏　菲　黄俊强　樊臻霖

朗　诵：沈豆子　吴国堃

今天距上次我得蒋祖国先生将令，为《诵读经典》撰写前言《我们，在路上》整四年。四年，大河奔流，鱼龙竞游。今天我又得蒋祖国先生令，为《诵读经典》（第二版）作前言，同时正在观看中央电视台由我大学同班同学李潘与她的搭档白岩松主持的《中国好书》节目。

与读者见面仅四年的《诵读经典》，从出版发行的数据统计，已让超万人受益于诵读。四年来，我行程万里，应邀在很多会议论坛上发表涉及本书的演讲《腹有诗书气自华，心无旁骛灵致远》，蒋祖国先生与其同仁更是苦心孤诣融"课程思政""信息化建设"于诵读课程教学中。

四年，受益最大的当然是读者。《诵读经典》，开卷有益！诵读有益！

《诵读经典》（第二版），依据四年的教学实践和读者反馈，主要考虑了以下几点做修订：

一、精简篇目。考虑到学生在校周期与读者有效的诵读时间，我们用删、移、留、换的方式，精简了第一版30篇诗文。

二、实现"有声化"。诵读的前提是理解原文，此次修订，我们配套了有声示范诵读，这对读者使用本书和理解经典作品会有很大帮助。

三、创建教材"新形态"。新形态，不仅能提供声音，也能提供图像。实现"纸质化"与"数字化"的完美结合，经典作品能从"云"中走进我们的心中，再从我们心中飞向云中。

朋友，人生路既有当下也有远方，但无论当下还是远方，诵读将始终伴随着你。

诵读经典，既可以让我们"认真地年青"，也可以让我们"优雅地老去"。

腹有诗书气自华，心无旁骛灵致远。

——我们，仍在路上。

2019年4月23日于德阳

今天，我除了上课，还须做两件事：一是遵好友蒋祖国先生将令，为这本《诵读经典》撰写前言；二是观看中央电视台由我大学同班同学李潘主持的《中国好书》节目。李潘是中央电视台被观众誉为"最知性"的优秀主持人之一，她主持的《读书时间》《半边天》深为观众们喜爱，我更喜爱她介绍的好书，从同窗时代听她读三毛的《梦里花落知多少》《哭泣的骆驼》起，我就很欣赏她声情并茂的诵读。

今天，又一个4月23日——"世界读书日"。从1995年，联合国教科文组织确立这个特殊日子以来，正好走过二十个年头。这项旨在让各国政府与公众更加重视阅读这一传播知识、表达观念和交流信息的形式，藉此鼓励世人，尤其是年轻人去发现阅读的乐趣，增强对版权的保护意识，并向那些为促进人类社会和文化进步做出不可替代贡献的人表示敬意的活动，加快了世界的进步。

今天又是诸多值得人们崇敬的巨匠们的纪念日：英国莎士比亚、西班牙塞万提斯和秘鲁加西拉索·德·拉·维加逝世399年；法国著名作家如莫里斯·德鲁昂，美国作家纳博科夫，冰岛小说家、诺贝尔文学奖得主拉克斯内斯等的出生或辞世。

从世界范围来看，因阅读而来的"读书节"已成为社会的文化景观：1926年西班牙国王创立"西班牙自由节"，把伟大作家塞万提斯的生日10月7日作为这个节日的庆祝日，1930年庆祝活动移到4月23日——塞万提斯的忌日，碰巧这一天也是加泰罗尼亚地区大众节日"圣乔治节"，传说中勇士乔治屠龙救公主，并获得公主回赠一本象征着知识与力量的书，故每逢此日，加泰罗尼亚的妇女们就给丈夫或男友赠送一本书，男人们则会回赠一枝玫瑰花。赠人玫瑰，手留余香；遗人好书，山高水长。

因阅读而来的诵读，一直是促进社会与人类自身进步的风潮！

程颐说："外物之味，久则可厌；读书之味，愈久愈深。"

培根说："读书不是为了雄辩和驳斥，也不是为了轻信和盲从，而是为了思考和权衡。"

孟德斯鸠说："喜欢读书，就等于把生活中寂寞的辰光换成巨大享受的时刻。"

我们，在路上

《诵读经典》（第一版）前言

伏尔泰说："每当第一遍读一本好书的时候，我仿佛觉得找到了一个好朋友；而当我再一次读这本书的时候，仿佛又和老朋友重逢。"

"士农工商"，古老的中国一直把读书人放在最重要的位置。中国人习惯将"受学校教育"称为"读书"，因此，学校里的读书人不读书就是不务正业。

读书是一种塑造与改变人命运的习惯。读书不仅可以塑造一个人的精神气质，也会影响一个民族的精神气质。

书籍是人类知识和文化的载体，是人类智慧的结晶。它能够突破时间和空间的限制，实现跨时空的知识和文化传播、交流与融合。所以，高尔基说，"书籍是人类进步的阶梯"。

读书可以修身养性，同时也是人类传递与获取知识信息的重要手段，是人类吸取精神能量的重要途径。1972年，联合国教科文组织向全世界发出了"走向阅读社会"的号召，希望社会成员人人读书，让读书成为人们日常生活不可或缺的部分。

"风声雨声读书声"，被人们称为自然与人类间最美妙入耳的天籁，这"读书声"就是有声音的阅读，这种阅读，如果我们再点缀上一些艺术元素就被称为"诵读"，古中国人称其为"吟诵"。这种"诵读"，除了传播与继承文化，更可以创造新的文化，因此，唐代诗人卢延让在《苦吟诗》里说"吟安一个字，捻断数茎须"；裴说在《洛中吟》里也说"莫怪苦吟迟，诗成鬓亦丝"；杜甫在《解闷》里说自己"新诗改罢自长吟"；清人孙洙更直接说"熟读唐诗三百首，不会吟诗也会吟"。

今天，我们把运用声音技巧、有感情且带有态势、具有创造性的艺术化的有声阅读方式称为诵读，我们也常用诵读，把国学、西学等一切人类创造的经典文史篇章宣于口，默于心，将世界美文放于声，浸于情，以情托声、声中传情。

正是带着强大的文化使命感，我们才从古今中外浩如烟海的书籍里，搜罗这25万字的各类作品，编辑出供青年朋友们享用的文化饕餮盛宴——《诵读经典》。

腹有诗书气自华，心无旁骛灵致远。朋友，人生路既有当下也有远方，但无论当下还是远方，诵读始终将伴随着你。

——我们，在路上。

2015年4月23日于成都

目录

**深情
厚谊**

098　第二篇　中外现代诗歌精选

中国
诗歌

126　第三篇　中外现代散文精选

161　第四篇　诵读范例

**诵读的
步骤**

分角色
朗诵示例

第一篇

中国古代诗文精选

蒙学今诵

1. 千字文 （节选）【南朝】周兴嗣

　　天地玄黄，宇宙洪荒。日月盈昃（zè），辰宿列张。寒来暑往，秋收冬藏。闰余成岁，律吕调阳。云腾致雨，露结为霜。金生丽水，玉出昆冈。剑号巨阙，珠称夜光。果珍李柰（nài），菜重芥姜。海咸河淡，鳞潜羽翔。龙师火帝，鸟官人皇。始制文字，乃服衣裳。推位让国，有虞陶唐。吊民伐罪，周发殷汤。坐朝问道，垂拱平章。爱育黎首，臣伏戎羌（qiāng）。遐迩一体，率宾归王。鸣凤在竹，白驹食场。化被草木，赖及万方。

　　盖此身发，四大五常。恭惟鞠养，岂敢毁伤。女慕贞洁，男效才良。知过必改，得能莫忘。罔（wǎng）谈彼短，靡恃（mí shì）己长。信使可复，器欲难量。墨悲丝染，诗赞羔羊。景行维贤，克念作圣。德建名立，形端表正。空谷传声，虚堂习听。祸因恶积，福缘善庆。尺璧非宝，寸阴是竞。资父事君，曰严与敬。孝当竭力，忠则尽命。临深履薄，夙兴温凊（qìng）。似兰斯馨，如松之盛。川流不息，渊澄取映。容止若思，言辞安定。笃初诚美，慎终宜令。荣业所基，籍甚无竟。学优登仕，摄职从政。存以甘棠，去而益咏。乐殊贵贱，礼别尊卑。上和下睦，夫唱妇随。外受傅训，入奉母仪。诸姑伯叔，犹子比儿。孔怀兄弟，同气连枝。交友投分，切磨箴（zhēn）规。仁慈隐恻，造次弗离。节义廉退，颠沛匪亏。性静情逸，心动神疲。守真志满，逐物意移。坚持雅操，好爵自縻（mí）。

【释义】 ▶▶

　　苍天是黑色的，大地是黄色的；茫茫宇宙辽阔无边。太阳有正有斜，月亮有缺有圆；星辰布满在无边的太空中。寒暑循环变换，来了又去，去了又来；秋季里忙着收割，冬天里忙着储藏。积累数年的闰余并成一个月，放在闰年里；古人用六律六吕来调节阴阳。云气升到天空，遇冷就形成雨；露水碰上寒夜，很快凝结为霜。金子生于金沙江底，玉石出自昆仑山岗。最有名的宝剑叫"巨阙"，最贵重的明珠叫"夜光"。果子中最珍贵的是李和柰，蔬菜中最看重的是芥和姜。海水咸，河水淡；鱼儿在水中潜游，鸟儿在空中飞翔。龙师、火帝、鸟官、人皇，这都是上古时代的帝皇官员。仓颉，创造了文字；嫘祖，让人们穿起了遮身盖体的衣裳。唐尧、虞舜英明无私，主动把君位禅让给功臣贤人。安抚百姓，讨伐暴君，有周武王姬发和商君成汤。贤君身坐朝廷，探讨治国之道，垂衣拱手，和大臣共商国是。他们爱抚、体恤老百姓，四方各族人都归附向往。远远近近都统一在一起，全都心甘情愿拥戴贤君。凤凰在竹林中欢鸣，白马在草场上觅食，国泰民安，处处吉祥。贤君的教化滋润大自然的一草一木，恩泽遍及天下百姓。

人的身体发肤分属于"四大"，一言一动都要符合"五常"。恭蒙父母亲生养爱护，不可有一丝一毫的毁坏损伤。女子要思慕那些为人称道的贞妇洁女，男子要效法有德有才的贤人。知道自己有过错，一定要改正；适合自己干的事，不要放弃。不要去谈论别人的短处，也不要依仗自己有长处就不思进取。说过的话要兑现，要能经受时间的考验；器度要大，让人难以估量。墨子为白丝染色不褪而悲泣，《诗经》中因此有《羔羊》篇传扬。高尚的德行只能在贤人那里看到；要克制私欲，努力仿效圣人。养成了好的道德，就会有好的名声；就像形体端庄，仪表也随之肃穆一样。空旷的山谷中呼喊声传得很远，宽敞的厅堂里说话声非常清晰。祸害是因为多次作恶积累而成，幸福是由于常年行善得到的奖赏。一尺长的璧玉算不上宝贵，一寸短的光阴却值得去争取。供养父亲，侍奉国君，要做到认真、谨慎、恭敬。对父母孝，要尽心竭力；对国君忠，要不惜献出生命。要"如临深渊，如履薄冰"那样小心谨慎；要早起晚睡，让父母冬暖夏凉。能这样去做，德行就同兰花一样馨香，同青松一样茂盛。还能延及子孙，像大河川流不息；影响世人，像碧潭清澈照人。仪态举止要庄重，看上去若有所思；言语措辞要稳重，显得从容沉静。修身、求学，重视开头固然不错，但能始终如一，坚持到底更难能可贵。这是一个人一生荣誉与事业的基础，有了这个根基，荣誉与事业的扩展才没有止境。学习出色并有余力，就可走上仕道做官，担任一定的职务，参与国家的政事。召公活着时曾在甘棠树下理政，他过世后老百姓对他更加怀念歌咏。选择乐曲要根据人的身份贵贱有所不同；采用礼节要按照人的地位高低有所区别。长辈和小辈要和睦相处，夫妇要一唱一随，协调和谐。在外面要听从师长的教诲，在家里要遵守母亲的规范。对待姑姑、伯伯、叔叔等长辈，要像是他们的亲生子女一样。兄弟之间要彼此关爱，因为同受父母血气，犹如树枝相连。结交朋友要意气相投，学习上共同切磋，品行上互相告勉。仁义、慈爱，对人的恻隐之心，在最仓促、危急的情况下也不能抛弃。气节、正义、廉洁、谦让的美德，在最穷困潦倒的时候也不可缺少。品性沉静淡泊，情绪就安逸自在；内心浮躁好动，精神就疲惫困倦。保持纯洁的天性，就会感到满足；追求物欲享受，天性就会转移改变。坚持高尚的情操，好的职位自然会为你所有。

2. 破窑赋　【北宋】吕蒙正

天有不测风云，人有旦夕祸福。蜈蚣百足，行不及蛇；雄鸡两翼，飞不过鸦。马有千里之程，无骑不能自往；人有冲天之志，非运不能自通。

盖闻：人生在世，富贵不能淫，贫贱不能移。文章盖世，孔子厄于陈邦；武略超群，太公钓于渭水。颜渊命短，殊非凶恶之徒；盗跖（zhí）年长，岂是善良之辈。尧帝明圣，却生不肖之儿；瞽叟（gǔ sǒu）愚顽，反生大孝之子。张良原是布衣，萧何称谓县吏。晏子身无五尺，封作齐国宰相；孔明卧居草庐，能作蜀汉军师。楚霸虽雄，败于乌江自刎；汉王虽弱，竟有万里江山。李广有射虎之威，到老无封；冯唐有乘龙之才，一生不遇。韩信未遇之时，无一日三餐，及至遇行，腰悬三尺玉印，一旦时衰，死于阴人之手。

有先贫而后富，有老壮而少衰。满腹文章，白发竟然不中；才疏学浅，少年及第登科。……蛟龙未遇，潜水于鱼鳖之间；君子失时，拱手于小人之下。……天不得时，日月无光；地不得时，草木不生；水不得时，风浪不平；人不得时，利运不通。……

吾昔寓居洛阳，朝求僧餐，暮宿破窑，思衣不可遮其体，思食不可济其饥，上人憎，下人厌，人道我贱，非我不弃也。今居朝堂，官至极品，位置三公，身虽鞠躬于一人之下，而列职于千万人之上，有挞百僚之杖，有斩鄙吝之剑，思衣而有罗锦千箱，思食而有珍馐百味，出则壮士执鞭，入则佳人捧觞（shāng），上人宠，下人拥。人道我贵，非我之能也，此乃时也、运也、命也。

嗟呼！人生在世，富贵不可尽用，贫贱不可自欺，听由天地循环，周而复始焉。

【释义】 ▶▶

天上有预测不到的风云，人也会有早晚遇到的灾祸与喜事。蜈蚣有上百只足，但却不如蛇行走得快。家鸡翅膀虽然很大，却不能像鸟一样飞行。马虽然能行走千里之遥，但没有人驾驭也不能自己到达目的地。人有远大的理想，但缺乏机遇就不能实现。

所以说，人生在世，富贵了不能放纵享乐，贫贱不能改变志向。孔子的文章盖世无双却被困于陈国。拥有文韬武略的姜子牙也曾迫于生计在渭水垂钓。（孔子的学生）颜回虽然早亡，绝非凶恶之人。而盗跖虽然长寿，却不是善良的人。尧、舜虽然英明，却生下顽劣不肖的儿子。舜的父亲瞽叟顽固又愚蠢，反而生下舜这样圣贤的儿子。张良原来只是一个老百姓，萧何也仅是县里的小官。晏子的身高没有五尺，却承担了齐国宰相的职务。孔明居住在茅草屋里，（出身贫寒）却担任了蜀国的军师。项羽虽然强大，但却在乌江自杀；刘邦虽然弱小，最后却取得了国家政权。汉将李广虽有射虎（虎石）的威名，却终身都未获得封侯。冯唐虽有治国安邦的才能，但到老都没有做官的机会。韩信未遇明主刘邦时，一日三餐难以保障，等到遇到明主刘邦后被封为相国。一旦时运不好，被小人陷害致死。

有人先富裕后贫穷，也有人先贫穷后富裕。具有高深学问的人，头发白了都得不到任用；能力差学问浅的人，很年轻就被任命了重要的官职。蛟龙没有获得机遇，只能藏身于鱼和虾的群体里。正直的人没有机会时，只能屈从于小人。天气不好时，就见不到太阳和月亮的光辉；土地没有合适的气候条件时，草木都不会生长。水得不到恰当的环境时，就会掀起疾风巨浪；人若得不到机遇时，利益和运气都不畅通。

以前，我在洛阳，白天到寺庙里吃斋饭，晚上住在寒冷的窑洞里。所穿衣服不能避寒，吃的粥饭抵御不了饥饿。上等人憎恨我，下等人厌恶我，都说我很贱。我说：不是我贱，是我没有机遇啊。当我获得功名，职位达到官职最高层，地位达到三公（丞相、御史大夫、太尉），拥有制约百官的能力，也有惩罚卑鄙、吝啬的权力，出门时前呼后拥，回到家里则有美女侍奉，穿衣服是绫罗锦缎，吃的则是山珍海味，皇上宠爱我，下面的人拥戴我，所有的人都恭敬、美慕我，都说我是贵人。我说：不是我贵，是因为我获得了好的机遇啊。所以人活在世上，对于富贵的人不要去追捧他，对于贫贱的人不可去欺辱他。这就是为人处世周而复始的规律。

诵读导航

　　吕蒙正（944—1011），字圣功，河南洛阳人。公元977年中状元。三次登上相位，封许国公，授太子太师。吕蒙正宽厚正直，对上遇礼敢言，对下则宽容有雅度。此文感其一生经历而作，行文博古通今，文涉旁征博引，文采对仗精整，朗朗上口。尤为可贵的是，能以自身经历现身说法，论述命运弄人。诵读时注意对偶句的韵律，读出跌宕起伏之回肠荡气。

3. 三字经　【宋】王应麟

　　人之初，性本善。性相近，习相远。苟不教，性乃迁。教之道，贵以专。昔孟母，择邻处，子不学，断机杼（zhù）。窦燕（dòu yān）山，有义方，教五子，名俱扬。养不教，父之过，教不严，师之惰。子不学，非所宜。幼不学，老何为？玉不琢，不成器。人不学，不知义。

　　为人子，方少时，亲师友，习礼仪。香九龄，能温席。孝于亲，所当执。融四岁，能让梨。弟于长，宜先知。

首孝弟（通假字，通"悌"，读tì），次见闻，知某数，识某文。一而十，十而百，百而千，千而万。三才者，天地人。三光者，日月星。三纲者，君臣义，父子亲，夫妇顺。曰春夏，曰秋冬，此四时，运不穷。曰南北，曰西东，此四方，应乎中。曰水火，木金土，此五行，本乎数。曰仁义，礼智信，此五常，不容紊。稻粱菽（shū），麦黍稷（shǔ jì），此六谷，人所食。马牛羊，鸡犬豕，此六畜，人所饲。曰喜怒，曰哀惧，爱恶欲，七情具。匏（páo）土革，木石金，丝与竹，乃八音。高曾祖，父而身，身而子，子而孙。自子孙，至玄曾，乃九族，人之伦。父子恩，夫妇从，兄则友，弟则恭。长幼序，友与朋。君则敬，臣则忠。此十义，人所同。

凡训蒙，须讲究。详训诂，明句读。为学者，必有初。《小学》终，至四书。《论语》者，二十篇，群弟子，记善言。《孟子》者，七篇止，讲道德，说仁义。作《中庸》，子思笔，中不偏，庸不易。作《大学》，乃曾子，自修齐，至平治。孝经通，四书熟，如六经，始可读。诗书易，礼春秋，号六经，当讲求。有《连山》，有《归藏》，有《周易》，三易详。有典谟，有训诰，有誓命，书之奥。我周公，作《周礼》，著六官，存治体。大小戴，注《礼记》，述圣言，礼乐备。曰国风，曰雅颂，号四诗，当讽咏。诗既亡，《春秋》作，寓褒贬，别善恶。三传者，有公羊，有左氏，有谷梁。经既明，方读子。撮（cuō）其要，记其事。五子者，有荀（xún）杨，文中子，及老庄。

经子通，读诸史，考世系，知终始。自羲（xī）农，至黄帝，号三皇，居上世。唐有虞，号二帝，相揖逊（yī xùn），称盛世。夏有禹，商有汤，周文武，称三王。夏传子，家天下，四百载，迁夏社。汤伐夏，国号商，六百载，至纣亡。周武王，始诛纣，八百载，最长久。周辙东，王纲坠（zhuì），逞（chěng）干戈，尚游说。始春秋，终战国，五霸强，七雄出。嬴秦氏，始兼并，传二世，楚汉争。高祖兴，汉业建，至孝平，王莽篡（cuàn）。光武兴，为东汉，四百年，终于献。魏蜀吴，争汉鼎，号三国，迄两晋。宋齐继，梁陈承，为南朝，都金陵。北元魏，分东西，宇文周，与高齐。迨（dài）至隋，一土宇，不再传，失统绪。唐高祖，起义师，除隋乱，创国基。二十传，三百载，梁灭之，国乃改。梁唐晋，及汉周，称五代，皆有由。炎宋兴，受周禅（shàn）。十八传，南北混。辽与金，帝号纷，迨灭辽，宋犹存。至元兴，金绪歇。有宋世，一同灭。并中国，兼戎狄。明太祖，久亲师，传建文，方四祀（sì）。迁北京，永乐嗣，迨崇祯，煤山逝。廿（niàn）二史，全在兹。载治乱，知兴衰。读史者，考实录，通古今，若亲目。

口而诵，心而惟，朝于斯，夕于斯。昔仲尼，师项橐（tuó），古圣贤，尚勤学。赵中令，读鲁论，彼既仕，学且勤。披蒲编，削竹简，彼无书，且知勉。头悬梁，锥刺股。彼不教，自勤苦。如囊（náng）萤，如映雪，家虽贫，学不辍。如负薪，如挂角，身虽劳，犹苦卓。苏老泉，二十七，始发愤，读书籍。彼既老，犹悔迟，尔小生，宜早思。若梁灏（hào），八十二，对大廷，魁多士。彼既成，众称异，尔小生，宜立志。莹八岁，能咏诗。泌（bì）七岁，能赋棋。彼颖悟，人称奇。尔幼学，当效之。蔡文姬，能辨琴。谢道韫（yùn），能咏吟。彼女子，且聪敏。尔男子，当自警。唐刘晏，方七岁，举神童，作正字。彼虽幼，身已仕。尔幼学，勉而致。有为者，亦若是。犬守夜，鸡司晨，苟不学，曷为人！蚕吐丝，蜂酿蜜，人不学，不如物。幼而学，壮而行，上致君，下泽民。扬名声，显父母。光于前，裕于后。人遗子，金满赢。我教子，惟一经。勤有功，戏无益。戒之哉，宜勉力。

《三字经》的内容分为六个部分，每一部分有一个中心。

从"人之初，性本善"到"人不学，不知义"，讲述的是教育和学习对儿童成长的重要性，后天教育及时，方法正确，可以使儿童成为有用之才。

从"为人子，方少时"到"首孝弟，次见闻"，强调儿童要懂礼仪，要孝敬父母、尊敬兄长，并用黄香和孔融的例子来印证。

从"知某数，识某文"到"此十义，人所同"，介绍的是生活中的一些名物常识，有数字、三才、三光、三纲、四时、四方、五行、五常、六谷、六畜、七情、八音、九族、十义，方方面面，一应俱全，而又简单明了。

从"凡训蒙，须讲究"到"文中子，及老庄"，介绍中国古代的重要典籍和儿童读书的程序，这部分列举的书籍有四书、六经、三易、四诗、三传、五子，基本包括了儒家的典籍和部分先秦诸子的著作。

从"经子通，读诸史"到"通古今，若亲目"，讲述的是从三皇至清代的朝代变革，一部中国史的基本面貌尽在其中。

从"口而诵，心而惟"到"戒之哉，宜勉力"，强调学习要勤奋刻苦、孜孜不倦，只有从小打下良好的学习基础，长大才能有所作为。

诵读导航

《三字经》与《百家姓》《千字文》并称为三大国学启蒙读物，成书于宋末元初，作者说法不一，普遍认为是南宋学者王应麟（1223—1296），历代有增补。选文为王相《三字经训诂》本。《三字经》是中华民族珍贵的文化遗产，全文1722字，其文笔自然流畅，朴实无华，深入浅出，情真意切，朗朗上口，千百年来，家喻户晓。其内容涵盖了历史、天文、地理、道德以及一些民间传说。特别是文中仅用三百多字便概括了中华五千年历史的变迁，历来备受赞誉。其内容的排列顺序极有章法，体现了作者的教育思想。基于历史原因，《三字经》难免含有一些精神糟粕、艺术瑕疵，但其独特的思想价值和文化魅力仍然为世人所公认，被历代中国人奉为经典并不断流传。《三字经》句式整齐，每两句或四句形成一个相对完整的意思，每句三字，诵读时要注意节奏平稳，韵律匀称。

4. 好人歌　【明】吕坤

天地生万物，惟人最为贵。人中有好人，更出人中类。好人先忠信，好人重孝弟。
好人知廉耻，好人守礼义。好人不纵酒，好人不恋妓。好人不赌钱，好人不尚气。
好人不仗富，好人不倚势。好人不欠粮，好人不侵地。好人不教唆，好人不妒忌。
好人不说谎，好人不谑戏。好人没闲言，好人不谤议。好人没歹朋，好人没浪会。

好人不村野，好人不狂悖（bèi）。好人不懒惰，好人不妄费。好人不轻浮，好人不华丽。好人不邋遢（lā tɑ），好人不跷蹊。好人不强梁，好人不暗昧。好人救患难，好人施恩惠。好人行方便，好人让便宜。恶人骂好人，好人不答对。恶人打好人，好人只躲避。不论大小人，好人不得罪。不论大小事，好人合天理。富人做好人，阴功及后世。贵人做好人，乡党不咒詈（lì）。贫人做好人，说甚千顷地。贱人做好人，不数王侯贵。少年做好人，德望等前辈。老年做好人，遮尽一生罪。弱汉做好人，强人自羞愧。恶人做好人，声名重千倍。好人乡邦宝，好人家国瑞。好人动鬼神，好人感天地。不枉做场人，替天出口气。吁嗟乎，百年一去永不还，休做恶人浼（wò）世间。

诵读导航

吕坤（1536—1618），明朝学者，字叔简，号心吾、新吾，自号抱独居士，商丘宁陵县人。39岁中进士，历任山西巡抚、历刑部左、右侍郎。为官刚正不阿，为政清廉。吕坤也是一位方正质朴、学识渊博的学者。他的诗文，语言通俗而又巧发奇中；文风峻峭而不失浑厚。所著《交泰韵》是一部颇有创见的音韵学专著。一生著作颇丰，有《呻吟语》《去伪斋文集》等。《好人歌》将什么样的人为好人一一列出，语言通俗易懂，五言句式，每句押韵，读来朗朗上口。诵读时可参照五言诗的诵读方式，注重节奏和韵律。

5. 弟子规 【清】李毓秀

总叙

弟子规，圣人训。首孝弟（tì），次谨（jǐn）信。泛爱众，而亲仁。有余力，则学文。

入则孝

父母呼，应勿缓；父母命，行勿懒。父母教，须敬听；父母责，须顺承。冬则温，夏则清（qìng）；晨则省（xǐng），昏则定。出必告，反必面；居有常，业无变。事虽小，勿擅为；苟（gǒu）擅为，子道亏。物虽小，勿私藏；苟私藏，亲心伤。亲所好，力为具；亲所恶，谨为去。身有伤，贻（yí）亲忧；德有伤，贻亲羞。亲爱我，孝何难；亲憎我，孝方贤。亲有过，谏使更；怡（yí）吾色，柔吾声。谏不入，悦复谏；号泣随，挞（tà）无怨。亲有疾，药先尝；昼夜侍，不离床。丧三年，常悲咽；居处变，酒肉绝。丧尽礼，祭尽诚；事死者，如事生。

出则弟（tì）

兄道友，弟道恭；兄弟睦，孝在中。财物轻，怨何生；言语忍，忿自泯。或饮食，或坐走；长者先，幼者后。长呼人，即代叫；人不在，己即到。称尊长，勿呼名，对尊长，勿见能。路遇长，疾趋揖；长无言，退恭立。骑下马，乘下车；过犹待，百步余。长者立，幼勿坐；长者坐，命乃坐。尊长前，声要低；低不闻，却非宜。进必趋，退必迟；问起对，视勿移。事诸父，如事父；事诸兄，如事兄。

谨

朝起早，夜眠迟；老易至，惜此时。晨必盥（guàn），兼漱口；便溺回，辄（zhé）净手。冠必正，纽必结；袜与履，俱紧切。置冠服，有定位；勿乱顿，致污秽。衣贵洁，不贵华；上循分，下称家。对饮食，勿拣择；食适可，勿过则。年方少，勿饮酒；饮酒醉，最为丑。步从容，立端正；揖深圆，拜恭敬。勿践阈（yù），勿跛（bǒ）倚；勿箕踞（jī jù），勿摇髀（bì）。缓揭帘，勿有声；宽转弯，勿触棱。执虚器，如执盈；入虚室，如有人。事勿忙，忙多错；勿畏难，勿轻略。斗闹场，绝勿近；邪僻事，绝勿问。将入门，问孰存；将上堂，声必扬。人问谁，对以名；吾与我，不分明。用人物，须明求；倘不问，即为偷。借人物，及时还；后有急，借不难。

信

凡出言，信为先；诈与妄，奚可焉。话说多，不如少；惟其是，勿佞（nìng）巧。奸巧语，秽（huì）污词；市井气，切戒之。见未真，勿轻言；知未的，勿轻传。事非宜，勿轻诺；苟轻诺，进退错。凡道字，重且舒；勿急疾，勿模糊。彼说长，此说短；不关己，莫闲管。见人善，即思齐；纵去远，以渐跻（jī）。见人恶，即内省；有则改，无加警。唯德学，唯才艺；不如人，当自励。若衣服，若饮食；不如人，勿生戚。闻过怒，闻誉乐；损友来，益友却。闻誉恐，闻过欣；直谅士，渐相亲。无心非，名为错；有心非，名为恶。过能改，归于无；倘掩饰，增一辜。

泛爱众

凡是人，皆须爱；天同覆，地同载。行高者，名自高；人所重，非貌高。才大者，望自大；人所服，非言大。己有能，勿自私；人所能，勿轻訾（zǐ）。勿谄（chǎn）富，勿骄贫；勿厌故，勿喜新。人不闲，勿事搅；人不安，勿话扰。人有短，切莫揭；人有私，切莫说。道人善，即是善；人知之，愈思勉。扬人恶，即是恶；疾之甚，祸且作。善相劝，德皆建；过不规，道两亏。凡取与，贵分晓；与宜多，取宜少。将加人，先问己；己不欲，即速已。恩欲报，怨欲忘；报怨短，报恩长。待婢仆，身贵端；虽贵端，慈而宽。势服人，心不然；理服人，方无言。

亲仁

同是人，类不齐；流俗众，仁者希。果仁者，人多畏；言不讳，色不媚。能亲仁，无限好；德日进，过日少。不亲仁，无限害；小人进，百事坏。

学文

不力行，但学文；长浮华，成何人。但力行，不学文；任己见，昧理真。读书法，有三到；心眼口，信皆要。方读此，勿慕彼；此未终，彼勿起。宽为限，紧用功；工夫到，滞塞通。心有疑，随札记；就人问，求确义。房室清，墙壁净；几案洁，笔砚正。墨磨偏，心不端；字不敬，心先病。列典籍，有定处；读看毕，还原处。虽有急，卷束齐；有缺坏，就补之。非圣书，屏勿视；蔽聪明，坏心志。勿自暴，勿自弃；圣与贤，可驯致。

【释义】 ▶▶

《弟子规》分为总叙、入则孝、出则弟、谨、信、泛爱众、亲仁、学文八个部分。

（一）总叙：《弟子规》总叙引用《论语》"学而篇"语："弟子入则孝，出则弟，谨而信，泛爱众，而亲仁，行有余力，则以学文。"这成为全书的总纲，下面的内容均是对这一总纲的解释和阐发。可见，《弟子规》实是儒家思想的传承之作。

（二）入则孝：这部分内容主要讲如何孝顺父母。从如何对待父母的呼唤、命令、教育、责备，到如何让父母过得安稳、放心，到如何关心、侍奉、劝谏父母，最后讲父母去世如何守丧之礼。通过很具体的日常琐事，教育弟子什么是孝顺，应如何孝顺。

（三）出则弟：这部分内容主要讲如何遵守长幼之序。从兄弟如何相处，到长幼如何相处，作者从礼的角度，说明兄弟和睦、尊长敬老的具体标准和做法，强调"弟"（tì，通"悌"）是做人之道。

（四）谨：这部分内容主要讲做人应当谨慎、严谨。从睡眠起居，洗涮穿衣，到饮食习惯，到步履姿态，到待人接物，到禁赴场所，到入门穿堂，到借物原则，从细处着手，通过点滴的积累养成良好的品行。

（五）信：这部分内容主要讲做人应当守信。从语言应谨慎，不应轻诺开始，到说话应清楚不应模糊，到不说人短长，到见贤思齐，到注重内省，到学人之长，到如何交益友，远离损友，到知过能改，作者告诉我们何为诚信之人，如何做一名诚信之人。

（六）泛爱众：这部分内容主要讲做人应当有博爱之心。从人皆须爱讲起，到行高才大服众，到如何做一个有博爱之心的人。作者强调要爱别人，即爱大众，也就是说众人皆有可爱之处，因此要学会爱别人。

（七）亲仁：这部分内容主要讲做人要亲仁。何谓"仁"？子曰："克己复礼为仁。"一句出自《论语·颜渊》（子曰："克己复礼为仁。一日克己服礼，天下归仁焉。"）"仁"就是守礼，就是爱人，就是有仁爱之心。作者强调亲仁对做人具有重要意义，是修身聚德的主要内容。

（八）学文：这部分内容主要讲如何学文。作者指出了学文的重要性、学文的方法、学文的注意问题，强调要读圣贤书，不可自暴自弃。

诵读导航

《弟子规》原名《训蒙文》，原作者李毓（yù）秀（1662—1722），是清朝康熙年间的秀才。后经清朝贾存仁修订改编，并改名《弟子规》，用以启蒙养正，教育子弟。"弟子"是指一切圣贤的弟子，"规"是规范、道理之意，也就是做人应尽的规范，应尽的道理。《弟子规》共360句，计1080字。其内容采用《论语·学而篇》第六条"弟子入则孝，出则弟，谨而信，泛爱众，而亲仁，行有余力，则以学文"的文义，分别加以演述，具体列举出为人子弟在家、出外、待人接物、求学等应有的礼仪与规范，特别强调家庭教育与生活教育。《弟子规》是儒家典籍的代表，是训蒙经典，具有很高的艺术成就。《弟子规》的语言仿照《三字经》，三字为一句，四小句为一段，每段押一韵，读起来朗朗上口。诵读时应端心正意，至诚恭敬，全神贯注，心无旁骛，或坐或站，中等语速，字句分明。

6. 重订增广贤文 （节选）【清】周希陶

昔时贤文，诲汝谆（zhūn）谆，集韵增广，多见多闻。观今宜鉴古，无古不成今。尊师以重道，爱众而亲仁。钱财如粪土，仁义值千金。做事须循天理，出言要顺人心。孝当竭力，非徒养身。鸦有反哺之孝，羊知跪乳之恩。岂无远道思亲泪，不及高堂念子心。诸恶莫作，众善奉行。知己知彼，将心比心。责人之心责己，爱己之心爱人。再三须慎意，第一莫欺心。宁可人负我，切莫我负人。昼坐惜阴，夜坐惜灯。读书须用意，一字值千金。酒逢知己饮，诗向会人吟。相识满天下，知心能几人。平生不做皱眉事，世上应无切齿人。苗从蒂发，藕由莲生。近水知鱼性，近山识鸟音。路遥知马力，事久见人心。近水楼台先得月，向阳花木早逢春。美不美，乡中水；亲不亲，故乡人。割不断的亲，离不开的邻。相见易得好，久住难为人。远水难救近火，远亲不如近邻。两人一般心，有钱堪买金；一人一般心，无钱堪买针。力微休负重，言轻莫劝人。易涨易退山溪水，易反易覆小人心。画虎画皮难画骨，知人知面不知心。谁人背后无人说，那个人前不说人？但行好事，莫问前程。钝鸟先飞，大器晚成。千里不欺孤，独木不成林。贫居闹市无人问，富在深山有远亲。当局者昧，旁观者明。河狭水急，人急计生。

江中后浪催前浪，世上新人赶旧人。人生一世，草木一春。来如风雨，去似微尘。明知山有虎，莫向虎山行。莺花犹怕风光老，岂可教人枉度春。速效莫求，小利莫争。名高炉起，宠极谤生。众怒难犯，专欲难成。物极必反，器满则倾。欲知三叉路，须问去来人。一年之计在于春，一日之计在于寅，一家之计在于和，一生之计在于勤。众口难辩，孤掌难鸣。一肥遮百丑，四两拨千斤。无病休嫌瘦，身安莫怨贫。岂能尽如人意，但求不愧我心。偏听则暗，兼听则明。耳闻是虚，眼见是真。一犬吠影，百犬吠声。莫信直中直，须防仁不仁。虎生犹可近，人毒不堪亲。莫道君行早，更有早行人。灭却心头火，剔起佛前灯。平日不作亏心事，半夜敲门心不惊。牡丹花好空入目，枣花虽小结实成。众星朗朗，不如孤月独明；照塔层层，不如暗处一灯。鼓打千槌，不如雷轰一声；良田百亩，不如薄技随身。

守分安命，趋吉避凶。识真方知假，无奸不显忠。人无千日好，花无百日红。人老心不老，人穷志不穷。座上客常满，杯中酒不空。礼义兴于富足，盗贼出于贫穷。

父母恩深终有别，夫妻义重也分离。人生似鸟同林宿，大限来时各自飞。龙游浅水遭虾戏，虎落平阳被犬欺。但将冷眼观螃蟹，看你横行到几时。黄河尚有澄清日，岂有人无得运时。十年窗下无人识，一举成名天下知。燕雀那知鸿鹄志，虎狼岂被犬羊欺。事业文章，随身消毁，而精神万古不灭；功名富贵，逐世转移，而气节千载如斯。得宠思辱，居安思危。许人一物，千金不移。一言既出，驷马难追。日勤三省，夜惕四知。博学而笃志，切问而近思。少年不努力，老大徒伤悲。若要人不知，除非己莫为。静坐常思己过，闲谈莫论人非。三人同行，必有我师，择其善者而从，其不善者改之。心口如一，童叟无欺。人有善念，天必佑之。过则无惮改，独则毋自欺。

鹬蚌相持，渔人得利。城门失火，殃及池鱼。人而无信，百事皆虚。求人须求大丈夫；济人须济急时无。渴时一滴如甘露，醉后添杯不如无。做事惟求心可以，待人先看我何如。害人之心不可有，防人之心不可无。水至清则无鱼；人至察则无徒。是非朝朝有，不听自然无。用人不宜刻，刻则思效者去；交友不宜滥，滥则贡谀者来。乐不可极，乐极生哀；欲不可纵，纵欲成灾。百年容易过，青春不再来。欲寡精神爽，思多血气衰。一头白发催将去，万两黄金买不回。略尝辛苦方为福，不作聪明便是才。

见者易，学者难。莫将容易得，便作等闲看。万恶淫为首，百善孝为先。妻贤夫祸少，子孝父心宽。好言一句三冬暖，话不投机六月寒。知音说与知音听，不是知音莫与谈。老当益壮，穷且益坚。由俭入奢易，由奢入俭难。少成若天性，习惯成自然。自奉必须俭约，宴客切勿留连。枯木逢春犹再发，人无两度再少年。一饭一粥，当思来处不易；半丝半缕，恒念物力维艰。人学始知道，不学亦徒然。因风吹火，用力不多。光阴似箭，日月如梭。

贫穷自在，富贵多忧；既往不咎，覆水难收。人无远虑，必有近忧。勿临渴而掘井，宜未雨而绸缪。宁向直中取，不可曲中求。忍得一时之气，免得百日之忧。是非只为多开口，烦恼皆因强出头。酒虽养性还乱性，水能载舟亦覆舟。人生七十古来稀，问君还有几春秋？当出力处须出力，得缩头时且缩头。生年不满百，常怀千岁忧。

一日为师，终身为父。衣不如新，人不如故。忍一言，息一怒；饶一著，退一步。子有过，父当隐；父有过，子当诤。木受绳则直，人受谏则圣。良药苦口利于病，忠言逆耳利于行。家丑不可外传，流言切莫轻信。下情难于达上，君子不耻下问。

智者千虑，必有一失；愚者千虑，必有一得。满招损，谦受益。百年光阴，如驹过隙。世事明如镜，前程暗似漆。有麝自然香，何必当风立。良田万顷，日食三餐；大厦千间，夜眠八尺。圣贤言语，雅俗并集，人能体此，万无一失。

诵读导航

《重订增广贤文》也称《增广贤文》《昔时贤文》，是一部文字浅显而内容深刻的国学经典读物，它既是中国旧时儿童重要的启蒙教材，也是一部集思广益的人生智慧全书，更是历代学者文人处世哲学的结晶。大约成书于明代，编者不详，应为民间创作。清代同治年间，周希陶对《增广贤文》进行修订，取名《重订增广贤文》。此书以有韵的谚语和文献佳句选编而成，其内容从礼仪道德、典章制度到风物典故、天文地理，几乎无所不含，但中心是讲人生哲学、处世之道。许多关于社会、人生方面的内容，经过人世沧桑的千锤百炼，成为警世喻人的格言。格言排列三言、四言、五言、六言、七言交错而出，读起来朗朗上口。诵读时要注意韵律、节奏，并品味蕴含的人生哲学、处世之道。

7. 朱子家训　【明末清初】朱用纯

黎明即起，洒扫庭除，要内外整洁。既昏便息，关锁门户，必亲自检点。一粥一饭，当思来处不易；半丝半缕，恒念物力维艰。宜未雨而绸缪（chóu móu），毋临渴而掘井。自奉必须俭约，宴客切勿流连。器具质而洁，瓦缶（fǒu）胜金玉；饮食约而精，园蔬愈珍馐（xiū）。勿营华屋，勿谋良田……祖宗虽远，祭祀不可不诚；子孙虽愚，经书不可不读。居身务期质朴，教子要有义方。莫贪意外之财，莫饮过量之酒。与肩挑贸易，毋占便宜；见穷苦亲邻，须加温恤。刻薄成家，理无久享；伦常乖舛（guāi chuǎn），立见消亡。兄弟叔侄，须分多润寡；长幼内外，宜法肃辞严。听妇言，乖骨肉，岂是丈夫；重资财，薄父母，不成人子。嫁女择佳婿，毋索重聘；娶媳求淑女，勿计厚奁（lián）。见富贵而生谄（chǎn）容者，最可耻；遇贫穷而作骄态者，贱莫甚。居家戒争讼，讼则终凶；处世戒多言，言多必失。勿恃势力而凌逼孤寡；毋贪口腹而恣（zì）杀生禽。乖僻自是，悔误必多；颓惰（tuí duò）自甘，家道难成。狎昵（xiá nì）恶少，久必受其累；屈志老成，急则可相依。轻听发言，安知非人之谮（zèn）诉，当忍耐三思；因事相争，焉知非我之不是，须平心暗想。施惠无念，受恩莫忘。凡事当留余地，得意不宜再往。人有喜庆，不可生妒忌心；人有祸患，不可生喜幸心。善欲人见，不是真善，恶恐人知，便是大恶。见色而起淫心，报在妻女；匿怨而用暗箭，祸延子孙。家门和顺，虽饔飧（yōng sūn）不济，亦有余欢；国课早完，即囊橐（náng tuó）无余，自得至乐。读书志在圣贤，非徒科第；为官心存君国，岂计身家。守分安命，顺时听天。为人若此，庶乎近焉。

诵读导航

朱用纯（1627—1698），字致一，号柏庐，明末清初著名理学家、教育家。《朱子家训》又称《朱柏庐治家格言》，是以家庭道德为主的启蒙教材，精辟地阐明了修身治家之道，是一篇家教名著。其中，许多内容继承了中国传统文化的优秀特点，告诫人们要勤劳、孝顺、友爱，可以说是为人立世、修身养性的根本，在今天仍然有现实意义。其中也存在对女性的某种偏见、迷信报应、自得守旧等封建性的糟粕，已删减。全文通俗易懂，诵读时要突出对仗句式的韵律，把重音放在含有"要""必""宜""当""非""勿"等表示肯定或否定的句子，并领悟其要义。

8. 声律启蒙　上卷［东］部　【清】车万育

云对雨，雪对风，晚照对晴空。来鸿对去燕，宿鸟对鸣虫。三尺剑，六钧弓，岭北对江东。人间清暑殿，天上广寒宫。两岸晓烟杨柳绿，一园春雨杏花红。两鬓（bìn）风霜，途次早行之客；一蓑（suō）烟雨，溪边晚钓之翁。

沿对革，异对同，白叟对黄童。江风对海雾，牧子对渔翁。颜巷陋，阮途穷，冀北对辽东。池中濯足水，门外打头风。梁帝讲经同泰寺，汉皇置酒未央宫。尘虑萦心，懒抚七弦绿绮；霜华满鬓，羞看百炼青铜。

贫对富，塞对通，野叟对溪童。鬓皤（pó）对眉绿，齿皓对唇红。天浩浩，日融融，佩剑对弯弓。半溪流水绿，千树落花红。野渡燕穿杨柳雨，芳池鱼戏荇（jì）荷风。女子眉纤，额下现一弯新月；男儿气壮，胸中吐万丈长虹！

车万育（1632—1705），字双亭，一字与三，号鹤田，湖南邵阳人，康熙甲辰进士。所撰《声律启蒙》一书，是训练儿童应对，掌握声韵格律的启蒙读物，全书为上、下卷，共30个韵部，选文为上卷"东"部。节奏响亮、声调和谐、用语简练易懂，按照韵脚编写，包罗天文、地理、花木、鸟兽、人物、器物等的虚实应对。从单字对到双字对，三字对、五字对、七字对到十一字对，声韵协调，朗朗上口，从中得到语音、词汇、修辞的训练。从单字到多字的层层属对，读起来，如唱歌般。较之其它全用三言、四言句式更见韵味。诵读时，根据长短句的交替，读出相应的节奏，语调的抑扬顿挫。

9. 幼学琼林卷一·天文　【清】程登吉原编 邹圣脉增补

混沌初开，乾坤始奠。气之轻清上浮者为天，气之重浊下凝者为地。日月五星，谓之七政；天地与人，谓之三才。日为众阳之宗，月乃太阴之象。虹名螮蝀（dì dōng），乃天地之淫气；月里蟾蜍（chán chú），是月魄之精光。风欲起而石燕飞，天将雨而商羊舞。旋风名为羊角，闪电号曰雷鞭。青女乃霜之神，素娥即月之号。雷部至捷之鬼曰律令，雷部推车之女曰阿香。云师系是丰隆，雪神乃是滕六。欻（xū）火、谢仙，俱掌雷火；飞廉、箕伯，悉是风神。列缺乃电之神，望舒是月之御。甘霖、甘澍（shù），仅指时雨；玄穹、彼苍，悉称上天。雪花飞六出，先兆丰年；日上已三竿，乃云时晏。蜀犬吠日，比人所见甚稀；吴牛喘月，笑人畏惧过甚。望切者，若云霓之望；恩深者，如雨露之恩。参商二星，其出没不相见；牛女两宿，惟七夕一相逢。后羿妻，奔月宫而为嫦娥；傅说死，其精神托于箕尾。披星戴月，谓早夜之奔驰；沐雨栉（zhì）风，谓风尘之劳苦。事非有意，譬如云出无心；恩可遍施，乃曰阳春有脚。馈物致敬，曰敢效献曝（pù）之忱（chén）；托人转移，曰全赖回天之力。感救死之恩，曰再造；诵再生之德，曰二天。势易尽者若冰山，事相悬者如天壤。晨星谓贤人寥落，雷同谓言语相符。心多过虑，何异杞人忧天；事不量力，不殊夸父追回。如夏日之可畏，是谓赵盾；如冬日之可爱，是谓赵衰。齐妇含冤，三年不雨；邹衍下狱，六月飞霜。父仇不共戴天，子道须当爱日。盛世黎民，嬉游于光天化日之下；太平天子，上召夫景星庆云之祥。夏时大禹在位，上天雨金；春秋孝经既成，赤虹化玉。箕好风，毕好雨，比庶人愿欲不同。风从虎，云从龙，比君臣会合不偶。雨旸（yáng）时若，系是休徵（zhì）；天地交泰，称斯盛世。

《幼学琼林》是中国古代儿童的启蒙读物，最初叫《幼学须知》，又称《成语考》《故事寻源》。一般认为，最初的编著者是明末的西昌人程登吉（字允升），也有的意见认为是明景泰年间的进士邱睿。在清朝的嘉靖年间由邹圣脉作了一些补充，并且更名为《幼学故事琼林》。后来民国时又进行了增补。全书共分四卷。《幼学琼林》用对偶句写成，容易诵读，便于记忆。全书内容广博、包罗万象，被称为中国古代的百科全书。人称"读了《增广》会说话，读了《幼学》走天下"。书中对许多的成语出处作了介绍，读者可掌握不少成语典故，还可以了解中国古代的著名人物、天文地理、典章制度、风俗礼仪、生老病死、婚丧嫁娶、鸟兽花木、朝廷文武、饮食器用、宫室珍宝、文事科第、释道鬼神等诸多方面的内容。书中许多警句、格言，到现在还仍然传诵不绝。诵读时，应根据不同句式，变换节奏和韵律。

10. 名贤集 （节选）

四言集

但行好事，莫问前程。与人方便，自己方便。善与人交，久而敬之。人贫志短，马瘦毛长。人心似铁，官法如炉。谏之双美，毁之两伤。赞叹福生，作念恶生。积善之家，必有余庆。积恶之家，必有余殃。休争闲气，日有平西。来之不善，去之亦易。人平不语，水平不流。得荣思辱，处安思危。羊羔虽美，众口难调。事要三思，免劳后悔。太子入学，庶民同例。官至一品，万法依条。得之有本，失之无本。凡事从实，积福自厚。无功受禄，寝食不安。财高气壮，势大欺人。言多语失，食多伤心。送朋友酒，日食三餐。酒要少吃，事要多知。相争告人，万种无益。礼下于人，必有所求。敏而好学，不耻下问。居必择邻，交必良友。顺天者存，逆天者亡。人为财死，鸟为食亡。得人一牛，还人一马。老实常在，脱空常败。三人同行，必有我师。人无远虑，必有近忧。寸心不昧，万法皆明。人离乡贱，物离乡贵。杀人可恕，情理难容。人欲可断，天理可循。心要忠恕，意要诚实。施惠勿念，受恩莫忘。勿营华屋，勿谋良田。祖宗虽远，祭祀宜诚。子孙虽愚，诗书宜读。刻薄成家，理无久享。

五言集

多金非为贵，安乐值钱多。休争三寸气，白了少年头。百年随时过，万事转头空。耕牛无宿草，仓鼠有余粮。结有德之朋，绝无义之友。常怀克己心，法度要谨守。君子坦荡荡，小人常戚戚。见事知长短，人面识高低。心高遮甚事，地高偃水流。水深流去慢，贵人语话迟。人高谈今古，物高价出头。休倚时来势，提防运去时。藤萝绕树生，树倒藤萝死。但得一步地，何须不为人。人无千日好，花无百日红。饶人不是痴，过后得便宜。量小非君子，无度不丈夫。路遥知马力，日久见人心。长存君子道，须有称心时。雁飞不到处，人被名利牵。地有三江水，人无四海心。君子喻于义，小人喻于利。贫而无怨难，富而无骄易。在家敬父母，何必远烧香。家和贫也好，不义富如何。晴干开水道，须防暴雨时。寒门生贵子，白屋出公卿。

将相本无种，男儿当自强。欲要夫子行，无可一日清。三千徒众立，七十二贤人。
成人不自在，自在不成人。人生不满百，常怀千岁忧。常说是非者，便是是非人。
花无重开日，人无长少年。人无害虎心，虎有伤人意。上山擒虎易，开口告人难。
满怀心腹事，尽在不言中。既在矮檐下，怎敢不低头。家贫知孝子，国乱识忠臣。
年老心未老，人穷志不穷。自古皆有死，民无信不立。

诵读导航

  《名贤集》是我国古代启蒙读物中的代表之作，辑者不详。可能是多人或几代人的共同创作，从内容上分析，是南宋以后儒家学者撰写。它汇集孔、孟以来历代名人贤士的良言善举，以及民间流传的为人处世、待人接物、治学修德等方面的格言谚语加以提炼而成。全书以四言、五言、六言、七言组成，篇幅虽然不长，但其中所孕育的人生哲理，对青少年的成长有很大的指导作用。选文为四言、五言，有删减，句式对偶整齐、押韵，易诵易记，读之顺口，听来悦耳。诵读时，注意对偶句式的韵律及内容的呼应。

诸子语录

11. 论语·学而 （节选）

  子曰："学而时习之，不亦说乎？有朋自远方来，不亦乐乎？人不知而不愠（yùn），不亦君子乎？"

  曾子曰："吾日三省（xǐng）吾身。为人谋而不忠乎？与朋友交而不信乎？传不习乎？"

  子曰："弟子入则孝，出则弟（tì），谨而信，泛爱众，而亲仁，行有余力，则以学文。"

子曰："君子食无求饱，居无求安。敏于事而慎于言，就有道而正焉。可谓好学也已。"

子贡曰："贫而无谄（chǎn），富而无骄。何如？"子曰："可也。未若贫而乐，富而好礼者也。"

子贡曰："诗云：如切如磋，如琢如磨。其斯之谓与？"子曰："赐也，始可与言诗已矣。告诸往而知来者。"

子曰："不患人之不己知，患不知人也。"

【释义】▶▶

孔子说："学了又时常温习和练习，不是很愉快吗？有志同道合的人从远方来，不是很令人高兴的吗？人家不了解我，我也不怨恨、恼怒，不也是一个有德的君子吗？"

曾子说："我每天多次反省自己，为别人办事是不是尽心竭力了呢？同朋友交往是不是做到诚实可信了呢？老师传授给我的学业是不是复习了呢？"

孔子说："弟子们在父母跟前，就孝顺父母；出门在外，要顺从师长，言行要谨慎，要诚实可信，寡言少语，要广泛地去爱众人，亲近那些有仁德的人。这样躬行实践之后，还有余力的话，就再去学习文献知识。"

孔子说："君子，饮食不求饱足，居住不要求舒适，对工作勤劳敏捷，说话却小心谨慎，到有道的人那里去匡正自己，这样可以说是好学了。"

子贡说："贫穷而能不谄媚，富有而能不骄傲自大，怎么样？"孔子说："这也算可以了。但是还不如虽贫穷却乐于道，虽富裕而又好礼之人。"子贡说："《诗》上说，'要像对待骨、角、象牙、玉石一样，切磋它，琢磨它'，就是讲的这个意思吧？"孔子说："赐呀，你能从我已经讲过的话中领会到我还没有说到的意思，举一反三，我可以同你谈论《诗》了。"

孔子说："不怕别人不了解自己，只怕自己不了解别人。"

诵读导航

《论语》是儒家学派的经典著作之一，由孔子的弟子及其再传弟子编撰而成。孔子名丘，字仲尼，鲁国陬邑（今山东省曲阜市）人，生于公元前551年（鲁襄公二十二年，周灵王二十一年），卒于前479年（鲁哀公十六年，周敬王四十一年），是儒家学派的创始人。《论语》以语录体和对话文体为主，记录了孔子及其弟子言行，集中体现了孔子的政治主张、伦理思想、道德观念及教育原则等。《学而》是《论语》第一篇的篇名。共包括16章，内容涉及诸多方面。其中重点是"吾日三省吾身""节用而爱人，使民以时""礼之用，和为贵"以及仁、孝、信等道德范畴。节选部分提出以学习为乐事，学而不厌，诲人不倦，注重自我修养，形成完美的人格。还要求首先致力于孝悌、谨信、爱众、亲仁，培养良好的道德观念和道德行为，并提出了对于君子的道德要求。诵读时，读准字音和节奏，读出韵味，读出智慧。

12. 论语·为政 （节选）

子曰：为政以德，譬如北辰，居其所，而众星共之。

子曰：吾十有五而志于学，三十而立，四十而不惑，五十而知天命，六十而耳顺，七十而从心所欲不逾矩。

温故而知新，可以为师矣。

学而不思则罔（wǎng），思而不学则殆（dài）。

子曰：由，诲汝知之乎！知之为知之，不知为不知，是知也。

哀公问曰："何为则民服？"孔子对曰："举直错诸枉，则民服；举枉错诸直，则民不服。"

季康子问："使民敬忠以劝，如之何？"子曰："临之以庄则敬，孝慈则忠，举善而教不能则劝。"

【释义】▶▶

孔子说："（周君）以道德教化来治理政事，就会像北极星那样，自己居于一定的方位，而群星都会环绕在它的周围。"

孔子说："我十五岁立志于学习；三十岁能够自立；四十岁能不被外界事物所迷惑；五十岁懂得了天命；六十岁能正确对待各种言论，不觉得不顺；七十岁能随心所欲而不越出规矩。"

"在温习旧知识时，能有新体会、新发现，凭此就可以当老师了。"

"只读书学习而不思考问题，就会罔然无知而没有收获；只空想而不读书学习，就会疑惑而不能肯定。"

孔子说："仲由啊，我教给你如何求知吧！知道的就是知道的，不知道的就是不知道的，这就是关于知道的真谛。"

鲁哀公问："怎样才能使百姓服从呢？"孔子回答说："把正直无私的人提拔起来，把邪恶不正的人置于一旁，老百姓就会服从了；把邪恶不正的人提拔起来，把正直无私的人置于一旁，老百姓就不会服从统治了。"

季康子问道："要使老百姓对当政的人尊敬、尽忠而努力干活，该怎样去做呢？"孔子说："你用庄重的态度对待老百姓，他们就会尊敬你；你对父母孝顺、对子弟慈祥，百姓就会尽忠于你；你选用善良的人，又教育能力差的人，百姓就会互相勉励，加倍努力了。"

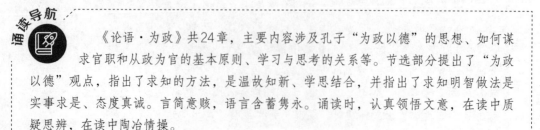

诵读导航

《论语·为政》共24章，主要内容涉及孔子"为政以德"的思想、如何谋求官职和从政为官的基本原则、学习与思考的关系等。节选部分提出了"为政以德"观点，指出了求知的方法，是温故知新、学思结合，并指出了求知明智做法是实事求是、态度真诚。言简意赅，语言含蓄隽永。诵读时，认真领悟文意，在读中质疑思辨，在读中陶冶情操。

13. 论语·子罕 （节选）

子曰："麻冕，礼也。今也纯，俭，吾从众。拜下，礼也。今拜乎上，泰也。虽违众，吾从下。"

子在川上曰："逝者如斯夫，不舍昼夜。"

子曰："吾未见好德如好色者也。"

子曰："后生可畏。焉知来者之不如今也？四十五十而无闻焉，斯亦不足畏也已。"

子曰："三军可夺帅也，匹夫不可夺志也。"

子曰："岁寒，然后知松柏之后凋也。"

子曰："知者不惑，仁者不忧，勇者不惧。"

【释义】▶▶

孔子说："用麻布制成的礼帽，符合于礼的规定。现在大家都用黑丝绸制作，这样比过去节省了，我赞成大家的做法。（臣见国君）首先要在堂下跪拜，这也是符合于礼的。现在大家都到堂上跪拜，这是骄纵的表现。虽然与大家的做法不一样，我还是主张先在堂下拜。"

孔子在河边说："消逝的时光就像这河水一样啊，不分昼夜地向前流去。"

孔子说："我没有见过像好色那样好德的人。"

孔子说："年轻人是值得敬畏的，怎么就知道后一代不如前一代呢？如果到了四五十岁时还默默无闻，那他就没有什么可以敬畏的了。"

孔子说："一国军队，可以夺去它的主帅；但一个男子汉，他的志向是不能强迫改变的。"

孔子说："到了寒冷的季节，才知道松柏是最后凋谢的。"

孔子说："聪明人不会迷惑，有仁德的人不会忧愁，勇敢的人不会畏惧。"

诵读导航

《论语·子罕》共包括31章，主要内容涉及孔子的道德教育思想，弟子对孔子的议论，以及记述了孔子的某些活动。节选部分主要引述孔子的经典语录，勉励人们自强不息，进学不已；为人要有大志；在严酷的考验面前要保持高尚的人格、操守。诵读时，认真领悟先哲的教诲，注意语录体的特点。

14. 论语·子路 （节选）

子曰："其身正，不令而行；其身不正，虽令不从。"

叶公问政。子曰："近者说（通'悦'），远者来。"

子夏为莒（jǔ）父宰，问政。子曰："无欲速，无见小利，欲速则不达，见小利则大事不成。"

樊迟问仁。子曰："居处恭，执事敬，与人忠，虽之夷狄，不可弃也。"

子曰："不得中行而与之，必也狂狷（juàn）乎！狂者进取，狷者有所不为也。"

子曰："君子和而不同，小人同而不和。"

子贡问曰："乡人皆好之，何如？"子曰："未可也。""乡人皆恶之，何如？"子曰："未可也。不如乡人之善者好之，其不善者恶之。"

子曰："君子泰而不骄，小人骄而不泰。"

子曰："刚毅木讷，近仁。"

【释义】▶▶

孔子说："自身正了，即使不发布命令，老百姓也会去干；自身不正，即使发布命令，老百姓也不会服从。"

叶公问孔子怎样管理政事。孔子说："使近处的人高兴，使远处的人来归附。"

子夏做莒父的总管，问孔子怎样办理政事。孔子说："不要求快，不要贪求小利。求快反而达不到目的，贪求小利就做不成大事。"

樊迟问怎样才是仁。孔子说："平常在家规规矩矩，办事严肃认真，待人忠心诚意。即使到了夷狄之地，也不可背弃。"

孔子说："我找不到奉行中庸之道的人和他交往，只能与狂妄、拘谨的人相交往了，狂妄的人敢作敢为，拘谨的人对有些事是不肯干的。"

孔子说："君子讲求和谐而不同流合污，小人只求完全一致，而不讲求协调。"

子贡问："周围的人都喜欢的人，怎样？"孔子说："不好。""周围的人都讨厌的人，怎样？""不好。不如周围的好人喜欢、周围的坏人讨厌的人。"

孔子说："君子安静坦然而不傲慢无礼，小人傲慢无礼而不安静坦然。"

孔子说："刚强、果敢、朴实、谨慎，这四种品德接近于仁。"

诵读导航

《论语·子路》共有30章，包含的内容比较广泛，其中有关于如何治理国家的政治主张，孔子的教育思想，个人的道德修养与品格完善等。节选部分主要提出了"身正令行""欲速则不达""和而不同"等观点。诵读时，依据语录体的特点，认真揣摩语境，领悟先哲教诲之真谛。

15. 孟子·滕文公下　（节选）【战国】孟子

景春曰："公孙衍、张仪岂不诚大丈夫哉？一怒而诸侯惧，安居而天下熄"。

孟子曰："是焉得为大丈夫乎？子未学礼乎？丈夫之冠也，父命之；女子之嫁也，母命之，往送之门，戒之曰：'往之女家，必敬必戒，无违夫子！'以顺为正者，妾妇之道也。居天下之广居，立天下之正位，行天下之大道。得志，与民由之；不得志，独行其道。富贵不能淫，贫贱不能移，威武不能屈。此之谓大丈夫。"

【释义】▶▶

景春说："公孙衍和张仪难道不是真正的大丈夫吗？发起怒来，诸侯们都会害怕；安静下来，天下就会平安无事。"

孟子说："这个怎么能够叫大丈夫呢？你没有学过礼吗？男子举行加冠礼的时候，父亲给予训导；女子出嫁的时候，母亲给予训导，送她到门口，告诫她说：'到了你丈夫家里，一定要恭敬，一定要谨慎，不要违背你的丈夫！'以顺从为原则的，是妾妇之道。至于大丈夫，则应该住在天下最宽广的住宅里，站在天下最正确的位置上，走着天下最光明的大道。得志的时候，便与老百姓一同前进；不得志的时候，便独自坚持自己的原则。富贵不能使我骄奢淫逸，贫贱不能使我改移节操，威武不能使我屈服意志。这样才叫做大丈夫！"

诵读导航

孟子（公元前372年—公元前289年），名轲，字子舆，战国时期鲁国人。中国古代著名思想家、教育家，战国时期儒家代表人物。著有《孟子》一书。孟子继承并发扬了孔子的思想，成为仅次于孔子的一代儒家宗师，有"亚圣"之称，与孔子合称为"孔孟"。本篇以论立身处世的"出处""气节"等为主，富有哲理性。全篇原文共10章，选文为第二章。指出衡量大丈夫的标准是，不受富贵诱惑，不为贫贱动摇，不为武力屈服。"大丈夫"的这段名言，句句闪耀着思想和人格力量的光辉，成为人们不畏强暴，坚持正义的座右铭。选文排句整齐，诵读时，要铿锵有力，读出气势。

16. 孟子·告子下　（节选）【战国】孟子

孟子曰："舜发于畎（quǎn）亩之中，傅说举于版筑之间，胶鬲举于鱼盐之中，管夷吾举于士，孙叔敖举于海，百里奚举于市。故天将降大任于斯人也，必先苦其心志，劳其筋骨，饿其体肤，空乏其身，行拂乱其所为，所以动心忍性，曾益其所不能。人恒过，然后能改。困于心，衡于虑，而后作。征于色，发于声，而后喻。入则无法家拂士，出则无敌国外患者，国恒亡。然后知生于忧患，而死于安乐也。"

【释义】▶▶

孟子说："舜从田间劳动中成长起来，傅说从筑墙的工作中被选拔出来，胶鬲被选拔于鱼盐的买卖之中，管仲被提拔于囚犯的位置上，孙叔敖从海边被发现，百里奚从市场上被选拔。所以，上天将要把重大使命降落到某人身上，一定要先使他的意志受到磨炼，使他的筋骨受到劳累，使他的身体忍饥挨饿，使他备受穷困之苦，做事总是不能顺利。这样来震动他的心志，坚韧他的性情，增长他的才能。人总是要经常犯错误，然后才能改正错误。心气郁结，殚思极虑，然后才能奋发而起；显露在脸色上，表达在声音中，然后才能被人了解。一个国家，内没有守法的大臣和辅佐的贤士，外没有敌对国家的忧患，往往容易亡国。由此可以知道，忧患使人生存，安逸享乐却足以使人败亡。"

诵读导航

《孟子·告子下》原文共16章，包括政治、战争、财政税收等多方面的治国问题，也包括教育、历史、个人修养等方面的内容。选文为第十五章，本章论述的是造就人才和治理国家的问题。孟子认为人才是在艰苦环境中造就的，主观因素也非常重要。选文的中心思想——"生于忧患，死于安乐"，告诫人们：恶劣的环境能激发人的潜能，使人取得生存和发展；优裕的环境能消磨人的意志，导致人的颓废和堕落。这是对生命痛苦的认同以及对艰苦奋斗而获致胜利的精神的弘扬。诵读时，注意语气的豪壮、坚定，一气呵成。

17. 孟子·公孙丑下 （节选）【战国】孟子

孟子曰："天时不如地利，地利不如人和。"

三里之城，七里之郭，环而攻之而不胜。夫环而攻之，必有得天时者矣；然而不胜者，是天时不如地利也。

城非不高也，池非不深也，兵革非不坚利也，米粟非不多也；委而去之，是地利不如人和也。

故曰："域民不以封疆之界，固国不以山溪之险，威天下不以兵革之利。得道者多助，失道者寡助。寡助之至，亲戚畔之；多助之至，天下顺之。以天下之所顺，攻亲戚之所畔，故君子有不战，战必胜矣。"

【释义】 ▶▶

孟子说："得到适宜作战的时令、气候不如得到有利于作战的地形重要，得到有利于作战的地形又不如得人心上下团结重要。"

内城方圆三里、外城方圆七里的小城，敌人包围并攻打它却不能胜利。包围并攻打它，一定是得到了适宜作战的时令、气候，但是却没有胜利，这正是说明有利的时令、气候不如有利的地理形势。

城墙不是不高，护城河不是不深，武器和盔甲不是不坚固锐利，粮食不是不充足；但守城的士兵们抛弃了城池离开了它，这是说明有利的地理形势又不如人心上下团结。

所以说："不能依靠划定的边疆界线来限制人民（定居而不迁走），不能依靠山川溪流的险峻巩固国防，不能依靠武器的锐利和盔甲的坚固来建立威信。施行仁政，获得人心的人，帮助支持他的人就多；施行暴政，失去民心的人，帮助支持他的人就少。缺少帮助达到极点，（连）亲属（都会）背叛他；帮助他的人多到极点，全天下的人都会顺从他。用全天下人都顺从的力量去攻打（连）亲属（都）背叛他的人，因此，得道的君子要么不战，一战立即就会获得胜利。"

诵读导航

《孟子·公孙丑下》共十四章，除第一章单纯介绍孟子言论外，其余各章兼记孟子事迹、行为和言论，以立身处世的态度为主，其中有不少名言。节选部分为第一章。孟子在这里主要是从军事方面来分析论述天时、地利、人和之间的关系，观点鲜明："天时不如地利，地利不如人和。"三者之中，"人和"最重要，是起决定作用的因素。从这个论点出发，反复论证、阐明战争胜负决定于人心向背的道理，并得出了"得道者多助，失道者寡助"的结论。文章说理充分，层次清楚，明白畅达。诵读时，注意句子和层次的递进关系。

18. 大学 （节选）【春秋】曾参

大学之道，在明明德，在亲民，在止于至善。知止而后有定；定而后能静；静而后能安；安而后能虑；虑而后能得。物有本末，事有终始。知其先后，则近道矣。

古之欲明明德于天下者，先治其国；欲治其国者，先齐其家；欲齐其家者，先修其身；欲修其身者，先正其心；欲正其心者，先诚其意；欲诚其意者，先致其知；致知在格物。

物格而后知至；知至而后意诚；意诚而后心正；心正而后身修；身修而后家齐；家齐而后国治；国治而后天下平。自天子以至于庶人，壹是皆以修身为本。其本乱而末治者否矣。其所厚者薄，而其所薄者厚，未之有也！

【释义】▶▶

大学的宗旨在于弘扬光明正大的品德，在于使人弃旧图新，在于使人达到最完善的境界。知道应达到的境界才能够志向坚定；志向坚定才能够镇静不躁；镇静不躁才能够心安理得；心安理得才能够思虑周详；思虑周详才能够有所收获。每样东西都有根本有枝末，每件事情都有开始有终结。明白了这本末始终的道理，就接近事物发展的规律了。

古代那些要想在天下弘扬光明正大品德的人，先要治理好自己的国家；要想治理好自己的国家，先要管理好自己的家庭和家族；要想管理好自己的家庭和家族，先要修养自身的品性；要想修养自身的品性，先要端正自己的心思；要想端正自己的心思，先要使自己的意念真诚；要想使自己的意念真诚，先要使自己获得知识；获得知识的途径在于认识、研究万事万物。

通过对万事万物的认识、研究后才能获得知识；获得知识后意念才能真诚；意念真诚后心思才能端正；心思端正后才能修养品性；品性修养后才能管理好家庭和家族；管理好家庭和家族后才能治理好国家；治理好国家后天下才能太平。上自国家元首，下至平民百姓，人人都要以修养品性为根本。若这个根本被扰乱了，家庭、家族、国家、天下要治理好是不可能的。不分轻重缓急，本末倒置却想做好事情，这也同样是不可能的！

曾参（公元前505年—公元前435年），字子舆，春秋末期鲁国人，儒家主要代表人物之一，孔子的弟子，世称"曾子"。曾提出"吾日三省吾身"的修养方法，相传他著有《大学》《孝经》等儒家经典，后世儒家尊他为"宗圣"。《大学》原为《礼记》中的一篇，后来经学家将其单独分出，编排章节。朱熹将《大学》《中庸》《论语》《孟子》合编注释，称为"四书"。"大学"是大人之学，"初学入德之门也"，它着重讨论了个人修养与社会的关系，提出了明德、亲民、止于至善的修养目标，人称"三纲领"，又提出实现天下大治的八个步骤：格物、致知、诚意、正心、修身、齐家、治国、平天下，人称"八条目"。前四者为修身的途径，后三者为修身的目的，从人的责任和使命强调修身的重要，体现了儒家思想的"积极入世"精神。诵读时，怀着纯正、虔诚、胸怀宽广之心，突出平实的情感基调。

19. 中庸 （节选）【战国】子思

天下之达道五，所以行之者三。曰：君臣也，父子也，夫妇也，昆弟也，朋友之交也；五者，天下之达道也。知、仁、勇三者，天下之达德也。所以行之者一也：或生而知之，或学而知之，或困而知之；及其知之一也。或安而行之，或利而行之，或勉强而行之；及其成功一也。子曰："好学近乎知，力行近乎仁，知耻近乎勇。知斯三者，则知所以修身；知所以修身，则知所以治人；知所以治人，则知所以治天下国家矣。"

凡事豫则立，不豫则废。言前定，则不跲（jiá）；事前定，则不困；行前定，则不疚；道前定，则不穷。

诚者，天之道也；诚之者，人之道也。诚者，不勉而中，不思而得，从容中道，圣人也。诚之者，择善而固执之者也：博学之，审问之，慎思之，明辨之，笃（dù）行之。有弗学，学之弗能弗措也；有弗问，问之弗知弗措也；有弗思，思之弗得弗措也；有弗辨，辨之弗明弗措也；有弗行，行之弗笃弗措也。人一能之，己百之；人十能之，己千之。果能此道矣，虽愚必明，虽柔必强。

自诚明，谓之性；自明诚，谓之教。诚则明矣，明则诚矣。

唯天下至诚，为能尽其性；能尽其性，则能尽人之性；能尽人之性，则能尽物之性；能尽物之性，则可以赞天地之化育；可以赞天地之化育，则可以与天地参矣。

诵读经典 第二版

024

天下通行的人际关系有五项，用来处理这五项人际关系的德行有三种。君臣、父子、夫妇、兄弟、朋友之间的交往，这五项是天下通行的人际关系；智、仁、勇，这三种是用来处理这五项人际关系的德行。至于这三种德行的实施，就是一个"诚"字，这些道理，有的人生来就知道，有的人通过学习才知道，有的人要遇到困难后才知道，但只要他们最终都知道了，也就是一样的了。又比如说，有的人自觉自愿地去实行它们，有的人为了某种好处才去实行它们，有的人勉勉强强地去实行，但只要他们最终都实行起来了，也就是一样的了。

孔子说："喜欢学习就接近了智，努力实行就接近了仁，知道羞耻就接近了勇。知道这三点，就知道怎样修养自己，知道怎样修养自己，就知道怎样管理他人，知道怎样管理他人，就知道怎样治理天下和国家了。"

任何事情，事先有准备就会成功，没有准备就会失败。说话先有准备，就不会语塞中断；做事先有准备，就不会受挫；行动先有准备，就不会后悔；道路预先选定，就不会陷入绝境。

真诚是上天的原则，追求真诚是做人的原则。天生真诚的人，不用勉强就能做到，不用思考就能拥有，自然而然地符合上天的原则，这样的人是圣人。努力做到真诚，就要选择美好的目标执著追求：广泛学习，详细询问，周密思考，明确辨别，切实实行。要么不学，学了没有学会绝不罢休；要么不问，问了没有懂得绝不罢休；要么不想，想了没有想通绝不罢休；要么不分辨，分辨了没有明确绝不罢休；要么不实行，实行了没有切实做到就绝不罢休。别人用一分努力就能做到的，我用一百分的努力去做；别人用十分的努力做到的，我用一千分的努力去做。如果真能够做到这样，虽然愚笨也一定可以聪明起来，虽然柔弱也一定可以刚强起来。

由真诚而自然明白道理，这叫做天性；由明白道理后做到真诚，这叫做人为的教育。真诚也就会自然明白道理，明白道理后也就会做到真诚。

只有天下极端真诚的人能充分发挥他的天赋本性；能充分发挥他的本性，就能充分发挥众人的本性；能充分发挥众人的本性，就能充分发挥万物的本性；能充分发挥万物的本性，就可以帮助天地养育万物；能帮助天地养育万物，就可以与天地并列为三了。

诵读导航

《中庸》是儒家阐述"中庸之道"，并提出人性修养的教育理论著作，是国学的一个重要组成部分，相传为子思所作。中庸之道的主题思想是教育人们自觉地进行自我修养、自我监督、自我教育、自我完善，把自己培养成为具有理想人格，达到至善、至仁、至诚、至道、至德、至圣的"太平和合"境界。"中"的基本原则是适度，无过不及，恰到好处。追求中常之道，内外协调，保持平衡，不走极端，这种处事哲理对中华文明产生了深远的影响，使中华民族形成了一种稳健笃实的民族性格。诵读时，要舒缓平实，带着思考，排比句式要读出其节奏、读出其韵味，突出其蕴含的哲理。

20. 礼记·檀弓下 （节选）【西汉】戴德 戴圣

齐大饥。黔敖为食于路，以待饿者而食之。有饿者蒙袂（mèi）辑屦（jí jù），贸贸而来。黔敖左奉食，右执饮，曰："嗟（jiē）！来食！"扬其目而视之，曰："予唯不食嗟来之食，以至于斯也！"从而谢焉，终不食而死。曾子闻之，曰："微与！其嗟也，可去，其谢也，可食。"

【释义】▶▶

齐国出现了严重的饥荒。黔敖在路边准备好饭食，以供路过饥饿的人来吃。有个饥饿的人用袖子蒙着脸，无力地拖着脚步，昏昏沉沉地走来。黔敖左手端着吃食，右手端着汤，说道："喂！来吃吧！"那个饥民扬眉抬眼看着他，说："我就是不愿吃嗟来之食，才落得这个地步！"黔敖追上前去向他道歉，他仍然不吃，终于饿死了。曾子听闻这件事后说："不该这样吧！黔敖无礼呼唤时，当然可以拒绝，但他道歉之后，则可以去吃。"

诵读导航

《礼记》是中国古代一部重要的典章制度书籍，是战国至秦汉年间儒家学者解释说明经书《仪礼》的文章选集，是一部儒家思想的资料汇编。其作者不止一人，多为孔子的弟子所作。现传《礼记》又称《小戴礼记》，系西汉礼学家戴圣编纂，与之相关的又有《大戴礼记》，为戴圣的堂叔礼学家戴德编纂。选文"不食嗟来之食"的故事，启发人们做人要有骨气，不能低三下四地接受别人的施舍，哪怕饿死。表明在精神追求和物质追求之间，在人的尊严和卑躬屈膝之间，前者高于后者。诵读时，注意散文对白体的特点，叙述语言要平实，描写语言要把握说话者的神情和语气，要形象生动。

21. 礼记·学记 （节选）【西汉】戴德 戴圣

发虑宪，求善良，足以謏（xiǎo）闻，不足以动众。就贤体远，足以动众，未足以化民。君子如欲化民成俗，其必由学乎！

玉不琢，不成器；人不学，不知道。是故古之王者建国君民，教学为先。《兑命》曰："念终始典于学"。其此之谓乎！

虽有佳肴，弗食不知其旨也；虽有至道，弗学不知其善也。是故学然后知不足，教然后知困。知不足然后能自反，知困然后能自强也。故曰：教学相长也。

说话和考虑问题合乎法度，招求一些贤良人士辅佐自己，那就可以有小的声誉，但还不足以胜任统帅军队的将领。亲近贤明之士，体恤和自己疏远的人，就足以胜任统帅军队的将领，但还不足以起到教化百姓的作用，成其美俗。处于君位的人如果要教化老百姓，并形成良好的风俗，那一定要从教育入手！

玉石不经过雕琢，就不能变成好的器物；人不经过学习，不会明白儒家之道。所以古代的三王，建立国家，统治人民，要把兴办教育作为首要任务。《尚书·兑命》篇中说："由始至终要经常想着学习先王正典"，这就是它所要表达的意思呀。

虽然有美味佳肴，不吃就不知道它的味美；虽然有至极大道，不学就不知道其中奥妙。所以深入学习之后才知道自己德行不足，教书育人之后才知道自己学识不通达。知道自己德行不足然后才能自我反省，知道自己学识不通达然后才能自我奋勉。所以说：教与学是相互促进的。

诵读导航

《学记》为《礼记》卷十八，是中国古代最早的一篇专门论述教育、教学问题的论著，写于战国晚期。其文言简意赅，喻辞生动，系统而全面地阐明了教育的目的及作用，教育和教学的制度、原则和方法，教师的地位和作用，师生以及同学之间关系。选文阐述了学习及教育的重要性，以及教与学之间的相互促进关系。每个句子之间的意思互为因果关系，句式排列比较整齐。诵读时，强调原因的句子应重读，表达结果结论的句子语气要肯定。

22. 老子一章　【春秋】老子

道可道也，非恒道也。名可名也，非恒名也。无名，万物之始也；有名，万物之母也。故恒无欲也，以观其妙；恒有欲也，以观其所徼。两者同出，异名同谓。玄之又玄，众妙之门。

【释义】▶▶

"道"如果可以用言语来表述，那它就不是常"道"；"名"如果可以用文辞叙述，那它就不是常"名"。"无"可以用来表述天地混沌未开之际的状况；而"有"，则是宇宙万物产生之本原的命名。因此，要常从"无"中去观察领悟"道"的奥妙；要常从"有"中去观察体会"道"的端倪。无与有这两者，来源相同而名称相异，都可以称之为玄妙、深远。它不是一般的玄妙、深奥，而是玄妙又玄妙、深远又深远，是宇宙天地万物之奥妙的总门（从"有名"的奥妙到达无形的奥妙，"道"是洞悉一切奥妙变化的门径）。

老子（约公元前571年—公元前471年），姓李名耳，字聃。楚国人，我国古代伟大的哲学家和思想家、道家学派创始人，被唐朝帝王追认为李姓始祖。其作品的精华是朴素的辩证法，主张无为而治，其学说对中国哲学发展具有深刻影响。在道教中，老子被尊为道教始祖。《道德经》（又称《老子》），原分上下两篇，原文上篇《德经》、下篇《道经》，不分章，后改为《道经》在前，《德经》在后，并分为81章。这是中国历史上首部完整的哲学著作。选文为老子一章。本章老子提出了哲学意义的"道"。这个"道"是难以用言语表达的，也难以用名词概念来规定的。因为"道"无规定性，所以又具有无限的可能性，能生成一切事物（有），使之成为天地万物的本源。老子的"道"是具有一种对宇宙人生独到的悟解和深刻的体察，这是源于他对自然界的细致入微的观察和一种强烈的神秘主义直觉而至。这种对自然和自然规律的着意关注，是构成老子哲学思想的基石。诵读时，第一个"道""名""无""有"运用逻辑停顿来突出概念，理清彼此间的关系。

23. 老子八章　【春秋】老子

上善若水。水善利万物而不争，处众人之所恶，故几于道。居，善地；心，善渊；与，善仁；言，善信；政，善治；事，善能；动，善时。夫唯不争，故无尤。

【释义】▶▶

最善的人好像水一样。水善于滋润万物而不与万物相争，停留在众人都不喜欢的地方，所以最接近于"道"。最善的人，最善于选择居住的地方，心胸保持沉静而深不可测，待人真诚、友爱和无私，说话恪守信用，为政善于精简处理，能把国家治理好，处事能够发挥所长，行动善于把握时机。最善的人所作所为正因为有不争的美德，所以没有过失。

本章作者以自然界的水来喻人、教人。首先用水性来比喻有高尚品德者的人格，认为他们的品格像水那样，一是柔，二是停留在卑下的地方，三是滋润万物而不与争。最完善的人格也应该具有这种心态与行为，不但做有利于众人的事情而不与争，而且还愿意去众人不愿去的卑下的地方，愿意做别人不愿做的事情。他可以忍辱负重，任劳任怨，能尽其所能地贡献自己的力量去帮助别人，而不会与别人争功争名争利，这就是老子"善利万物而不争"的著名思想。诵读时，略带赞美语气，通过逻辑停顿处理好短句间的语意关系。

24. 老子六十四章 　【春秋】老子

其安易持，其未兆易谋。其脆易泮（pàn），其微易散。为之于未有，治之于未乱。合抱之木，生于毫末；九层之台，起于垒土；千里之行，始于足下。为者败之，执者失之。是以圣人无为，故无败，无执，故无失。民之从事，常于几成而败之，不慎终也。慎终如始，则无败事。是以圣人欲不欲，不贵难得之货；学不学，复众人之所过。以辅万物之自然，而不敢为。

【释义】▶▶

局面安定时容易维持，情势未明朗时容易图谋，事物脆弱时容易消解，事物微小时容易散失。要在事情未开始时就有所打算，要在祸乱未发作之前就早作预防。合抱的大树，长成于细小的萌芽；九层的高台，堆垒于土坯；千里的远行，开始于脚下。对于这些渐进的过程，如果妄逞权能而揠苗助长，就会导致失败；如果执意于某一情态而加抗拒，就会反而使局面失去控制。因此，圣人不妄逞权能，所以不会失败；不抗拒渐进的演变，所以不会使局面失控。人们做事，常在接近成功的时候失败，慎终如慎始，就不会有失败。因此，圣人要别人之所不要，不使稀贵资源的供应更加紧张；学别人之所不学，修复众人所犯的过错。这样遵循万物的自然本性而不妄加干预。

诵读导航

选文为第六十四章，主要阐述事物发展变化的辩证规律，即"大生于小"。老子认为，事物总是由小到大发展起来的，任何事物的出现，总有自身生成、变化和发展的过程，告诫人们，无论做何事，都须有坚强的毅力，从小事做起，才可成就大业。诵读时，论证的部分语气强烈，而结论部分则较为舒缓。排比句式要读出气势和韵味。

25. 墨子·七患 　（节选）【春秋战国】墨子

子墨子曰："国有七患。七患者何？城郭沟池不可守，而治宫室，一患也；边国至境四邻莫救，二患也；先尽民力无用之功，赏赐无能之人，民力尽于无用，财宝虚于待客，三患也；仕者持禄，游者爱佼（通'交'），君修法讨臣，臣慑而不敢拂，四患也；君自以为圣智而不问事，自以为安彊而无守备，四邻谋之不知戒，五患也；所信者不忠，所忠者不信，六患也；畜种菽（shū）粟不足以食之，大臣不足以事之，赏赐不能喜，诛罚不能威，七患也。以七患居国，必无社稷；以七患守城，敌至国倾。七患之所当，国必有殃。"

墨子说：国家有七种祸患。这七种祸患是什么呢？内外城池壕沟不足守御而去修造宫室，这是第一种祸患；敌兵压境，四面邻国都不愿来救援，这是第二种祸患；把民力耗尽在无用的事情上，赏赐没有才能的人，（结果）民力因做无用的事情而耗尽，财宝因款待宾客而用空，这是第三种祸患；做官的人只求保住俸禄，游学未仕的人只顾结交党类，国君修订法律以诛戮臣下，臣下畏惧而不敢违拂君命，这是第四种祸患；国君自以为神圣而聪明，而不过问国事，自以为安稳而强盛，而不作防御准备，四面邻国在图谋攻打他，而尚不知戒备，这是第五种祸患；所信任的人不忠实，而忠实的人不被信任，这是第六种祸患；家畜和粮食不够吃，大臣对于国事不胜使令，赏赐不能使人欢喜，责罚不能使人畏惧，这是第七种祸患。治国若存在这七种祸患，必定亡国；守城若存在这七种祸患，国都必定倾毁。七种祸患存在于哪个国家，哪个国家必有祸殃。

诵读导航

墨子（约公元前480—公元前420），名翟，春秋末战国初鲁国人，我国战国时期著名的思想家、教育家、社会活动家，墨家学派的创始人。《墨子》是古代劳力者之哲学，是墨子的弟子及再传弟子关于墨子言行的记录。《七患》是留存至今的《墨子》的第五篇，主要论述造成国家危亡的七种隐患以及化解这七种隐患的办法。这七个问题，涉及内政、外交、国防、用人等方面，如果不能很好解决，国家就有危险。诵读时，要求读准字音，通过逻辑停顿、重音，理清七患之间的主次关系，突出七患之危害。

26. 墨子·小取　（节选）【春秋战国】墨子

夫辩者，将以明是非之分，审治乱之纪，明同异之处，察名实之理，处利害，决嫌疑。焉摹略万物之然，论求群言之比。以名举实，以辞抒意，以说出故。以类取，以类予。有诸己不非诸人，无诸己不求诸人。

辩论的目的，是要分清是非的区别，审察治乱的规律，搞清同异的地方，考察名实的启发，断决利害，解决疑惑。于是要探求万事万物本来的样子，分析、比较各种不同的言论。用名称反映事物，用言词表达思想，用推论揭示原因。按类别归纳，按类别推论。自己赞同某些论点，不反对别人赞同，自己不赞同某些观点，也不要求别人不赞同。

诵读导航

　　《小取》见于《墨子》第四十五篇。《小取》篇上承《大取》篇，是墨家名辩之学的重要篇章。本篇主要探讨辩论与认识事物方面的问题，有几段以取喻的方法，解说人们认识事物时的几种情况。选文为《小取》的第一段，对整个墨家名辩之学的意义、主要思路、基础概念、方法原则、态度原则进行总括，对于理解什么是先秦名辩学意义重大。诵读时，要理解本段对辩的定义，通过逻辑停顿，处理好"以明是非之分，审治乱之纪；明同异之处，察名实之理；处利害，决嫌疑"的文本结构和内在顺序。

27. 孙子兵法·计篇第一　　（节选）【春秋】孙武

　　孙子曰：兵者，国之大事，死生之地，存亡之道，不可不察也。

　　故经之以五事，校之以计，而索其情：一曰道，二曰天，三曰地，四曰将，五曰法。道者，令民与上同意也，故可以与之死，可以与之生，而不畏危。天者，阴阳、寒暑、时制也。地者，远近、险易、广狭、死生也。将者，智、信、仁、勇、严也。法者，曲制、官道、主用也。凡此五者，将莫不闻，知之者胜，不知者不胜。

　　故校之以计而索其情，曰：主孰有道？将孰有能？天地孰得？法令孰行？兵众孰强？士卒孰练？赏罚孰明？吾以此知胜负矣。

【释义】▶▶

　　孙子说：战争是国家的大事，它关系着人民的生死和宗庙社稷的存亡，是不可不认真考察的。

　　所以，要以如下五个方面的因素为基础，去对敌我双方的情况进行比较分析和评估，从而探索战争胜负的形势。这五个方面为：一是"道"，二是"天"，三是"地"，四是"将"，五是"法"。所谓"道"，就是要使民众与君主同心同德，可与君主死生与共而无违疑之心。所谓"天"，就是指昼夜、寒暑与四时节令的变化。所谓"地"，就是指道路的远近、地势之险厄平易、开阔狭窄与高低向背等地理条件。所谓"将"，就是要求将帅要具备智谋、信实、仁爱、勇敢和严明等五种品格。所谓"法"，就是指军队的组织编制、将吏的职分管理与军需物资的掌管使用。凡属上述五个方面的事，身为将帅，都不能不过问。了解这些情况，就能打胜仗；不了解这些情况，就不能打胜仗。

　　要对敌我双方的情况进行比较分析，从而探索战争胜负的形势：哪一方的君主开明？哪一方的将帅贤能？哪一方占有天时、地利？哪一方的武器装备精良？哪一方的士卒训练有素？哪一方的赏罚公正严明？我们根据上述情况，就可预知谁胜谁负了。

孙武（约公元前545年—公元前470年），字长卿，齐国乐安人，春秋时期著名的军事家、政治家，尊称兵圣。后人尊称其为孙子、孙武子、百世兵家之师、东方兵学的鼻祖。所著《孙子兵法》，为后世兵法家所推崇，被誉为"兵学圣典"。全书将与战争有关的军事问题分作十三篇加以论述。各篇既能独立成章，相互之间又有密切的联系，上下承启，前后相衔，浑然一体。《计篇》是十三篇的首篇，也是全书的总纲，主要论述了战争谋划者在战前研究和谋划、预测战争的重要性，为最后夺取战争的胜利指点迷津、规划方向等基本问题。探讨了决定战争胜负的各种基本条件，具有最大的普遍性；它所阐述的基本思想和基本原则，贯穿于全书各个篇章之中，是孙子军事思想的概述。诵读时，处理好短句和排比句式的语气和节奏。

28. 庄子·秋水　　（节选）【战国】庄子

北海若曰："井蛙不可以语于海者，拘于虚也；夏虫不可以语于冰者，笃于时也；曲士不可以语于道者，束于教也。……天下之水，莫大于海，万川归之，不知何时止而不盈；尾闾（lú）泄之，不知何时已而不虚；春秋不变，水旱不知。此其过江河之流，不可为量数。……计四海之在天地之间也，不似礨（lěi）空之在大泽乎？计中国之在海内不似稊（tí）米之在太仓乎？号物之数谓之万，人处一焉；人卒九州，谷食之所生，舟车之所通，人处一焉。此其比万物也，不似豪末之在于马体乎？五帝之所连，三王之所争，仁人之所忧，任士之所劳，尽此矣！

"夫物，量无穷，时无止，分无常，终始无故。是故大知观于远近，故小而不寡，大而不多，知量无穷。证向今故，故遥而不闷，掇（duō）而不跂（qì）：知时无止。察乎盈虚，故得而不喜，失而不忧：知分之无常也。明乎坦涂，故生而不说，死而不祸：知终始之不可故也。计人之所知，不若其所不知；其生之时，不若未生之时；以其至小，求穷其至大之域，是故迷乱而不能自得也。由此观之，又何以知毫末之足以定至细之倪（ní），又何以知天地之足以穷至大之域！"

【释义】▶▶

北海之神若回答说："井里的青蛙，不可能跟它们谈论大海，是因为生活空间的限制；夏天的虫子，不可能跟它们谈论冰冻，是因为生命长短的限制；乡间的百姓，不可能跟他们谈论大道，是因为所受教养的制约。……天下的水面，没有什么比海更大的，千万条大河流归大海，不知道什么时候才会停歇，但是大海却从不会满溢；海水不断从海底的尾闾流出，不知道什么时候才会停止，但是大海却永远不会干涸；无论春天还是秋天，水涝还是干旱，都不会感觉到海水的变化。从这点来看，大海远远超过了江河的水流，是不能够用数量来计算的。……想一想看，四海存在于天地之间，不也像大泽之中小小的蚂蚁洞吗？再想一想，中原大地存在于四海之内，不也像巨大的粮仓之中细碎的米粒吗？世间的事物有千万种，人类只是万物中的一种；中国九州中生存着很多人，粮食在这里生长，舟车在这里通行，而个人只是众多人群中的一员。个人与万物相比，不就像是一根羽毛的尖儿和一匹大马相比吗？五帝相承的事业，三王争夺的土地，仁人所忧患的道德，能人所操劳的细事，全都像羽毛的尖儿一样微不足道。"

"对于世间万物来说，大小是没有穷尽的，世间是没有尽头的，时运好坏是不可预测的，什么时候开始，什么时候结束，也没有固定的规律。所以真正有智慧的圣人，能于最贴近的事物中体察最玄远的道理，所以面对小的事物，也不自以为小；面对大的事物，也不自以为多，因为他知道，事物的大小是相对的，是没有穷尽的。他能认识到现在与过去并无差别，所以长寿也不闷闷厌生，短命也不企求长寿，因为他知道，世间是没有尽头的。他能认清由满到缺的变化，所以得到了什么也不高兴，失去了什么也不伤心，因为他知道时运本来就是不可测的。他明白大道循环的道理，所以活着也不是特别开心，也不把死亡当作一件坏事，因为他知道，开始与结束（生与死）本来就没有固定的规律。想一想算一算，一个人知道的事情，永远没有他不知道的事情多；他活着的时间，绝对没有他出生之前的时间长。凭借自己有限的智力，想要去认识宽广无穷的世界，所以才会让自己智力尽丧，惑乱不解，也不会有所得。从这个角度来说，又怎么能知道羽毛尖儿就可以定义最小的边界呢？又怎么能知道天地就可以穷尽最大的境界呢？"

诵读导航

庄子（约公元前369年—公元前286年），名周，字子休，战国时代宋国人，因厌恶仕途，隐退著书，是道家学派的代表人物，中国古代著名的思想家、哲学家、文学家。庄子是老子哲学思想的继承者和发展者，庄子学派的创始人。主张顺应自然，提倡无为而无不为。庄子的文章想象丰富，汪洋恣肆，辞藻瑰丽，并多采用寓言形式，富有浪漫色彩。《秋水》阐述在无限广大的宇宙中，个人的认识和作为，都要受到主客观条件的制约，因而是十分有限的，客观启示我们，不能局限于个人的见闻而自满自足，应该努力学习，不断进取。诵读时，处理好排比句式及对比句的节奏和语气。

29. 韩非子·五蠹（dù） （节选）【战国】韩非

上古之世，人民少而禽兽众，人民不胜禽兽虫蛇。有圣人作，构木为巢以避群害，而民悦之，使王天下，号曰有巢氏。民食果蓏（luǒ）蚌蛤，腥臊恶臭而伤害腹胃，民多疾病。有圣人作，钻燧（suì）取火以化腥臊，而民说（yuè）之，使王天下，号之曰燧人氏。中古之世，天下大水，而鲧（gǔn）、禹决渎（dú）。近古之世，桀（jié）、纣（zhòu）暴乱，而汤、武征伐。今有构木钻燧于夏后氏之世者，必为鲧、禹笑矣；有决渎于殷、周之世者，必为汤、武笑矣。然则今有美尧、舜、汤、武、禹之道于当今之世者，必为新圣笑矣。是以圣人不期修古，不法常可，论世之事，因为之备。宋有人耕田者，田中有株，兔走触株，折颈而死，因释其耒（lěi）而守株，冀复得兔。兔不可复得，而身为宋国笑。今欲以先王之政，治当世之民，皆守株之类也。

【释义】▶▶

在远古时代，人口稀少而禽兽众多，人们敌不过禽兽蛇虫等野生动物。这时圣人出现了，他教人们架起木头搭成像鸟巢一样的住处来避免各种禽兽的伤害，而人民就高兴了，让他统治天下，称他为有巢氏。人民食用瓜果河蚌蛤蜊等动植物，腥臭难闻而且伤害肠胃，人民因此经常生病。这时圣人出现了，用钻擦木燧的方法取得火种，烧熟食物来除去腥臊臭气，而人民就高兴了，让他统治天下，称他为燧人氏。在中古时代，天下洪水泛滥，而鲧、禹疏通河道。在近古时代，夏桀、商纣残暴昏乱，而商汤、周武王征伐了他们。如今如果还有架木搭巢钻木取火在夏王朝之后的时代里，那必然就要被鲧、禹耻笑；如果还有人整天疏通河道在商、周之后的时代里，那就必然要被商汤、周武王所耻笑了。然而如今还有人赞美尧、舜、商汤、周武、夏禹的政治措施可以用在当今之世，必然就要被新时代的圣人所耻笑了。因此圣人不指望学习照搬古代的那一套，不效法常规的那一套，而是根据时代论事，制定相应措施。宋国有个耕地的人，田里有一棵树，兔子在奔跑时撞树，颈部撞断死了，于是他放下木锹而守在树旁，希望再捡到撞树而死的兔子，兔子是不可能再得到了，而自己却被宋国人取笑。如今想要用古代帝王的政治措施，来治理当代的民众，这就是守株待兔之类的笑话了。

诵读导航

韩非（约公元前280年—公元前233年），战国末期著名思想家，法家代表人物。尊称韩非子，是荀子的学生。著有《韩非子》一书，共五十五篇。韩非继承和总结了战国时期法家的思想和实践，提出了君主专制中央集权的理论，主张变法。此篇是韩非子的代表作，比较全面地阐述了韩非的法治主张，而且逻辑严密，笔锋犀利，很有说服力。"蠹"就是蛀虫，"五蠹"是韩非对儒家等五类人的比喻性贬称。具体是指学者或文学（儒家之徒）、带剑者（游侠）、言谈者（到处游说的投机政客）、患役者（逃避耕战依附豪门的人）和工商之人（工商业者）。选文是从历史的回顾出发，论证古代的经验不能应用于当今，治国方法必须随时代的变化而变化。诵读时，叙述部分语气比较平和，议论部分语气加重，语意较为犀利。

30. 荀子·修身篇第二　【战国】荀子

见善，修然必以自存也；见不善，愀然必以自省也；善在身，介然必以自好也；不善在身，菑（zī）然必以自恶也。故非我而当者，吾师也；是我而当者，吾友也；谄谀（chǎn yú）我者，吾贼也。故君子隆师而亲友，以致恶其贼；好善无厌，受谏而能诫，虽欲无进，得乎哉？小人反是，致乱，而恶人之非己也；致不肖，而欲人之贤己也；心如虎狼，行如禽兽，而又恶人之贼已也。谄谀者亲，谏诤者疏，修正为笑，至忠为贼，虽欲无灭亡，得乎哉？《诗》曰："噏噏呰呰（xī xī zǐ zǐ），亦孔之哀。谋之其臧（zāng），则具是违；谋之不臧，则具是依。"此之谓也。

……

以善先人者谓之教，以善和人者谓之顺；以不善先人者谓之谄，以不善和人者谓之谀。是是、非非谓之知，非是、是非谓之愚。伤良曰谗，害良曰贼。是谓是、非谓非曰直。窃货曰盗，匿行曰诈，易言曰诞，趣舍无定谓之无常，保利弃义谓之至贼。多闻曰博，少闻曰浅；多见曰闲，少见曰陋；难进曰偍，易忘曰漏；少而理曰治，多而乱曰秏。

【释义】▶▶

　　看到善良的行为，一定要一丝不苟地拿它来对照自己；看到不好的行为，一定要心怀恐惧地拿它来反省自己；善良的品行在自己身上，一定要坚定不移地洁身自好，以保持善良；不良的品行在自己身上，一定要被害似地痛恨它。所以恰当指责我的人，就是我的老师；恰当赞同我的人，就是我的朋友；阿谀奉承我的人，就是害我的贼人。君子尊崇老师、亲近朋友，而极端憎恨那些贼人；爱好善良的品行永不满足，受到劝告就能警惕，那么即使不想进步，可能么？小人则与此相反，自己极其昏乱，却还憎恨别人对自己的责备；自己极其无能，却要别人说自己贤能；自己的心地如虎狼、行为似禽兽，却又恨别人指出己恶；对阿谀奉承自己的就亲近，对规劝自己改正错误的就疏远，把善良正直的话当作对自己的讥笑，把极端忠诚的行为看成是对自己的戕害，这样的人即使想不灭亡，可能么？《诗》云："乱加吸取乱诋毁，实实在在很可悲。谋划本来很完美，偏偏把它都违背；谋划本来并不好，反而拿来都依照。"就是说的这种小人。

　　用善良的言行来引导别人的叫做教导，用善良的言行来附和别人的叫做顺应；用不良的言行来引导别人的叫做谄媚，用不良的言行来附和别人的叫做阿谀。以是为是、以非为非的叫做明智，以是为非、以非为是的叫做愚蠢。中伤贤良叫做谗毁，陷害贤良叫做残害。对的就说对、错的就说错叫做正直。偷窃财物叫做盗窃，隐瞒自己的行为叫做欺诈，轻易乱说叫做荒诞，进取或退止没个定规叫做反复无常，为了保住自己利益而背信弃义的叫做大贼。听到的东西多叫做渊博，听到的东西少叫做浅薄。见到的东西多叫做开阔，见到的东西少叫做鄙陋。难以进展叫做迟缓，容易忘记叫做遗漏。措施简少而有条理叫做政治清明，措施繁多而混乱叫做昏乱不明。

诵读导航

　　荀子（公元前313—公元前238），名况，战国后期赵国人，著名思想家、文学家、政治家，儒家学派代表人物，他在孔子核心思想"仁"，孟子核心思想"义"的基础上又提出了"礼""法"的思想，被后世尊称为"后圣"。《修身》讲述的是提高品行修养之术。它倡导君子仁德、谦恭、遵从道义与法度，去做使内心安适之事，批判了追求名利、不讲究礼义之人。不仅在当时社会具有积极作用，对于当今社会也具有一定的借鉴意义。诵读时突出对比句式语意的对应，语气的呼应。

情系
家国

31. 诗经·秦风·无衣　【先秦】佚名

岂曰无衣？与子同袍。王于兴师，修我戈矛，与子同仇。
岂曰无衣？与子同泽。王于兴师，修我矛戟，与子偕作。
岂曰无衣？与子同裳。王于兴师，修我甲兵，与子偕行。

【释义】▶▶

怎能说没有衣裳？我愿和你披同样的战袍。国君让我们出兵作战，修整我们的戈与矛，我们面对的是共同的敌人！

怎能说没有衣裳？我愿和你穿同样的汗衣。国君让我们出兵作战，修整我们的矛与戟，我愿与你一同战斗！

怎能说没有衣裳？我愿和你穿同样的战裙。国君让我们出兵作战，修整我们的盔甲兵器，我愿与你一同前进！

诵读导航

《诗经》是我国第一部诗歌总集，它收录了西周到春秋时期的诗歌305篇，按内容分为"风""雅""颂"三部分。《秦风·无衣》是《诗经》中最为著名的爱国主义诗篇，它是产生于秦地人民抗击西戎入侵者的军中战歌。诗歌以复沓的形式，表现了秦军战士出征前的高昂士气：他们互相召唤、互相鼓励，舍生忘死、同仇敌忾，反映了秦国兵士团结友爱、共御强敌的精神。诵读时，突出豪迈之气，雄浑之势。

32. 国殇 【战国】屈原

操吴戈兮被（通"披"）犀甲，车错毂（gǔ）兮短兵接。
旌（jīng）蔽日兮敌若云，矢交坠兮士争先。
凌余阵兮躐（liè）余行，左骖（cān）殪兮右刃伤。
霾（mái）两轮兮絷（zhí）四马，援玉枹（fú）兮击鸣鼓。
天时怼（duì）兮威灵怒，严杀尽兮弃原野。
出不入兮往不反，平原忽兮路超远。
带长剑兮挟秦弓，首身离兮心不惩。
诚既勇兮又以武，终刚强兮不可凌。
身既死兮神以灵，魂魄毅兮为鬼雄！

【释义】▶▶

手拿干戈啊身穿犀皮甲，战车交错啊刀剑相砍杀。
旗帜蔽日啊敌人如乌云，飞箭交坠啊士卒勇争先。
犯我阵地啊践踏我队伍，左骖死去啊右骖被刀伤。
埋住两轮啊绊住四匹马，手拿玉槌啊敲打响战鼓。
天昏地暗啊威严神灵怒，残酷杀尽啊尸首弃原野。
出征不回啊往前不复返，平原迷漫啊路途很遥远。
佩带长剑啊挟着强弓弩，首身分离啊壮心不改变。
实在勇敢啊富有战斗力，始终刚强啊没人能侵犯。
身已死亡啊精神永不死，您的魂魄啊为鬼中英雄！

诵读导航

　　屈原（约公元前339—公元前278），战国时期的楚国爱国诗人、政治家，"楚辞"的创立者。此诗是祭祀保卫国土战死的将士的祭歌，是作者在民族危亡时所作，充分体现了其爱国主义精神。全诗极写卫国壮士在战斗中勇武不屈、视死如归的英雄气概，讴歌他们为维护祖国尊严、解除人民灾难而献身的精神。慷慨悲壮的歌唱，不仅寄托了对阵亡士卒的哀思，而且抒发了作者热爱祖国的高尚感情。诵读时，突出"慷慨悲壮"的情感基调及骚体的语言风格特点。

33. 燕歌行 【唐】高适

汉家烟尘在东北，汉将辞家破残贼。男儿本自重横行，天子非常赐颜色。
摐（chuāng）金伐鼓下榆关，旌旆（jīng pèi）逶迤（wēi yí）碣（jié）石间。

校尉羽书飞瀚海，单于猎火照狼山。山川萧条极边土，胡骑凭陵杂风雨。
战士军前半死生，美人帐下犹歌舞！大漠穷秋塞草腓（féi），孤城落日斗兵稀。
身当恩遇恒轻敌，力尽关山未解围。铁衣远戍辛勤久，玉箸应啼别离后。
少妇城南欲断肠，征人蓟（jì）北空回首。边庭飘飖那可度，绝域苍茫更何有！
杀气三时作阵云，寒声一夜传刁斗。相看白刃血纷纷，死节从来岂顾勋？
君不见沙场征战苦，至今犹忆李将军！

【释义】 ▶▶

唐朝边境举烟火狼烟东北起尘土，	唐朝将军辞家去欲破残忍之边贼。
男子本来就看重横刀骑马天下行，	天子赏识非常时赫赫英雄显本色。
锣声响彻重鼓槌声威齐出山海关，	旌旗迎风又逶迤猎猎碣石之山间。
校尉紧急传羽书飞奔浩瀚之沙海，	匈奴单于举猎火光照已到我狼山。
山河荒芜多萧条满目凄凉到边土，	胡人骑兵仗威力兵器声里夹风雨。
战士拼斗军阵前半数死去半生还，	美人却在营帐中还是歌来还是舞！
时值深秋大沙漠塞外百草尽凋枯，	孤城一片映落日战卒越斗越稀少。
身受皇家深恩义常思报国轻寇敌，	边塞之地尽力量尚未破除匈奴围。
身穿铁甲守边远疆场辛勤已长久，	珠泪纷落挂双目丈夫远去独啼哭。
少妇孤单住城南泪下凄伤欲断肠，	远征军人驻蓟北依空仰望频回头。
边境飘渺多遥远怎可轻易来奔赴，	绝远之地尽苍茫更是人烟何所有。
杀气春夏秋三季腾起阵前似乌云，	一夜寒风声声里如泣更声惊耳鼓。
互看白刃乱飞舞夹杂着鲜血纷飞，	从来死节为报国难道还求着功勋？
你没看见拼杀在沙场战斗多惨苦，	现在还在思念有勇有谋的李将军。

诵读导航

高适（700—765），唐代著名的边塞诗人，与岑参并称"高岑"。其诗笔力雄健，气势奔放。此诗描写了一个战役的全过程：第一节八句写出师，第二节八句写战败，第三节八句写被围，第四节四句写死斗的结局。全诗气势畅达，笔力矫健，气氛悲壮淋漓。诵读时，突出"雄健悲壮"的情感基调，注意每节之间的情感变化。

34. 出塞（其一）　【唐】王昌龄

秦时明月汉时关，万里长征人未还。
但使龙城飞将在，不教胡马度阴山。

秦汉时的明月，秦汉时的边关至今依然如故，而战争却一直不曾间断，已有无数将士血洒疆场，又有多少战士仍然戍守着边关，不能归来。只要镇守龙城的飞将军李广还在，就不会让匈奴的骑兵跨过阴山，侵犯我中原。

诵读导航

王昌龄（698—756），字少伯，山西太原人。盛唐著名边塞诗人，后人誉为"七绝圣手"。《出塞》一诗被推为唐人七绝的压卷之作，是一首慨叹边战不断、国无良将的边塞诗。诗的首句耐人寻味，说的是朝代变更，明月和环境还是跟前朝的一样，写出了历史变换的感叹。二句写征战未断，多少男儿战死沙场，留下沙场裹尸。三、四句写出千百年来人民的共同意愿，希望有"龙城飞将"出现，平息胡乱，安定边防。

全诗以平凡的语言，唱出雄浑豁达的主旨，气势流畅，一气呵成。诗人以雄劲的笔触，对当时的边塞战争生活作了高度的艺术概括，把写景、叙事、抒情与议论紧密结合，在诗里熔铸了丰富的思想感情，使诗的意境雄浑深远，既激动人心，又耐人寻味。诵读时，前二句突出悲壮之感，后二句侧重舒缓寄寓期望的情感基调。

35. 走马川行奉送出师西征　【唐】岑参

君不见，走马川行雪海边，平沙莽莽黄入天。
轮台九月风夜吼，一川碎石大如斗，随风满地石乱走。
匈奴草黄马正肥，金山西见烟尘飞，汉家大将西出师。
将军金甲夜不脱，半夜军行戈相拨，风头如刀面如割。
马毛带雪汗气蒸，五花连钱旋作冰，幕中草檄砚水凝。
虏骑闻之应胆慑。料知短兵不敢接，车师西门伫献捷。

【释义】▶▶

您难道不曾看见，辽阔的走马川，紧连雪海边缘，浩瀚的沙漠，黄沙滚滚接蓝天。轮台九月的秋风，随着夜晚在吼叫，走马川的碎石，一块块如斗一般大。随着狂风席卷，满地乱石飞走。匈奴草场变黄，正是秋高马肥，金山西面胡骑乱边，烟尘乱飞，汉家的大将军，奉命率兵西征。将军身着铠甲，日夜未曾脱下，半夜行军，战士戈矛互相碰撞，凛冽寒风吹来，人面有如刀割。马背上雪花，被汗气熏化蒸发，五花马的斑纹，旋即就结成冰，军帐中，起草檄文的墨水凝结起来。匈奴骑兵，个个闻风心惊胆战，早就料到，他们不敢短兵相接，只在车师西门，等待献俘报捷。

36. 蜀相 【唐】杜甫

丞相祠堂何处寻？锦官城外柏森森。映阶碧草自春色，隔叶黄鹂空好音。
三顾频烦天下计，两朝开济老臣心。出师未捷身先死，长使英雄泪满襟。

【释义】▶▶

何处去寻找武侯诸葛亮的祠堂？在成都城外那柏树茂密的地方。
碧草照映台阶呈现自然的春色，树上的黄鹂隔枝空对婉转鸣唱。
定夺天下先主曾三顾茅庐拜访，辅佐两朝开国与继业忠诚满腔。
可惜出师伐魏未捷而病亡军中，长使历代英雄们对此涕泪满裳！

37. 春望 【唐】杜甫

国破山河在，城春草木深。感时花溅泪，恨别鸟惊心。
烽火连三月，家书抵万金。白头搔更短，浑欲不胜簪（zān）。

【释义】▶▶

国都已被攻破，只有山河依旧存在，春天的长安城满目凄凉，到处草木丛生。繁花也伤感国事，难禁涕泪四溅，亲人离散鸟鸣惊心，反增离恨。多个月战火连续不断，长久不息，家书珍贵，一信难得，足足抵得上万两黄金。愁白了头发，越搔越稀少，少得连簪子都插不上了。

诵读导航

此诗抒发了诗人感时恨别、忧国思家的感情。诗歌触景生情，从"望"字着笔，环环相扣，使忧国忧民的感情不断推进深化。语言深沉凝练，用词准确精当，格律严谨，对仗工整。诵读时，突出"忧国、伤时、悲己"的情感基调。

38. 虞美人·春花秋月何时了　【五代】李煜

春花秋月何时了，往事知多少？小楼昨夜又东风，故国不堪回首月明中。

雕栏玉砌应犹在，只是朱颜改。问君能有几多愁？恰似一江春水向东流。

【释义】▶▶

春花秋月这样的时光什么时候才能了结，往事知道有多少！昨夜小楼上又吹来了春风，在这皓月当空的夜晚，怎承受得了回忆故国的伤痛。精雕细刻的栏杆、玉石砌成的台阶应该还在，只是所怀念的人已衰老。要问我心中有多少哀愁，就像这不尽的滔滔春水滚滚东流。

诵读导航

李煜（937—978），字重光，号钟隐。五代十国时期南唐的君主，故又被称作南唐后主。李煜工书，善画，洞晓音律，诗、词、文皆通，以词的成就最为突出。后期词反映亡国之痛，意境深远，感情真挚，语言清新，极富艺术感染力。此词通过今昔交错对比，表现了一个亡国之君的无穷的哀怨。全词以问起，以答结，写亡国之痛，意境深远，感情真挚，结构精妙，语言清新，愁思贯穿始终。诵读时，突出"低沉、凄凉、忧伤"的情感基调。

39. 满江红·怒发冲冠　【宋】岳飞

怒发冲冠，凭栏处、潇潇雨歇，抬望眼，仰天长啸，壮怀激烈。三十功名尘与土，八千里路云和月。莫等闲、白了少年头，空悲切。

靖康耻，犹未雪，臣子恨，何时灭？驾长车，踏破贺兰山缺。壮志饥餐胡虏肉，笑谈渴饮匈奴血。待从头、收拾旧山河，朝天阙。

我愤怒得头发竖了起来，独自登高凭栏远眺，骤急的风雨刚刚停歇。抬头远望天空，禁不住仰天长啸，胸怀壮志，激情昂扬。三十多年来虽已建立一些功名，但如同尘土微不足道，南北转战八千里，经过多少风云人生。好男儿，要抓紧时间为国建功立业，不要空空将青春消磨，等年老时徒自悲切。

靖康之变的耻辱，至今仍然没有被雪洗。作为国家臣子的愤恨，何时才能泯灭！我要驾着战车向贺兰山进攻，连贺兰山也要踏为平地。我满怀壮志，打仗饿了就吃敌人的肉，谈笑渴了就喝敌人的鲜血。待我重新收复旧日山河，再带着捷报向朝廷报告胜利的消息！

诵读导航

岳飞（1103—1142），字鹏举。南宋著名的军事家、民族英雄、抗金名将，著名词人。这是一首气壮山河、传诵千古的名篇。全词内容充满了对敌寇的痛恨，对国家的热爱，风格粗犷，音调激越，感情奔放，气势恢宏，表现了作者大无畏的英雄气概，洋溢着爱国主义激情。诵读时，突出"悲壮、豪放"的情感基调。

40. 书愤　【宋】陆游

早岁那知世事艰，中原北望气如山。楼船夜雪瓜洲渡，铁马秋风大散关。
塞上长城空自许，镜中衰鬓已先斑。出师一表真名世，千载谁堪伯仲间。

【释义】▶▶

年轻时就立志北伐中原，哪想到竟然是如此艰难。
我常常北望那中原大地，热血沸腾啊怨气如山。
记得在瓜州渡痛击金兵，雪夜里飞奔着楼船战舰。
秋风中跨战马纵横驰骋，收复了大散关捷报频传。
想当初我自比万里长城，立壮志为祖国扫除边患。
到如今已垂老鬓发如霜，盼北伐收复失地成空谈。
不由人缅怀那诸葛孔明，出师表真可谓名不虚传，
有谁像诸葛亮鞠躬尽瘁，率三军复汉室北定中原！

诵读导航

陆游（1125—1210），字务观，号放翁。南宋著名的爱国诗人、词人。今存诗九千三百余首，是我国现存诗最多的诗人。其爱国诗词多抒写抗金杀敌的豪情和对敌人、卖国贼的仇恨，风格雄奇奔放，沉郁悲壮。全诗感情沉郁，气韵浑厚，抒发了国仇未报、壮志未酬的悲愤之情。诵读时，突出"悲壮沉郁"的情感基调。

41. 永遇乐·京口北固亭怀古 【宋】辛弃疾

千古江山，英雄无觅，孙仲谋处。舞榭歌台，风流总被雨打风吹去。斜阳草树，寻常巷陌。人道寄奴曾住。想当年，金戈铁马，气吞万里如虎。

元嘉草草，封狼居胥（xū）赢得仓皇北顾。四十三年，望中犹记，烽火扬州路。可堪回首，佛狸（bì lí）祠下，一片神鸦社鼓。凭谁问：廉颇老矣，尚能饭否？

【释义】 ▶▶

历经千古的江山，再也难找到像孙权那样的英雄。当年的舞榭歌台还在，英雄人物却随着岁月的流逝早已不复存在。斜阳照着长满草树的普通小巷，人们说那是当年刘裕曾经住过的地方。回想当年，他领军北伐、收复失地的时候是何等威猛！

然而刘裕的儿子刘义隆好大喜功，仓促北伐，却反而让北魏太武帝拓跋焘乘机挥师南下，兵抵长江北岸而返，遭到对手的重创。我回到南方已经有四十三年了，看着中原仍然记得扬州路上烽火连天的战乱场景。怎么能回首啊，当年拓跋焘的行宫外竟有百姓在那里祭祀，乌鸦啄食祭品，人们过着社日，只把他当作一位神祇来供奉，而不知道这里曾是一个皇帝的行宫。还有谁会问，廉颇老了，饭量还好吗？

诵读导航

辛弃疾（1140—1207），字幼安，别号稼轩，南宋著名的爱国词人、豪放词派的杰出代表。其词主要表达强烈的爱国主义思想和战斗精神，笔力雄厚，慷慨悲壮，词风多样，而以豪放为主。此词表达了词人坚决主张抗金，而又反对冒进轻敌的思想，抒发了对沦陷区人民的同情，揭露了南宋统治者的腐败，亦流露出词人报国无门的苦闷。诵读时，突出"悲壮、豪放"的情感基调。

42. 过零丁洋 【宋】文天祥

辛苦遭逢起一经，干戈寥落四周星。山河破碎风飘絮，身世浮沉雨打萍。
惶恐滩头说惶恐，零丁洋里叹零丁。人生自古谁无死，留取丹心照汗青。

【释义】 ▶▶

我一生的辛苦遭遇，都开始于一部儒家经书；从率领义军抗击元兵以来，经过了整整四年的困苦岁月。祖国的大好河山在敌人的侵略下支离破碎，就像狂风吹卷着柳絮零落飘散；自己的身世遭遇也动荡不安，就像暴雨打击下的浮萍颠簸浮沉。

想到兵败江西，（自己）从惶恐滩头撤离的情景，那险恶的激流、严峻的形势，至今还让人惶恐心惊；想到去年五岭坡全军覆没，身陷敌手，如今在浩瀚的零丁洋中，只能悲叹自己的孤苦伶仃。

自古人生在世，谁没有一死呢？为国捐躯，死得其所，（让我）留下这颗赤诚之心光照青史吧！

诵读导航

文天祥（1236—1283），字宋瑞，号文山，吉州庐陵（今江西吉安）人，南宋民族英雄。此诗回顾了诗人从读书入仕到救亡报国，直至被俘所经历的艰辛危难，抒写"山河破碎""身世浮沉"的沉痛，表明自己誓死不屈的意志和以身殉国的决心。诵读时，注意情感从忧愤悲苦到慷慨激昂的转变。

43. 石灰吟　【明】于谦

千锤万凿出深山，烈火焚烧若等闲。
粉身碎骨浑不怕，要留清白在人间。

【释义】 ▶▶

石头只有经过多次撞击，才能从山上开采出来。它把烈火焚烧看成平平常常的事，即使粉身碎骨化为石灰也毫不惧怕，甘愿把一身清白留在人世间。

诵读导航

于谦（1398—1457），字廷益，号节庵，明朝著名的政治家、军事家，民族英雄。其为官廉洁正直，深受百姓爱戴。这是一首托物言志诗。作者以石灰作喻，表现诗人不畏艰险、不怕牺牲、清白做人的高尚情操。诵读时语气要高亢、明快、坚定，特别是三、四句要重读。

44. 别云间　【明】夏完淳

三年羁旅客，今日又南冠。无限河山泪，谁言天地宽？
已知泉路近，欲别故乡难。毅魄归来日，灵旗空际看。

三年之中，奔走他乡，今天又做了俘虏。大好山河使人流下无尽的痛惜之泪，谁说过天地是宽阔无边的呢！我已经深知为国牺牲的日子临近了，但是想要和家乡告别却很难。在我不屈的灵魂回来的日子里，将在空中注视着后继的抗敌旗帜。

诵读导航

夏完淳（1631—1647），原名复，字存古，明末少年抗清英雄，著名诗人。其诗词或慷慨悲壮，或凄怆哀婉，充满了强烈的民族意识。此诗写于作者被清军逮捕即将被押往南京，临别故乡之时，表达了作者誓死不屈的决心，同时又流露出对故乡无限的依恋之情。诵读时，突出慷慨、豪壮的情感基调以及情感的变化。

45. 己亥杂诗　【清】龚自珍

浩荡离愁白日斜，吟鞭东指即天涯。
落红不是无情物，化作春泥更护花。

【释义】▶▶

浩浩荡荡的离别愁绪，向着日落西斜的远处延伸。离开北京，马鞭向东一挥，感觉就是人在天涯一般。我辞官归乡，有如从枝头上掉下来的落花，但它却不是无情之物，化成了春天的泥土，培育着更鲜艳的花朵。

诵读导航

龚自珍（1792—1841），字尔玉，号定庵，清代著名的启蒙思想家、文学家。其诗文揭露清统治者的腐朽，洋溢着爱国热情，气势磅礴，具有浪漫主义色彩。《己亥杂诗》是作者辞官南归，后又北上接眷属，在南北往返途中所写的组诗，共315首，这是其中第5首。此诗一方面抒发了诗人离京南返时的愁绪，另一方面表达了虽已辞官赴天涯，但仍决心为国效力的思想感情。前两句抒情叙事，在无限感慨中表现出豪放洒脱的气概，后两句以荷花为喻，表明自己的心志。全诗寄情于物，形象贴切，浑然一体，感人至深。诵读时，突出由抒发离别之情转入抒发报国之志的情感变化。

46. 赠梁任父同年　【清】黄遵宪

寸寸河山寸寸金，侉（kuǎ）离分裂力谁任。
杜鹃再拜忧天泪，精卫无穷填海心。

【释义】▶▶

　　祖国河山秀美如画，土地肥沃，物产丰富，寸土寸金，这么好的河山却被列强瓜分殆尽。面对山河破碎、风雨飘摇的国家，什么人才能担当起救国于危难之中的重任？我愿意像杜鹃一样啼叫哀求，呼唤着国家栋梁之材，共同为国家出力。我要像精卫那样，虽然力量微弱，但斗志坚强，为挽救国家民族的危亡而鞠躬尽瘁、死而后已。

诵读导航

　　黄遵宪（1848—1905），字公度，别号人境庐主人，晚清诗人、外交家、政治家、教育家。其诗作真实生动地记录了晚清绝大多数重大历史事件，因此生前即有晚清"诗史"之誉。因喜以新事物入诗，又有"诗界革新导师"之称。此诗表现了作者为国献身、变法图存的坚强决心和对梁启超的热切希望。诵读时，突出忧愁、悲伤的情感基调。

47. 春愁　【清】丘逢甲

春愁难遣强看山，往事惊心泪欲潸（shān）。
四百万人同一哭，去年今日割台湾。

【释义】▶▶

　　春愁难以排遣，强打起精神眺望远山，往事让人触目惊心热泪将流。台湾的四百万同胞齐声大哭：去年的今天，就是祖国宝岛被割让的日子！

诵读导航

　　丘逢甲（1864—1912），字仙根，晚清爱国诗人、教育家。生于台湾，祖籍广东。此诗写于《马关条约》签订、割让台湾一周年之际。诗人触景生情，痛定思痛，将忧国怀乡之情表现得无比深沉强烈、动人心魄，是传诵一时的名篇。诵读时，突出忧伤、悲愤的情感基调。

48. 出塞 【清】徐锡麟

军歌应唱大刀环，誓灭胡奴出玉关。
只解沙场为国死，何须马革裹尸还。

【释义】▶▶

军队应当高唱凯旋的战歌。决心把满族统治者赶出山海关。战士只知道在战场上，要为国捐躯，何必考虑把尸体运回家乡。

诵读导航

徐锡麟（1873—1907），浙江绍兴人，近代民主革命家，出身商人家庭，自幼秉性刚强，崇拜英雄豪杰。1904年加入光复会，1907年7月因枪杀巡抚恩铭被捕，英勇就义。这首边塞诗，写于1906年。这首诗在艺术上继承了唐代边塞诗的风格，具有豪迈雄浑的特色。整首诗感情豪放激扬，语气慷慨悲壮，英气逼人，抒发了作者义无反顾的革命激情和牺牲精神，充满了英雄主义气概，把一腔报效祖国、战死疆场的热忱发挥得淋漓尽致，是近代边塞诗中难得的一首好诗。诵读时突出豪迈、雄壮的气势。

49. 对酒 【清】秋瑾

不惜千金买宝刀，貂裘换酒也堪豪。
一腔热血勤珍重，洒去犹能化碧涛。

【释义】▶▶

毫不吝惜千金为了买一把宝刀，用珍贵的貂皮大衣去换酒喝也能引以为豪。满腔热血应该珍惜，让它洒出去后还能化作碧血波涛。

诵读导航

秋瑾（1875—1907），字竞雄，我国近代杰出的革命家、妇女解放运动的先驱、诗人。此诗是作者赴日本途中所作，表达了对外国侵略和国势危急的忧虑以及自己献身救国的决心。抒发拯救祖国的革命豪情，表达作者为国不惜抛头颅、洒热血，贡献出自己生命的决心。笔调雄健，豪放悲壮，感情深沉，语言明快。诵读时，突出忧伤、悲愤的情感基调。

50. 狱中题壁　【清】谭嗣同

望门投止思张俭，忍死须臾待杜根。
我自横刀向天笑，去留肝胆两昆仑。

【释义】 ▶▶

望门投宿想到了东汉时的张俭，希望你们能像东汉时的杜根那样，忍死求生，坚持斗争。即使屠刀架在了我的脖子上，我也要仰天大笑，出逃或留下来的同志们，都是像昆仑山一样的英雄好汉。

诵读导航

谭嗣同（1865—1898），字复生，号壮飞，是中国近代资产阶级著名的政治家、思想家、维新志士。这首诗是戊戌变法失败后，诗人被捕就义前在狱中墙壁上题写下的绝笔，表达了诗人对变法维新的信心、决心和拯救民族的良好愿望。诵读时，注意抓住豪迈的文风，张扬诗人慷慨就义前"情辞激越"的情感基调。

心心
相印

51. 诗经·周南·关雎　【周】佚名

关关雎鸠（jū jiū），在河之洲。窈窕（yǎo tiǎo）淑女，君子好逑（qiú）。
参差（cēn cī）荇（xìng）菜，左右流之。窈窕淑女，寤寐（wù mèi）求之。
求之不得，寤寐思服。悠哉悠哉，辗转反侧。
参差荇菜，左右采之。窈窕淑女，琴瑟友之。
参差荇菜，左右芼之。窈窕淑女，钟鼓乐之。

关关鸣叫的水鸟，栖居在河中沙洲。善良美丽的姑娘，正是小伙子理想的配偶。长短不齐的荇菜，姑娘左右去摘采。善良美丽的姑娘，醒来做梦都想她。思念追求不可得，醒来做梦长相思。悠悠思念情意切，翻来覆去难入眠。长短不齐的荇菜，姑娘左右去摘采。善良美丽的姑娘，弹琴鼓瑟亲近她。长短不齐的荇菜，姑娘左右去摘取。善良美丽的姑娘，敲钟击鼓取悦她。

诵读导航

此诗是《诗经·国风》的第一篇，也是《诗经》的第一篇，是我国爱情诗的开山之作。抒写了一个痴情男子对一位端庄美丽的女子的爱慕和追求，赞颂了男女爱情的真挚美好。全诗语言质朴明快，朗朗上口，韵律和谐悦耳，感情真挚、纯洁，充满浓郁的浪漫主义色彩。表现形式上采用赋、比、兴的手法，运用跳章叠咏的方式将相思之苦与求之既得的喜悦之情表现得更为鲜明。诵读时，注意反复吟诵的句式特点，语调相对舒缓平正。

52. 诗经·郑风·子衿 （节选）【先秦】佚名

青青子衿，悠悠我心。纵我不往，子宁不嗣音？
青青子佩，悠悠我思。纵我不往，子宁不来？
挑兮达兮，在城阙兮。一日不见，如三月兮。

【释义】▶▶

青青的是你的衣领，悠悠的是我的心境。纵然我不曾去会你，难道你就此断音信？青青的是你的佩带，悠悠的是我的情怀。纵然我不曾去会你，难道你不能主动来？来来往往张眼望啊，在这高高城楼上。一天不见你的面啊，好像已有三月之久！

诵读导航

本文选自《诗经·郑风》，写一个女子在城楼上等候她的恋人。全诗三章，采用倒叙手法。前两章以第一人称的口气自述怀人。"衿""佩"，是以恋人的衣饰借代恋人，写其满怀思念之情；苦等恋人过来相会，却不见踪影，浓浓的爱意不由转化为惆怅与幽怨。此二章回环入妙，缠绵婉曲。第三章点明地点，写其在城楼上因久候恋人不至而心烦意乱，来回走个不停，感觉一天不见，似三月之久，女主人公等待恋人时的焦灼万分的情状宛然如在眼前。诗人在创作中运用了大量的心理描写。诵读时，突出缠绵、惆怅、幽怨的情感基调。

53. 诗经·秦风·蒹葭　【周】佚名

蒹葭（jiān jiā）苍苍，白露为霜。所谓伊人，在水一方。
溯洄（sù huí）从之，道阻且长。溯游从之，宛在水中央。
蒹葭萋萋，白露未晞（xī）。所谓伊人，在水之湄（méi）。
溯洄从之，道阻且跻（jī）。溯游从之，宛在水中坻（chí）。
蒹葭采采，白露未已。所谓伊人，在水之涘（sì）。
溯洄从之，道阻且右。溯游从之，宛在水中沚（zhǐ）。

【释义】▶▶

芦苇茂密水边长，深秋白露结成霜。我所思念的那人，就在河水那一方。
逆流而上去追寻，道路崎岖又漫长。顺流而下去追寻，仿佛就在水中央。
芦苇茂盛水边长，太阳初升露未干。我所思念的那人，就在河水那岸边。
逆流而上去追寻，道路险峻难攀登。顺流而下去追寻，仿佛就在沙洲间。
芦苇茂密水边长，太阳初升露珠滴。我所思念的那人，就在河水岸边立。
逆流而上去追寻，道路弯曲难走通。顺流而下去追寻，仿佛就在沙洲边。

诵读导航

　　本文出自《诗经·秦风》。这是一首怀人诗。诗中的"伊人"是诗人爱慕、怀念和追求的对象。本诗中的景物描写十分出色，景中含情，情景浑融一体，有力地烘托出主人公凄婉惆怅的情感，给人一种凄迷朦胧的美。诗歌重章叠句，层层推进，凸现抒情主人公对美好爱情的执著追求和追求不得的惆怅心情。诵读时，感受诗歌重章、叠句、叠字、双声、叠韵的特点，突出诗歌的音乐美、和谐美。

54. 古诗十九首·行行重行行　【汉】佚名

行行重行行，与君生别离。相去万余里，各在天一涯。
道路阻且长，会面安可知。胡马依北风，越鸟巢南枝。
相去日已远，衣带日已缓。浮云蔽白日，游子不顾反。
思君令人老，岁月忽已晚。弃捐勿复道，努力加餐饭。

【释义】▶▶

　　你走啊走啊老是不停地走，就这样活生生分开了你我。从此你我之间相距万余里，我在天这头你在天那头。路途那样艰险又那样遥远，要见面不知道是什么时候？北马南来仍然依恋着北风，南鸟北飞筑巢还在南枝头。彼此分离的时间越长越久，衣服越发宽大人越发消瘦。飘荡游云遮住了太阳，他乡的游子不想回还。只因为思念你让我变老，时光飞逝很快到年关。还有许多心里话都不说了，只愿你多保重切莫受饥寒。

诵读导航

《古诗十九首》内容多写离愁别恨和彷徨失意。艺术上语言朴素自然，描写生动真切，具有浑然天成的艺术风格。此诗是《古诗十九首》的第一首，写的是思妇的离愁别恨，抒发了女子对远行在外丈夫的深切思念和对丈夫久别不归、滞留他乡的怨情。诵读时，突出缠绵忧思、悲苦凄切的情感基调及古代民谣的语言风格特点。

55. 上邪 　【汉】佚名

上邪！我欲与君相知，长命无绝衰。
山无陵，江水为竭，冬雷震震，夏雨雪，天地合，乃敢与君绝！

【释义】▶▶

上天呀！我渴望与你相知相惜，长存此心永不褪减。除非巍巍群山消逝不见，除非滔滔江水干涸枯竭，除非凛凛寒冬雷声翻滚，除非炎炎酷暑白雪纷飞，除非天地相交聚合连接，我才敢将对你的情意抛弃决绝。

诵读导航

本诗出自汉乐府民歌，是一首民间情歌。全诗表现了一位痴情女子对爱人的热烈表白，是对爱情的盟誓，充满了磐石般坚定的信念和火焰般炽热的激情。全诗感情强烈，气势奔放，准确地表达了热恋中人特有的绝对化心理，新颖泼辣，深情奇想。诵读时突出深情、炽热、坚定的语气。

56. 望月怀远 　【唐】张九龄

海上生明月，天涯共此时。情人怨遥夜，竟夕起相思。
灭烛怜光满，披衣觉露滋。不堪盈手赠，还寝梦佳期。

【释义】▶▶

茫茫的海上升起一轮明月，此时你我都在天涯共相望。有情之人都怨恨月夜漫长，整夜里不眠而把亲人怀想。熄灭蜡烛怜爱这满屋月光，我披衣徘徊深感夜露寒凉。不能把美好的月色捧给你，只望能够与你相见在梦乡。

张九龄（678—740），字子寿，唐朝著名的政治家、诗人。历任中书侍郎、中书令、尚书、丞相等官职。其五言古诗，语言素练质朴，寄托深远的人生感慨与愿望，被誉为"岭南第一人"。此诗是一首描写中秋望月而思念远方亲人的诗，全诗以"望""怀"着眼，把"月"和"远"作为抒情对象，写景抒情并举，情景交融，意境雄浑而又幽清，语言形象真切。诵读时，突出"温婉缠绵，哀而不伤"的情感基调。

57. 竹枝词　【唐】刘禹锡

杨柳青青江水平，闻郎江上唱歌声。
东边日出西边雨，道是无晴却有晴。

【释义】▶▶

一场太阳雨后，两岸杨柳摇曳，青翠欲滴，江面水位初涨，平静如镜。忽然，一阵悠扬的歌声从江上随风飘来，仔细一听，原来是久无音讯的情郎唱起思恋自己的情歌。东边阳光灿烂西边雨绵绵，原以为是无情实则还有情。

刘禹锡（772—842），字梦得，唐代哲学家、著名诗人，有"诗豪"之称。其《竹枝词》具有民歌新鲜活泼、健康开朗的显著特色，情调上独具一格。语言简朴生动，情致缠绵。此诗以初恋少女口吻，写出其微妙复杂的心理活动。首句写景，春江泛溢，柳丝千缕。二句即在此环境中引出心中情人，只闻其声，未见其人。三、四句承此刻画心理，巧妙地运用半雨半晴天气以感发，以"晴"与"情"的谐声义转生动地表达出初恋时那种既眷恋又迷惘的朦胧情思。诵读时，突出"惊喜与忧虑"的情感基调以及民歌轻快的节奏。

58. 离思　（其四）【唐】元稹

曾经沧海难为水，除却巫山不是云。
取次花从懒回顾，半缘修道半缘君。

【释义】▶▶

经历过无比深广的沧海的人，别处的水再也难以吸引他；除了云蒸霞蔚的巫山之云，别处的云都黯然失色。我仓促地由花丛中走过，懒得回头顾盼；一半是因为修道人的清心寡欲，一半是因为你的缘故。

诵读导航

元稹（779—831），字微之，与白居易齐名，并称"元白"，同为新乐府运动倡导者。此诗运用"索物以托情"的比兴手法，赞美了夫妻之间的恩爱，表达了对亡妻的忠贞与怀念之情。诗的前两句以沧海之水和巫山之云隐喻爱情之深广笃厚，写尽怀念悼亡之情，词意豪壮，有悲歌传响、江河奔腾之势。后两句语势舒缓，曲婉深沉。全篇张弛自如，变化有序，形成了一种跌宕起伏的旋律。诵读时，语调舒缓、深情。

59. 赠别 （其二）【唐】杜牧

多情却似总无情，唯觉樽前笑不成。
蜡烛有心还惜别，替人垂泪到天明。

【释义】▶▶

多情之人满怀深情，彼此相看难以言表，倒像无情，只觉得酒筵上要笑笑不出声。案头蜡烛有心它还依依惜别，你看它替多情之人流泪流到天明。

诵读导航

杜牧（803—约852），字牧之，号樊川居士，晚唐著名诗人。其诗、赋和古文都极负盛名，而以诗的成就最高，后人称为"小杜"，以别于杜甫。其诗内容丰富，情调豪放爽朗，风格清新俊逸。此诗抒写诗人对妙龄歌女留恋惜别的心情。前一句是说两人有真挚深厚的感情，在离别之时就更加伤感。后一句用拟人手法，借蜡烛之泪写离人之泪。此诗不用"悲""愁"字眼，却道出了离别时的真情实感。语言精练流畅、清爽俊逸。诵读时，突出"感伤、缠绵、真挚、深沉"的情感。

60. 无题·相见时难别亦难 【唐】李商隐

相见时难别亦难，东风无力百花残。春蚕到死丝方尽，蜡炬成灰泪始干。
晓镜但愁云鬓改，夜吟应觉月光寒。蓬山此去无多路，青鸟殷勤为探看。

【释义】▶▶

见面的机会真是难得，分别时也难舍难分，况且又是东风将收的暮春天气，百花残谢，更加使人伤感。春蚕结茧到死时丝才吐完，蜡烛要燃完成灰时像泪一样的蜡油才能滴干。妻子早晨梳妆照镜，只担忧丰盛如云的鬓发改变颜色，青春的容颜消失。男子晚上长吟不寐，必然感到冷月袭人。对方的住处就在不远的蓬莱山，却无路可通，可望而不可即。希望有青鸟一样的使者殷勤地为我去探看有情人，来往传递消息。

61. 无题·昨夜星辰昨夜风　【唐】李商隐

昨夜星辰昨夜风，画楼西畔桂堂东。身无彩凤双飞翼，心有灵犀一点通。
隔座送钩春酒暖，分曹射覆蜡灯红。嗟余听鼓应官去，走马兰台类转蓬。

【释义】▶▶

还记得昨夜星辰满天，好风吹动，你我相会于画楼的西畔，桂堂的东侧。我俩虽不似彩凤拥有翩然飞舞的双翅，但我们的心却如灵犀一般息息相通。我们隔座而坐，一起玩藏钩的游戏，罚喝暖融融的春酒；分属两队，在红红的烛火下，猜谜射覆。可恨那晨鼓响起，让我不得不去官府中点卯应差；骑马到兰台，行色匆匆，就好像飘荡不定的蓬草。

华丽，比喻新颖贴切，形象生动。特别是精妙的对偶，不仅扩大了诗歌的空间，提升了诗歌的审美意境，而且使诗人的情感更为突出，心理矛盾得到强化。诵读时，领会作者复杂微妙的心理，饱含深情，突出缠绵、执着而又无奈、失望的情感基调。

62. 相见欢·无言独上西楼　【五代】李煜

无言独上西楼，月如钩。寂寞梧桐深院锁清秋。
剪不断，理还乱，是离愁。别是一般滋味在心头。

【释义】 ▶▶

默默无言，孤孤单单，独自一人缓缓登上空空的西楼。抬头望天，只有一弯如钩的冷月相伴。低头望去，只见梧桐树寂寞地孤立院中，幽深的庭院被笼罩在清冷凄凉的秋色之中。那剪也剪不断，理也理不清，让人心乱如麻的，正是亡国之苦。那悠悠愁思缠绕在心头，却又是另一种无可名状的痛苦。

诵读导航

公元975年，宋朝灭南唐，李煜亡家败国，肉袒出降，被囚禁于汴京。李煜的词以被俘为界，分为前后两期，后期词作多倾泻失国之痛和去国之思，沉郁哀婉，感人至深。《相见欢》便是后期词作中很有代表性的一篇。词中所表现的是他离乡去国的悲痛。上片选取典型的景物为感情的抒发渲染铺垫，下片借用形象的比喻委婉含蓄地抒发真挚的感情。全词情景交融，感情沉郁而真实自然，突破了花间词以绮丽腻滑笔调专写"妇人语"的风格，是宋初婉约派词的开山之作。诵读时，注意声韵变化，声情合一，并根据长短句式，读出抑扬顿挫的韵律美。

63. 蝶恋花·槛菊愁烟兰泣露　【宋】晏殊

槛菊愁烟兰泣露，罗幕轻寒，燕子双飞去。明月不谙离恨苦，斜光到晓穿朱户。
昨夜西风凋碧树，独上高楼，望断天涯路。欲寄彩笺无尺素，山长水阔知何处？

【释义】 ▶▶

栏杆外，菊花被轻烟笼罩，好像有着无尽的忧愁；兰叶上挂着露珠，好像在哭泣。罗幕闲垂，空气微冷；一双燕子飞去了。明月不知道离别的愁苦。斜斜地把月光照进屋子里，直到天明。昨天夜里，秋风吹落碧树的叶子。我独自登上高楼，看路消失在天涯。想寄一封信。但是山水迢迢，我想念的人在哪里呢？

诵读导航

晏殊（991—1055），字同叔。北宋著名词人、诗人、散文家。能诗、善词，文章典丽，以词最为突出，有"宰相词人"之称。其词开创了北宋婉约词风，语言清丽，声调和谐，写景重其精神，赋予自然物以生命，形成了自己的特色。此词写离恨相思之苦，情景交融。全词语言圆转流利，通俗晓畅，清丽自然，意蕴深沉。诵读时，突出"伤感、悲凉"的情感基调。

64. 凤栖梧·伫倚危楼风细细　【宋】柳永

伫倚危楼风细细，望极春愁，黯黯生天际。草色烟光残照里，无言谁会凭栏意？
拟把疏狂图一醉，对酒当歌，强乐还无味。衣带渐宽终不悔，为伊消得人憔悴。

【释义】▶▶

我长时间倚靠在高楼的栏杆上，丝丝春风，拂面无痕，望不尽的春日离愁，沮丧忧愁从遥远无边的天际升起。碧绿的草色，飘忽缭绕的云霭雾气掩映在落日余晖里，默默无言，谁理解我靠在栏杆上的心情；本打算放纵一下，借酒消愁，求得一醉，然而，勉强寻乐，终觉无滋味。我日渐消瘦下去却始终不感到懊悔，宁愿为她消瘦得精神萎靡神色憔悴。

诵读导航

柳永（约987—约1053），字耆卿，初号三变，因排行七，又称柳七。是北宋第一个专力作词的词人，他不仅开拓了词的题材内容，而且制作了大量的慢词，发展了铺叙手法，促进了词的通俗化、口语化，在词史上产生了较大的影响。这首词采用"曲径通幽"的表现方式，抒情写景，感情真挚。巧妙地把漂泊异乡的落魄感受，同怀恋意中人的缠绵情思融为一体。诵读时，突出"伤感、悲凉"的情感基调。

65. 钗头凤·红酥手　【宋】陆游

红酥手，黄縢酒，满城春色宫墙柳。东风恶，欢情薄。一怀愁绪，几年离索。错、错、错。

春如旧，人空瘦，泪痕红浥鲛绡透。桃花落，闲池阁。山盟虽在，锦书难托。莫、莫、莫！

【释义】▶▶

　　你红润酥腻的手里，捧着盛上黄縢酒的杯子。满城荡漾着春天的景色，你却早已像宫墙中的绿柳那般遥不可及。春风多么可恶，欢情被吹得那样稀薄。满杯酒像是一杯忧愁的情绪，离别几年来的生活十分萧索。遥想当初，只能感叹：错，错，错！

　　美丽的春景依然如旧，只是人却白白相思地消瘦。泪水洗尽脸上的胭脂红，又把薄绸的手帕全都湿透。满春的桃花凋落在寂静空旷的池塘楼阁上。永远相爱的誓言还在，可是锦文书信再也难以交付。遥想当初，只能感叹：莫，莫，莫！

诵读导航

　　陆游词作成就虽不及诗，风格上或婉丽或激昂，亦为宋词大家。这首词写的是陆游自己的爱情悲剧。词的上片通过追忆往昔美满的爱情生活，感叹被迫离异的痛苦。词的下片，由感慨往事回到现实，进一步抒写妻被迫离异的巨大哀痛。这首词始终围绕着沈园这一特定的空间来安排自己的笔墨，全词多用对比的手法，形成感情的强烈对比。诵读时突出伤感、悲苦、激愤的情感基调。

66. 江城子·十年生死两茫茫　【宋】苏轼

　　十年生死两茫茫，不思量，自难忘。千里孤坟，无处话凄凉。纵使相逢应不识，尘满面，鬓如霜。

　　夜来幽梦忽还乡。小轩窗，正梳妆。相顾无言，惟有泪千行。料得年年肠断处，明月夜，短松冈。

【释义】▶▶

　　我们一生一死，隔绝十年，相互思念却很茫然，无法相见。不想让自己去思念，自己却难以忘怀。妻子的孤坟远在千里，没有地方跟她诉说心中的凄凉悲伤。即使相逢也应该不会认识，因为我四处奔波，灰尘满面，鬓发如霜。晚上忽然在隐约的梦境中回到了家乡，只见妻子正在小窗前对镜梳妆。两人互相望着，千言万语不知从何说起，只有相对无言泪落千行。料想那明月照耀着、长着小松树的坟山，就是与妻子朝思暮想、悲痛欲绝的地方。

诵读导航

苏轼（1037—1101），字子瞻，号东坡居士。北宋著名散文家、书画家、词人、诗人。作者对词的贡献是：开创了豪放派，扩大了词的题材，丰富了词的意境，冲破了诗庄词媚的界限。其词风格多样，以豪放著称，婉约词格调也健康高远。此词是苏轼悼念亡妻王弗之作，表达了对亡妻深挚的怀念之情，感情深挚，充满了凄婉哀伤的情调。诵读时，突出"悲凉、感伤"的情感基调。

67. 卜算子·我住长江头 　【宋】李之仪

我住长江头，君住长江尾。日日思君不见君，共饮长江水。

此水几时休，此恨何时已。只愿君心似我心，定不负相思意。

【释义】▶▶

我住长江上游，你住长江下游。天天思念你而见不到你，却共饮着同一条江河水。长江水啊，要流到什么时候才会停止？这段离愁别恨又要到何年何月才会结束？但愿你的心同我的心一样，就一定不会辜负这一番相思情意。

诵读导航

李之仪（1048—1117），北宋词人，字端叔，自号姑溪居士、姑溪老农。所写《卜算子·我住长江头》是向对方表示恋情的一首佳作，富有民歌的艺术特色。此作最大成功之处在于以长江写真情，生发联想，铸为清词丽句，压倒古今多少言情之作。全词构思巧妙，语言明白如话，感情真挚朴素，言浅而意深，具有永恒的艺术魅力。诵读时，情真意切，突出民歌的特色，语速相对平缓。

68. 鹊桥仙·纤云弄巧 　【宋】秦观

纤云弄巧，飞星传恨，银汉迢迢暗度。金风玉露一相逢，便胜却人间无数。

柔情似水，佳期如梦，忍顾鹊桥归路。两情若是久长时，又岂在朝朝暮暮。

【释义】▶▶

纤薄的云彩在天空中变幻多端，天上的流星传递着相思的愁怨，遥远无垠的银河今夜我悄悄渡过。在秋风白露的七夕相会，就胜过尘世间那些长相厮守却貌合神离的夫妻。

共诉相思，柔情似水，短暂的相会如梦如幻，分别之时不忍去看那鹊桥两头的路。只要两情至死不渝，又何必贪求卿卿我我的朝欢暮乐呢。

69. 醉花阴·薄雾浓云愁永昼　【宋】李清照

薄雾浓云愁永昼，瑞脑消金兽。佳节又重阳，玉枕纱厨，半夜凉初透。
东篱把酒黄昏后，有暗香盈袖。莫道不消魂，帘卷西风，人比黄花瘦。

【释义】 ▶▶

薄雾弥漫，云层浓密，日子过得愁烦，龙涎香在金兽香炉中缭袅。又到了重阳佳节，卧在玉枕纱帐中，半夜的凉气刚将全身浸透。在东篱边饮酒直到黄昏以后，淡淡的黄菊清香溢满双袖。莫要说清秋不让人伤神，西风卷起珠帘，帘内的人儿比那黄花更加消瘦。

70. 青玉案·元夕　【宋】辛弃疾

东风夜放花千树，更吹落，星如雨。宝马雕车香满路，凤箫声动，玉壶光转，一夜鱼龙舞。

蛾儿雪柳黄金缕，笑语盈盈暗香去。众里寻他千百度，蓦然回首，那人却在，灯火阑珊处。

【释义】 ▶▶

入夜，一城花灯好像是春风吹开花儿挂满千枝万树，烟火像是被吹落的万点流星。驱赶宝马拉着华丽车子香风飘满一路。凤箫吹奏的乐曲飘动，与流转的月光在人群之中互相交错。玉壶的灯光流转着，此起彼伏的鱼龙花灯在飞舞着，美人的头上都戴着亮丽的饰物，有的插满蛾儿，有的戴着雪柳，有的飘着金黄的丝缕，她们面带微笑，带着淡淡的香气从人面前经过。在人群里我千百次寻找她，可都没找着；突然一回首，那个人却孤零零地站在灯火稀稀落落之处。

诵读导航

此词描绘出元宵佳节通宵灯火的热闹场景，上片写元夕之夜灯火辉煌，游人如云的热闹场面，下片写不慕荣华，甘守寂寞的一位美人形象，寄托着作者政治失意后，不愿与世俗同流合污的孤高品格。此词兼具婉约、豪放两种风格，寄劲于婉，寓刚于柔，婉约其表而豪放其中。诵读时，领会欢快、热闹场面中的孤独、寂寞之情。

深情厚谊

71. 送杜少府之任蜀州 　【唐】王勃

城阙辅三秦，风烟望五津。与君离别意，同是宦游人。
海内存知己，天涯若比邻。无为在歧路，儿女共沾巾。

【释义】▶▶

古代三秦之地，拱护长安城垣宫阙。风烟滚滚，望不到蜀州岷江的五津。与你握手作别时，彼此间心心相印；你我都是远离故乡，出外做官之人。四海之内只要有知己朋友，即使远在天涯，也如近在咫尺。请别在分手的岔路上，伤心地痛哭；像多情的少年男女，彼此泪落沾衣。

诵读导航

王勃（650—676），字子安，与杨炯、卢照邻、骆宾王以诗文齐名，并称"初唐四杰"。其诗"壮而不虚，刚而能润，雕而不碎，按而弥坚"。此诗表达了作者和友人依依惜别之情。起句严整对仗，三、四句以散调承之，以实转虚，文情跌宕。第三联奇峰突起，高度地概括了"友情深厚，江山难阻"的情景，伟词自铸，传之千古，有口皆碑。尾联点出"送"的主题。全诗开合顿挫，气脉流通，意境旷达。一洗古送别诗中的悲凉之气，音调爽朗，清新高远，独树碑石。诵读时，突出"雄健、豪放"的情感基调。

72. 过故人庄　【唐】孟浩然

故人具鸡黍，邀我至田家。绿树村边合，青山郭外斜。
开轩面场圃，把酒话桑麻。待到重阳日，还来就菊花。

【释义】▶▶

老朋友准备好了鸡黍美食，约请我到他田庄相聚。但见绿树将村庄四面环绕，青山在村外向远处迤逦延伸。打开房舍就看到场地和菜园，端起酒来又谈起了蚕桑种麻的农事话题。等到秋天重阳节这一天，（我）还要来欣赏（盛开的）菊花。

诵读导航

孟浩然（689—740），字浩然，唐代诗人，以写田园山水诗为主。世称"孟襄阳"，与另一位山水田园诗人王维合称为"王孟"。此诗描写了诗人应邀到一位友人家做客的经过。在淳朴自然的田园风光之中，举杯饮酒，闲谈家常，充满了乐趣，抒发了诗人和朋友之间真挚的友情。初看似乎平平淡如水，细细品味就像是一幅画着田园风光的中国画，将景、事、情完美地结合在一起，具有强烈的艺术感染力。朗读时，应表现出音律和谐的美感，节奏稍慢，句与句之间要略作停顿。

73. 送魏万之京　【唐】李颀

朝闻游子唱离歌，昨夜微霜初度河。鸿雁不堪愁里听，云山况是客中过。
关城曙色催寒近，御苑砧声向晚多。莫是长安行乐处，空令岁月易蹉跎。

【释义】 ▶▶

清晨听到游子高唱离别之歌，昨夜微霜初落你一早渡过黄河。怀愁之人最怕听到鸿雁鸣叫，云山冷寂更不堪落寞的过客。潼关晨曦催促寒气临近京城，京城深秋捣衣声到晚上更多。请不要以为长安是行乐所在，以免白白地把宝贵时光消磨。

诵读导航

李颀（690年—751年），唐代诗人。其诗以写边塞题材为主，风格豪放，慷慨悲凉，七言歌行尤具特色。这是一首送别诗，意在抒发别离的情绪。魏万曾求仙学道，隐居王屋山。天宝年间，因慕李白，南下吴越寻访，行程三千余里，为李白所赏识。首联写出发前，微霜初落，深秋萧瑟。颔联写离秋，写游子面对云山，黯然伤神。颈联介绍长安秋色，暗寓此地不可长留。末联以长者风度，嘱咐友人，长安虽乐，不要虚掷光阴。全诗善于炼句，为后人所称道，且叙事、写景、抒情交织，由景生情，引人共鸣。诵读时，认真领悟诗歌表达的真挚感情和对友人的深情厚谊。

74. 芙蓉楼送辛渐　【唐】王昌龄

寒雨连江夜入吴，平明送客楚山孤。
洛阳亲友如相问，一片冰心在玉壶。

【释义】 ▶▶

迷蒙的烟雨，连夜洒遍吴地江天；清晨送走你，孤对楚山离愁无限！朋友呵，洛阳亲友若是问起我来；就说我依然冰心玉壶，坚守信念！

诵读导航

王昌龄（698—756），字少伯，盛唐著名边塞诗人。其诗气势雄浑，格调高昂，尤其是将七绝推向高峰，故人称"七绝圣手"。其诗歌语言圆润蕴藉，音调婉转和谐，意境深远，耐人寻味。这是一首送别诗，作于公元741年。他的朋友辛渐要去洛阳，他到江边饯行。诗中表现了作者坚持高贵品德的决心。诗歌构思新颖，淡写朋友的离情别绪，重写自己的高风亮节。首联苍茫的江雨和孤峙的楚山，烘托送别时的孤寂之情；后两句自比冰壶，表达自己开朗胸怀和坚强性格。全诗即景生情，寓情于景，含蓄隽永，韵味无穷。诵读时，前两句语气比较平缓，后两句语气比较坚定，带有豪迈之气。

75. 九月九日忆山东兄弟　【唐】王维

独在异乡为异客，每逢佳节倍思亲。
遥知兄弟登高处，遍插茱萸少一人。

【释义】▶▶

我独自一人在异乡漫游，每到佳节就加倍思念亲人。我知道在那遥远的家乡，兄弟们一定在登高望远；他们都插着茱萸，就为少了我而感到遗憾伤心。

诵读导航

王维（701—761），字摩诘，人称"诗佛"，唐代著名诗人、画家，是唐代山水田园派的代表。其诗能准确、精炼地塑造出完美无比的鲜活形象，着墨不多，意境高远，诗情与画意融为一体。此诗是重阳节思亲而写的一首七言绝句，全诗以直抒思乡之情起笔，而后笔锋一转，将思绪拉向故乡的亲人，遥想亲人按重阳的风俗而登高时，也在想念诗人自己。诗意反复跳跃，含蓄深沉，既朴素自然，又曲折有致。诵读时，突出"凄楚、伤感"的情感基调，语速稍平缓，语调略低沉。

76. 渭城曲　【唐】王维

渭城朝雨浥轻尘，客舍青青柳色新。
劝君更尽一杯酒，西出阳关无故人。

【释义】▶▶

渭城早晨一场春雨沾湿了轻尘，客舍周围青青的柳树格外清新。老朋友请你再干一杯饯别酒吧，出了阳关西路再也没有故交友人了。

　　这是王维写的一首送别名曲，又名《送元二使安西》或名《阳关曲》或名《阳关三叠》。赴安西必经阳关，即今甘肃敦煌。诗的前两句点明送别的时间、地点、环境气氛；三、四句写惜别。前两句为送别创造一个愁郁的环境气氛，后两句再写频频劝酒，依依离情。整首诗饱含着依依惜别的深情，真挚感人而不伤感，富于热情和浪漫情调，它不仅出色地抒发了诗人对友人的挚情，而且成功地表达了人们离别时的一种普遍的心情，因此历来被人称为赠别诗中的千古绝唱。诵读时，分为三个语节，节奏比较明快。

77. 赠汪伦　【唐】李白

李白乘舟将欲行，忽闻岸上踏歌声。
桃花潭水深千尺，不及汪伦送我情。

【释义】 ▶▶

　　李白坐上小船刚刚要离开，忽然听到岸上传来告别的歌声。即使桃花潭水有一千尺那么深，也不及汪伦送别我的一片情深。

　　李白（701—762），字太白，号青莲居士，是继屈原之后我国最为杰出的浪漫主义诗人，有"诗仙"之称。其诗风格丰富多样，又以"雄奇飘逸"为主。此诗描绘李白乘舟欲行时，汪伦踏歌赶来送行的情景，十分朴素自然地表达出汪伦对李白的朴实、真诚的情感。全诗语言清新自然，想象丰富奇特，令人回味无穷，是李白诗中流传最广的佳作之一。诵读时，情绪饱满，深情舒缓。

78. 送友人　【唐】李白

青山横北郭，白水绕东城。此地一为别，孤蓬万里征。
浮云游子意，落日故人情。挥手自兹去，萧萧班马鸣。

【释义】 ▶▶

　　苍山翠岭横卧北城外，清澈的河水环绕东城流。此地一别，你将如蓬草孤独行万里。游子的行踪似天上浮云，落日难留，纵有深深情谊。挥手告别，你我各奔东西。萧萧长鸣，马匹也怨别离。

这是一首充满诗情画意的送别诗，诗人与友人策马辞行，情意绵绵，动人肺腑。该诗写得新颖别致，不落俗套。诗中青翠的山岭，清澈的流水，火红的落日，洁白的浮云，相互映衬，色彩璀璨。班马长鸣，形象新鲜活泼。自然美与人情美交织在一起，写得有声有色，气韵生动。感情真挚热诚而又豁达乐观，毫无缠绵悱恻的哀伤情调。诵读时，深情之中带有豪迈之气，节奏比较明快。

79. 金陵酒肆留别　【唐】李白

风吹柳花满店香，吴姬压酒唤客尝。
金陵子弟来相送，欲行不行各尽觞（shāng）。
请君试问东流水，别意与之谁短长。

【释义】 ▶▶

春风吹拂柳絮满店飘酒香，吴姬捧出美酒请客人品尝。金陵的朋友们纷纷来相送，主客频频举杯畅饮。请你们问问这东流的江水，离情别意与它比谁短谁长？

此诗作于公元726年，诗人李白即将离开金陵东游扬州时留赠友人的一首话别诗，篇幅虽短，却情意深长。此诗由写仲夏胜景引出逸香之酒店，铺就其乐融融的赠别场景；随即写主人以酒酬客，表现吴地人民的豪爽好客；最后写主客相辞的动人场景，别意长于流水般的感叹，水到渠成。全诗热情洋溢，反映了李白与金陵友人的深厚友谊及其豪放性格。诗歌流畅明快，自然天成，清新俊逸，情韵悠长，尤其结尾两句，构思新颖奇特，有强烈的感染力。诵读时，节奏稍快，深情中饱含豪迈之气。

80. 别董大　【唐】高适

千里黄云白日曛，北风吹雁雪纷纷。
莫愁前路无知己，天下谁人不识君。

【释义】 ▶▶

漫天的黄沙把阳光遮得一片昏暗，天阴沉沉的。寒冷的北风刚刚送走了雁群，又带来了纷纷扬扬的大雪。不要担心你前去的地方没有知心朋友，天下哪个人不知道你的大名呢！

此诗作于公元747年，是写给当时不得志的友人董庭兰，劝他不要气馁。

这是一首别具一格的送别诗，诗人在即将分手之际，全然不写千丝万缕的离愁别绪，而是满怀激情地鼓励友人踏上征途，迎接未来。前两句写漫无边际的层层阴云，已经笼罩住整个天空，连太阳也显得暗淡昏黄，失去了光芒，只有一队队雁阵，在北风劲吹、大雪纷飞的秋冬之际匆匆南迁。如此荒凉的时候各奔一方，自然容易伤感，但此诗的情调却明朗健康。后两句劝董大不必担心今后再遇不到知己，天下之人谁会不赏识像你这样优秀的人物呢？这两句，既表达了彼此之间深厚情谊，也是对友人的品格和才能的高度赞美，是对他的未来前程的衷心祝愿。诗歌格调积极向上，诵读时应体现其豪迈大气的特点，前两句语气舒缓，后两句比较明快。

81. 赠卫八处士　【唐】杜甫

人生不相见，动如参与商。今夕复何夕，共此灯烛光。少壮能见时，鬓发各已苍。
访旧半为鬼，惊呼热中肠。焉知二十载，重上君子堂。昔别君未婚，儿女忽成行。
怡然敬父执，问我来何方。问答乃未已，儿女罗酒浆。夜雨剪春韭，新炊间黄粱。
主称会面难，一举累十觞。十觞亦不醉，感子故意长。明日隔山岳，世事两茫茫。

【释义】▶▶

世间上的挚友真难得相见，好比此起彼落的参星商辰。今晚是什么日子如此幸运，竟然能与你挑灯共叙衷情？青春壮年实在是没有几时，不觉得你我各已鬓发苍苍。打听故友大半早成了鬼籍，听到你惊呼胸中热流回荡。真没想到阔别二十年之后，能有机会再次来登门拜访。当年握别时你还没有成亲，今日见到你儿女已经成行。他们和顺地敬重父亲挚友，热情地问我来自哪个地方。三两句问答话还没有说完，你便叫他们张罗家常酒筵。雨夜割来的春韭嫩嫩长长，刚烧好黄粱掺米饭香气扑鼻。你说难得有这个机会见面，一举杯就接连地喝了十杯。十几杯酒我也难得一醉呵，谢谢你对故友的情深意长。明朝你我又要被山岳阻隔，人情世事竟然都如此渺茫！

这是一首酬赠诗，写于759年春天，是杜甫自洛阳返回华州途中所作。这是写给一个叫作卫八的处士的。处士，乃居家不仕，隐居者。诗歌写偶遇少年知交的情景，抒写了人生聚散不定，友人久别重逢的悲喜，感叹世事渺茫。全诗用语平实，层次井然，情意真切，融叙事与抒情于一体，有别于杜甫诗作沉郁顿挫的风格。但语言上尽管自然浑朴，情感上仍具抑扬顿挫之感。诵读时，饱含深情，语速相对明快。

82. 奉济驿重送严公四韵　【唐】杜甫

远送从此别，青山空复情。几时杯重把，昨夜月同行。
列郡讴歌惜，三朝出入荣。江村独归处，寂寞养残生。

【释义】▶▶

　　远送你从这里就要分别了，青山空自惆怅，倍增离情。什么时候能够再举杯共饮，昨天夜里我们还在月色中同行。各郡的百姓都讴歌你，不忍心你离去，你在三朝为官，多么光荣。送走你我独自回到江村，寂寞地度过剩下的岁月。

诵读导航

　　诗人好友严武，曾两度为剑南节度使。公元762年六月，严武被召入朝，杜甫送别赠诗。此诗既赞美严武，也发出自己"寂寞养残生"的叹息。诗人曾任严武幕僚，深得严武关怀，所以心中怀有依依惜别之情。这首诗语言质朴含情，章法谨严有度，平直中有奇致，浅易中见沉郁，情真意切，凄楚感人。诵读时，情感真挚，节奏舒缓。

83. 白雪歌送武判官归京　【唐】岑参

北风卷地白草折，胡天八月即飞雪。忽如一夜春风来，千树万树梨花开。
散入珠帘湿罗幕，狐裘不暖锦衾（qīn）薄。将军角弓不得控，都护铁衣冷难着。
瀚海阑干百丈冰，愁云惨淡万里凝。中军置酒饮归客，胡琴琵琶与羌笛。
纷纷暮雪下辕门，风掣红旗冻不翻。轮台东门送君去，去时雪满天山路。
山回路转不见君，雪上空留马行处。

【释义】▶▶

　　北风席卷大地把白草吹折，胡地天气八月就纷扬落雪。忽然间宛如一夜春风吹来，好像是千树万树梨花盛开。雪花散入珠帘打湿了罗幕，狐裘穿不暖锦被也嫌单薄。将军都护手冻得拉不开弓，铁甲冰冷得让人难以穿着。沙漠结冰百丈纵横有裂纹，万里长空凝聚着惨淡愁云。主帅帐中摆酒为归客饯行，胡琴琵琶羌笛合奏来助兴。傍晚辕门前大雪落个不停，红旗冻僵了风也无法牵引。轮台东门外欢送你回京去，你去时大雪盖满了天山路。山路迂回曲折已看不见你，雪上只留下一行马蹄印迹。

诵读导航

这是一首送别诗，以歌咏白雪为主要内容，同时也抒发了作者送别友人的深情厚谊。诗的语言明朗优美，又利用换韵与场景画面交替的配合，形成跌宕起伏的节奏旋律。诗中或二句一转韵，或四句一转韵，转韵时场景必更新。诵读时，突出"离愁，别绪，依恋"的情感基调。

84. 碧涧别墅喜皇甫侍御相访　【唐】刘长卿

荒村带返照，落叶乱纷纷。古路无行客，寒山独见君。
野桥经雨断，涧水向田分。不为怜同病，何人到白云。

【释义】▶▶

在这荒村暮秋夕阳西下，叶子纷纷落下之时，旧路上没有其他的行人，只有皇甫曾你这位老朋友来看我。乡村小桥已在暴风骤雨中经不起急流的冲击而断掉，涧水也因暴涨的山洪宣腾而下，向田间四处漫溢。不是为着同病相怜的缘故，谁会来到这荒山白云之处？

诵读导航

刘长卿（约726—约786），字文房，唐代著名诗人。唐玄宗天宝年间进士，官终随州刺史，世称刘随州。仕途坎坷，两度被贬谪。其诗以五七言近体为主，尤工五言，自诩为"五言长城"。此诗作于775年石城山下的碧涧别墅，收入《全唐诗》卷147。皇甫侍御，即皇甫曾，是刘长卿诗酒唱和的朋友。本诗表现了对友人过访的惊喜。诗人精于造境，诗中先写荒寒、凄寂的晚景，以此表现来客之希，再写路途之难，以见来客之情真。然诗中于衰败落景描写中，也写出了自己的栖隐中失意的心境与避世心态。诗歌含蓄蕴藉，不着痕迹，含感激与感慨之情于言外。诵读时，写景部分语气平缓，抒情部分语气悲凉。

85. 寄李儋元锡　【唐】韦应物

去年花里逢君别，今日花开已一年。
世事茫茫难自料，春愁黯黯独成眠。
身多疾病思田里，邑有流亡愧俸钱。
闻道欲来相问讯，西楼望月几回圆。

去年花开的时候与你分别，今日花开的时候已是一年。世事变幻心莫测难以意料，春愁暗淡独自入眠。身体多病想归隐田园，县里还有灾民，领着朝廷的俸禄很惭愧。听说你今年还要来看望我，我天天上西楼盼望你早还。

诵读导航

韦应物（737—789），唐朝著名的山水田园诗派诗人，其诗以写田园风物著名，语言简练朴实，涉及时政和民生疾苦之作，亦颇有佳篇。此诗是作者任职滁州时，好友李儋寄书问候，作者写诗回复之作。诗中叙述了别后的思念和盼望，抒发了因国乱民穷所造成的内心矛盾和苦闷。语言平白浅近，平仄规范，对仗工稳。诵读时，突出"沧桑落寞、忧愁苦闷"的情感基调。

86. 赋得暮雨送李胄　【唐】韦应物

楚江微雨里，建业暮钟时。漠漠帆来重，冥冥鸟去迟。
海门深不见，浦树远含滋。相送情无限，沾襟比散丝。

【释义】▶▶

楚江笼罩在微雨里，建业城正敲响暮钟。雨丝繁密船帆显得沉重，天色昏暗鸟儿飞得迟缓。长江流入海门深远不见，江边树木饱含雨滴润滋。送别老朋友我情深无恨，沾襟泪水像江面的雨丝。

诵读导航

这是一首咏暮雨的送别。虽是微雨，却下得密，以致船帆涨饱了，鸟飞缓慢了。首联写送别之地，扣紧"雨""暮"主题。二、三两联渲染迷蒙暗淡景色；暮雨中航行江上，鸟飞空中，海门不见，浦树含滋，境地极为开阔，极为邈远。末联写离愁无限，潸然泪下。全诗一脉贯通，前后呼应，浑然一体。虽是送别，却重在写景，全诗紧扣"暮雨"和"送"字着墨。诵读时，写景部分舒缓自然，后两句语气伤感悲苦。

87. 送李端　【唐】卢纶

故关衰草遍，离别自堪悲。路出寒云外，人归暮雪时。
少孤为客早，多难识君迟。掩泪空相向，风尘何处期。

故乡遍地都是衰败的枯草，与好友离别实在叫人伤悲！你要去的路途遥远漫长，伸向云天，送你归来正遇上暮雪纷飞。从小丧父过早地漂泊异土，多经磨难我与你相识太迟。回望你去的方向掩面而泣，世事纷乱再相见不知何时。

卢纶（约737—约799），唐代诗人。其诗多送别酬答之作，也有反映军士生活的作品。这是一首感人至深的送别诗。首联写送别时的环境氛围，时当故关衰草，情正离别堪悲。颔联写送别情景，友人伴寒云而去，自己踏暮雪而归，依依之情了然。颈联写回忆以往，感叹身世，既是怜友，亦是悲己，词切情真，悲凉回荡。末联进一步写难舍难分之情，掩面而泣，冀望相会。诗以"悲"字贯穿全篇，句句扣紧主题，抒情多于写景。诵读时，突出悲凉的情感基调。

88. 雨霖铃·寒蝉凄切　（宋）柳永

寒蝉凄切，对长亭晚，骤雨初歇。都门帐饮无绪，留恋处，兰舟催发。执手相看泪眼，竟无语凝噎。念去去，千里烟波，暮霭沉沉楚天阔。

多情自古伤离别，更那堪，冷落清秋节！今宵酒醒何处？杨柳岸，晓风残月。此去经年，应是良辰好景虚设。便纵有千种风情，更与何人说。

秋后的蝉叫得是那样的凄凉而急促，面对着长亭，正是傍晚时分，一阵急雨刚停住。在京都城外设帐饯别，却没有畅饮的心绪，正在依依不舍的时候，船上的人已催着出发。握着手泪眼相望，却无言相对，千言万语都噎在喉间说不出来。想到这回去南方，这一程又一程，千里迢迢，一片烟波，那夜雾沉沉的楚地天空竟是一望无边。自古以来多情的人最伤心的是离别，更何况又逢这萧瑟冷落的秋季，这离愁哪能经受得了！谁知我今夜酒醒时身在何处？怕是只有杨柳岸边，面对凄厉的晨风和黎明的残月了。这一去年复一年，我料想即使有良辰美景也如同虚设。哪怕有满腹的情意，又再同谁去诉说呢？

柳永，婉约派最具代表性的词人。此词为柳永离开汴京南下时与一位恋人的惜别之作。全词围绕"伤离别"而构思，层次清晰，语言简洁明了。先写离别之前，重在勾勒环境；次写离别时候，重在描写情态；再写别后想象，重在刻画心理。三个层次，层层深入，从不同层面上写尽离情别绪，也抒发了对自己遭遇的感慨和受压抑的愤懑。朗读时，慢拍吟诵，突出哀怨、感伤的情感基调。

89. 渔家傲·秋思　【宋】范仲淹

塞下秋来风景异，衡阳雁去无留意，四面边声连角起。千嶂里，长烟落日孤城闭。
浊酒一杯家万里，燕然未勒归无计。羌管悠悠霜满地。人不寐，将军白发征夫泪。

【释义】▶▶

　　边境上秋天一来风景就全都不同了，向衡阳飞去的雁群毫无留恋的情意。随着军营的号角声响起，四面传来战马嘶鸣的声音。像千里屏障一样并列的山峰，烟雾弥漫中，落日朦胧，只见四野荒漠，一座孤城紧紧关闭着。空对愁酒一杯，离家万里，思绪万千，想起边患不平，功业未成，不知何时才能返回故里。羌笛的声音悠扬，寒霜洒满大地。将军和征人们不能入眠，他们都愁白了头发，流下伤心眼泪。

诵读导航

　　范仲淹（989—1052），字希文，北宋著名的政治家、思想家、军事家和文学家。为政清廉，刚直不阿，力主改革，屡遭奸佞诬谤，数度被贬。他的诗、词、文皆好，词作现存虽仅5首，但情感深沉，风格豪迈。这首词写词人守边生活的亲切体验和悲壮情怀，上片从听觉、视觉两方面写边塞的秋天景象，下片抒发将士共同襟怀，军功未就，故里难归。诵读时，突出"慷慨、悲壮"的情感基调。

90. 卜算子·送鲍浩然之浙东　【宋】王观

　　水是眼波横，山是眉峰聚。欲问行人去那边？眉眼盈盈处。
　　才始送春归，又送君归去。若到江南赶上春，千万和春住。

【释义】▶▶

　　水像美人流动的眼波，山是美人蹙起的眉毛。要问朋友去哪里呢？到山水交汇的地方。才刚送走了春天，又要送好友离去。如果你到江南赶上了春天，就千万不要辜负了这美好的景色，一定要留住春天与你在一起。

诵读导航

　　王观（1035—1100），字通叟，北宋著名词人。这是一首送别词，构思新巧，笔调轻快，在送别之作中别具一格。词中以轻松活泼的笔调，巧妙别致的比喻，风趣俏皮的语言，表达了作者在越州大都督府送别友人鲍浩然时的心绪。诵读时，节奏比较明快，突出风趣、活泼的特点。

91. 劝学 （节选）【战国】荀子

君子曰：学不可以已。青，取之于蓝，而青于蓝；冰，水为之，而寒于水。木直中绳，鞣（róu）以为轮，其曲中规。虽有（通"又"）槁暴（gǎo pù），不复挺者，鞣使之然也。故木受绳则直，金就砺则利，君子博学而日参省乎己，则知明而行无过矣。

故不登高山，不知天之高也；不临深溪，不知地之厚也；不闻先王之遗言，不知学问之大也。干，越，夷，貉之子，生而同声，长而异俗，教使之然也。诗曰："嗟尔君子，无恒安息。靖共尔位，好是正直。神之听之，介尔景福。"神莫大于化道，福莫长于无祸。

吾尝终日而思矣，不如须臾之所学也。吾尝跂而望矣，不如登高之博见也。登高而招，臂非加长也，而见者远；顺风而呼，声非加疾也，而闻者彰。假舆马者，非利足也，而致千里；假舟楫者，非能水也，而绝江河。君子生（通"性"）非异也，善假于物也。

积土成山，风雨兴焉；积水成渊，蛟龙生焉；积善成德，而神明自得，圣心备焉。故不积跬步，无以至千里；不积小流，无以成江海。骐骥一跃，不能十步；驽马十驾，功在不舍。锲而舍之，朽木不折；锲而不舍，金石可镂。蚓无爪牙之利，筋骨之强，上食埃土，下饮黄泉，用心一也。蟹六跪而二螯（áo），非蛇鳝之穴无可寄托者，用心躁也。

【释义】 ▶▶

君子说：学习是不可以停止的。靛青是从蓝草里提取的，可是比蓝草的颜色更深；冰是水凝结而成的，却比水还要寒冷。木材直得符合拉直的墨绳，用煣的工艺把它制成车轮，（那么）木材的弯度（就）合乎圆的标准了，即使再干枯了，（木材）也不会再挺直，是因为经过加工，使它成为这样的。所以木材用墨线量过，再经辅具加工就能变直，刀剑等金属制品在磨刀石上磨过就能变得锋利，君子广泛学习，而且每天检查反省自己，那么他就会聪明机智，而行为就不会有过错了。

所以，不登上高山，就不知天多么高；不面临深涧，就不知道地多么厚；不懂得先代帝王的遗训，就不知道学问的博大。干越夷貉之人，刚生下来啼哭的声音是一样的，而长大后风俗习性却不相同，这是教育使之如此。《诗经》上说："你这个君子啊，不要总是贪图安逸。恭谨对待你的本职，爱好正直的德行。神明听到这一切，就会赐给你洪福祥瑞。"精神修养没有比受道德熏陶感染更大的，福分没有比无灾无祸更长远的。

我曾经整天思索，（却）不如片刻学到的知识（多）；我曾经踮起脚远望，（却）不如登到高处看得广阔。登到高处招手，胳膊没有比原来加长，可是别人在远处也看见；顺着风呼叫，声音没有比原来加大，可是听的人听得很清楚。借助车马的人，并不是脚走得快，却可以行千里，借助舟船的人，并不是能游水，却可以横渡江河。君子的本性跟一般人没什么不同，（只是君子）善于借助外物罢了。

堆积土石成了高山，风雨就从这里兴起了；汇积水流成为深渊，蛟龙就从这儿产生了；积累善行养成高尚的品德，自然会心智澄明，也就具有了圣人的精神境界。所以不积累一步半步的行程，就没有办法达到千里之远；不积累细小的流水，就没有办法汇成江河大海。骏马一跨跃，也不足十步远；劣马拉车走十天，（也能走得很远，）它的成功就在于不停地走。（如果）刻几下就停下来了，（那么）腐烂的木头也刻不断。（如果）不停地刻下去，（那么）金石也能雕刻成功。蚯蚓没有锐利的爪子和牙齿，强健的筋骨，却能向上吃到泥土，向下可以喝到泉水，这是由于它用心专一啊。螃蟹有六条腿，两个蟹钳，（但是）如果没有蛇、鳝的洞穴它就无处存身，这是因为它用心浮躁的缘故。

诵读导航

《劝学》是荀子所写的劝勉人们学习的名著，文章较系统地论述了学习的目的、意义、态度和方法。节选部分着重论述了学习的重要意义、作用和学习应持的态度。选文说理透彻，结构谨严，气势浑厚，长短句并用，对偶排比句兼行，匀称而又错落有致，大量使用比喻，辞采缤纷，读来朗朗上口，富于音乐节奏美。诵读时，注意通过整齐的排比、和谐的音节，表达充沛畅达的气势。

92. 报任安书 （节选）【汉】司马迁

古者富贵而名摩灭，不可胜记，唯倜傥（tì tǎng）非常之人称焉。盖西伯拘而演《周易》；仲尼厄而作《春秋》；屈原放逐，乃赋《离骚》；左丘失明，厥（jué）有《国语》；孙子膑脚，《兵法》修列；不韦迁蜀，世传《吕览》；韩非囚秦，《说难》《孤愤》；《诗》三百篇，大底圣贤发愤之所为作也。此人皆意有所郁结，不得通其道，故述往事，思来者。乃如左丘无目，孙子断足，终不可用，退而论书策，以舒其愤，思垂空文以自见。

自古以来，富贵而名声埋没不传的人，多得无法记载，只有豪迈不受拘束、非同寻常的人才能流芳百世；西伯被囚禁而推演出《周易》，孔子处于困境而写成了《春秋》，屈原被楚怀王放逐，于是创作了《离骚》；左丘明失明，才完成了《国语》；孙膑膝盖被截，撰修了《孙膑兵法》；吕不韦被贬到蜀地，《吕氏春秋》却流传于世；韩非子被囚禁在秦国，这才有了《说难》《孤愤》；《诗经》三百篇，大都是圣人贤士为抒发愤懑而写作的。这些人都是情意郁结，不得舒展，所以才追述往事，而寄希望于将来的。至于像左丘明眼瞎，孙膑腿断，他们认为永远不可能被起用了，退下来著书立说以抒发心中的愤懑，想借助留传后世的文章来表现自己。

诵读导航

司马迁（公元前145—公元前87），字子长，中国古代伟大的史学家、思想家、文学家，被后人尊称为"史圣"。他最大的贡献是创作了中国第一部纪传体通史《史记》。《报任安书》是司马迁写给其友人任安的一封回信。信中，作者以无比愤激的心情，叙述自己蒙受的耻辱，倾吐他内心的痛苦和不满，说明自己"隐忍苟活"的原因。感情真挚，语言流畅，具有强烈的艺术感染力。节选部分列举了古代圣贤受辱后"论书策，以舒其愤"的例子，突出"幽而发愤"的主题。诵读时，语速适中，语调平静而深沉，突出刚毅不屈的情感基调。

93. 龟虽寿 【汉】曹操

神龟虽寿，犹有竟时。腾（téng）蛇乘雾，终为土灰。老骥伏枥，志在千里。烈士暮年，壮心不已。盈缩之期，不但在天；养怡之福，可得永年。幸甚至哉，歌以咏志。

神龟的寿命虽然十分长久，但也还有生命终结的时候。腾蛇尽管能乘雾飞行，终究也会死亡化为土灰。年老的千里马躺在马棚里，它的雄心壮志仍然是一日驰骋千里。有远大抱负的人士到了晚年，奋发思进的雄心不会停止。人的寿命长短，不只是由上天所决定的，只要自己调养好身心，也可以益寿延年。我非常高兴，要用这首诗歌来表达自己内心的感受。

诵读导航

曹操（155—220），字孟德，东汉末年著名的军事家、政治家和诗人。此诗是一首乐府诗，是曹操晚年所写，讲述了诗人的人生态度。诗歌述理、明志、抒情结合完美。全诗韵调跌宕起伏，语言朴实，格调高远，慷慨激昂，抒发了诗人不甘衰老、不信天命、奋斗不息、追求不止的壮志豪情。诵读时，语速稍慢，语调高昂、豪壮，突出乐观自信、豪迈的情感基调。

94. 古诗十九首·生年不满百 　【汉】佚名

生年不满百，常怀千岁忧。昼短苦夜长，何不秉烛游！为乐当及时，
何能待来兹？愚者爱惜费，但为后世嗤（chī）。仙人王子乔，难可与等期。

【释义】▶▶

　　人生只有短短的数十载岁月，却常常怀有着千年的忧愁。及时行乐却怨白昼短暂夜
晚漫长，那为何不拿着火把夜晚游乐。光阴易逝，行乐要及时，时不我待又怎可等到来
年。愚笨的人锱铢必较吝啬守财，死时两手空空被后人嗤笑。世间哪有像王子乔驾鹤升
天，难以期待那种日子的到来。

诵读导航

　　《生年不满百》出自《古诗十九首》，作者不详。此诗对世间吝啬聚财"惜
费"者和仰慕成仙者两类人予以了嘲讽。奉劝做人要通达世事，及时行乐，不
必为那些毫无益处的事而日夜烦忧。这里的"及时行乐"应是文人雅士的寄情山水，
把酒言诗，忘却失意不得志的一种积极健康的享受生活之乐。诵读时，语调轻快、旷
达，突出智者对愚者"冷嘲热讽"的基调。

95. 长歌行 　【汉】佚名

青青园中葵，朝露待日晞。阳春布德泽，万物生光辉。常恐秋节至，
焜黄华叶衰。百川东到海，何时复西归？少壮不努力，老大徒伤悲。

【释义】▶▶

　　园中有碧绿的葵菜，露水将要被早晨的阳光晒干。春天把幸福的希望洒满了大地，
所有生物都呈现出一派繁荣生机。只担心瑟瑟的秋天来到，树叶枯黄而飘落百草凋零衰
亡。千万条大河奔腾着东流入大海，什么时候才能向西流？人也一样，少年时不努力，
到老来只能是白白悔恨了。

诵读导航

　　《长歌行》是南朝宋代文人郭茂倩编纂的《乐府诗集》中的一首五言古诗，
是劝诫世人惜时奋进的名篇。诗歌托物起兴，写万物盛衰有时，光阴一去不
返，人应尽早努力。全诗借物喻理，出言警策，催人奋进。诵读时，前四句语调轻快
愉悦，接着的四句读出忧心、疑虑之情，语速较慢，最后两句要重读，突出劝勉之情。

96. 戒子训　【汉】诸葛亮

　　夫君子之行，静以修身，俭以养德。非淡泊无以明志，非宁静无以致远。夫学须静也，才须学也，非学无以广才，非志无以成学。淫慢则不能励精，险躁则不能治性。年与时驰，意与日去，遂成枯落，多不接世，悲守穷庐，将复何及！

【释义】▶▶

　　有道德修养的人，是这样进行修养锻炼的，他们以静思反省来使自己尽善尽美，以俭朴节约财物来培养自己高尚的品德。不清心寡欲就不能使自己的志向明确坚定，不安定清静就不能实现远大理想而长期刻苦学习。要学得真知必须使身心在宁静中研究探讨，人们的才能是从不断地学习中积累起来的；如果不下苦功学习就不能增长与发挥自己的才干；如果没有坚定不移的意志就不能使学业成功。纵欲放荡、消极怠慢就不能勉励心志使精神振作；冒险草率、急躁不安就不能陶冶性情使节操高尚。如果年华与岁月虚度，志愿时日消磨，最终就会像枯枝落叶般一天天衰老下去。这样的人不会为社会所用而有益于社会，只有悲伤地困守在自己的穷家破舍里，到那时再悔也来不及了。

诵读导航

　　诸葛亮（181—234），字孔明，号卧龙，东汉三国时期蜀汉丞相，杰出的政治家、军事家。《诫子训》是诸葛亮54岁时写给他8岁儿子诸葛瞻的。"非淡泊无以明志，非宁静无以致远。"这既是诸葛亮一生经历的总结，更是对他儿子的勉励。不清心寡欲就不能使自己的志向明确坚定，不安定清静就不能实现远大理想。反映了作者心无杂念，凝神安适，不限于眼前得失的那种长远而宽阔的境界。诵读时要注意"双重否定"的句式，把握文章强烈而委婉的语气。

97. 孔子家语·六本　（节选）【汉】王肃

　　孔子曰："吾死之后，则商也日益，赐也日损。"曾子曰："何谓也？"子曰："商也好与贤己者处，赐也好说不若己者。不知其子，视其父；不知其人，视其友。不知其君，视其所使；不知其地，视其草木。"故曰："与善人居，如入芝兰之室，久而不闻其香，即与之化矣。与不善人居，如入鲍鱼之肆，久而不闻其臭，亦与之化矣。丹之所藏者赤，漆之所藏者黑。是以君子必慎其所与处者焉。"

【释义】▶▶

　　孔子说："我死之后，商（子夏）会比以前更有进步，而赐（子贡）会比以前有所退步。"曾子问："为什么呢？"孔子说："子夏喜爱同比自己贤明的人在一起，（所以他的道德修养将日有提高）；子贡喜欢同才智比不上自己的人相处，（因此他的道德修养将日渐丧失）。不了解孩子如何，看看孩子的父亲就知道（孩子将来的情况）了；不了解本人，看他周围的朋友就可以了。不了解君主，看他派遣的使者就可以了；不了解本地的情况看本地的草木就可以了。"所以常和品行高尚的人在一起，就像沐浴在种植芝兰散满香气的屋子里一样，时间长了便闻不到香味，但本身已经充满香气了。和品行低劣的人在一起，就像到了卖咸鱼的作坊，时间长了也闻不到臭了，也是融入环境里了。藏丹的地方时间长了会变红，藏漆的地方时间长了会变黑，也是环境影响的！所以说真正的君子必须谨慎地选择自己处身的环境。

诵读导航

王肃（195—256），字子雍。东汉三国时曹魏著名经学家，王朗之子、司马昭岳父。王肃师从大儒宋忠，曾遍注群经，编撰《孔子家语》等以宣扬道德价值，将其精神理念纳入官学，其所注经学在魏晋时期被称作"王学"。选文通过子夏与子贡交友的例子，说明环境对人的影响，好的环境可以让人变好，坏的环境可以让人变坏，阐明了"近朱者赤，近墨者黑"的道理。诵读时，体现语录体的特点，突出排比句、对比句的语气和节奏。

98. 谏太宗十思疏 　【唐】魏征

臣闻求木之长者，必固其根本；欲流之远者，必浚（jùn）其泉源；思国之安者，必积其德义。源不深而望流之远，根不固而求木之长，德不厚而思国之安，臣虽下愚，知其不可，而况于明哲乎？人君当神器之重，居域中之大，不念居安思危，戒奢以俭，斯亦伐根以求木茂，塞源而欲流长也。

凡百元首，承天景命，善始者实繁，克终者盖寡。岂取之易，守之难乎？盖在殷忧，必竭诚以待下；既得志，则纵情以傲物。竭诚，则吴、越为一体；傲物，则骨肉为行路。虽董之以严刑，振之以威怒，终苟免而不怀仁，貌恭而不心服。怨不在大，可畏惟人，载舟复（通"覆"）舟，所宜深慎。

诚能见可欲，则思知足以自戒；将有作，则思知止以安人；念高危，则思谦冲而自牧；惧满溢，则思江海下百川；乐盘游，则思三驱以为度；忧懈怠，则思慎始而敬终；虑壅（yōng）蔽，则思虚心以纳下；惧谗邪，则思正身以黜（chù）恶；恩所加，则思无因喜以谬赏；罚所及，则思无因怒而滥刑。总此十思，宏此九德。简能而任之，择善而从之，则智者尽其谋，勇者竭其力，仁者播其惠，信者效其忠。文武并用，垂拱而治。何必劳神苦思，代百司之职役哉！

【释义】 ▶▶

我听说过，想要树木生长得快，就一定要加固树根；想要河水流得长远，就一定要疏通它的源头；想使国家安定，就一定要积聚自己的道德仁义。水源不深却希望水流得长远，根不牢固却要求树木生长，道德不深厚却想使国家安定，我虽然十分愚笨，也知道那是不可能的，更何况明智的人呢？国君掌握着象征国家权力的宝物，处于天地间至尊的地位，不考虑在安逸的环境中想到危难，戒除奢侈而厉行节俭，这也就像砍断树根却要树木长得茂盛，堵塞泉源却希望流水长远一样啊！

凡是古代的君主，承受上天的大命，开始做得好的确实很多，但是能够坚持到底的却很少。难道是取得天下容易，守住天下就困难吗？大概是他们在忧患深重的时候，必然竭尽诚意对待下属，一旦得志，便放纵情欲，傲视他人。竭尽诚意，那么即使像吴、越那样敌对的国家也能结为一个整体；傲视他人，那么骨肉至亲也会疏远得像过路人一样。即使用严酷的刑罚督责人们，用威风怒气恫吓人们，结果只能使人们图求苟且以免于刑罚，却不会怀念国君的恩德，表面上态度恭敬，可是心里并不服气。怨恨不在大小，可怕的只是百姓。百姓像水一样，可以载船，也可以翻船，这是应该特别谨慎的。

果真能够做到：见了想要得到的东西，就想到知足以警戒自己；将要大兴土木，就想到要适可而止以使百姓安宁；考虑到帝位高随时会有危险，就想到要谦虚，并且加强自我修养；害怕骄傲自满，就想到江海是居于百川的下游；以打猎为乐，就要想到狩猎有度，不过分捕杀；担心意志懈怠，就想到做事要始终谨慎；忧虑会受蒙蔽，就想到虚心接纳下属的意见；害怕谗佞奸邪，就想到端正自身以斥退邪恶小人；加恩于人时，就想到不要因为一时高兴而赏赐不当；施行刑罚时，就想到不要因为正在发怒而滥施刑罚。完全做到上述十个方面，扩大九德的修养。选拔有才能的人而任用他，选择好的意见而听从它，那么，聪明的人就会竭尽他们的智谋，勇敢的人就会竭尽他们的气力，仁爱的人就会广施他们的恩惠，诚实的人就会奉献他们的忠诚。文臣武将都得到任用，就可以垂衣拱手，安然而治了。何必劳神苦思，代行百官的职务呢！

诵读导航

魏征（580—643），字玄成，唐代政治家，以直谏敢言著称，是中国史上最负盛名的谏臣。《谏太宗十思疏》写于贞观十一年（公元637年），是魏征向唐太宗婉言进谏的奏疏。魏征用前代兴亡的历史教训来提醒太宗，希望他"居安思危，戒奢以俭"，并从多方面提出"积德义"巩固政权的建议。全文多用骈偶，或相对为文，或排比论述，辞工文畅，音律和谐优美，诵读时，应铿锵有力，读出雄健的气势，突出语重心长，情真意切的情感基调。

99. 劝学　【唐】颜真卿

三更灯火五更鸡，正是男儿读书时。
黑发不知勤学早，白首方悔读书迟。

每天三更半夜到鸡啼叫的时候，是男孩子们读书的最好时间。少年时只知道玩，不知道要好好学习，到老的时候才后悔自己年少时为什么不知道要勤奋学习。

诵读导航

颜真卿（709—784），字清臣，唐代杰出书法家，他创立的"颜体"楷书与赵孟頫、柳公权、欧阳询并称"楷书四大家"，和柳公权并称"颜筋柳骨"。此诗劝勉青少年要珍惜少壮年华，勤奋学习，有所作为，否则，到老一事无成，后悔已晚。诗歌揭示了深刻的道理，达到了催人奋进的效果。诵读时，应突出长者对少者的恳切期望之情。

100. 行路难　【唐】李白

金樽清酒斗十千，玉盘珍羞直万钱。停杯投箸不能食，拔剑四顾心茫然。
欲渡黄河冰塞川，将登太行雪满山。闲来垂钓碧溪上，忽复乘舟梦日边。
行路难！行路难！多歧路，今安在？长风破浪会有时，直挂云帆济沧海。

【释义】▶▶

金杯盛着昂贵的美酒，玉盘装满价值万钱的佳肴。但是我停杯扔筷不想饮，拔出宝剑环顾四周，心里一片茫然。想渡黄河，冰雪却冻封了河川；要登太行，但风雪堆满了山，把山给封住了。当年吕尚闲居，曾在碧溪垂钓；伊尹受聘前，梦里乘舟路过太阳边。

行路难啊，行路难！岔路何其多，我的路在何处？总会有一天，我能乘长风破巨浪，高高挂起云帆，在沧海中勇往直前！

诵读导航

这首诗以"行路难"比喻世道险阻，抒写了诗人在政治道路上遭遇艰难时，产生的不可抑制的激愤情绪；但他并未因此而放弃远大的政治理想，仍盼着总有一天会施展自己的抱负，表现了他对人生前途乐观豪迈的气概，充满了积极浪漫主义的情调。诵读时，情感基调注意由悲伤转为欣喜，由失落转为充满希望。

101. 将进酒　【唐】李白

君不见，黄河之水天上来，奔流到海不复回。君不见，高堂明镜悲白发，朝如青丝暮成雪！人生得意须尽欢，莫使金樽空对月。天生我材必有用，千金散尽还复来。烹羊宰牛且为乐，会须一饮三百杯。岑夫子，丹丘生，将进酒，杯莫停。与君歌一曲，请君为我倾耳听。钟鼓馔玉不足贵，但愿长醉不复醒。古来圣贤皆寂寞，惟有饮者留其名。陈王昔时宴平乐，斗酒十千恣欢谑。主人何为言少钱，径须沽取对君酌。五花马、千金裘，呼儿将出换美酒，与尔同销万古愁！

【释义】▶▶

　　你没见那黄河之水从天上奔腾而来，波涛翻滚直奔东海，再也没有回来。你没见那年迈的父母，对着明镜感叹自己的白发，年轻时候的满头青丝如今已是雪白一片。人生得意之时应当纵情欢乐，莫要让这金杯无酒空对明月。每个人只要生下来就必有用处，黄金千两一挥而尽还能够再来。我们烹羊宰牛姑且作乐，一次痛饮三百杯也不为多！岑夫子和丹丘生啊！快喝吧！别停下杯子。我为你们高歌一曲，请你们都来侧耳倾听：钟鸣馔食的豪华生活有何珍贵，只希望长驻醉乡不再清醒。自古以来圣贤之士都是寂寞的，只有那喝海量酒的人才能够留传美名。陈王曹植当年宴设乐平关你可知道，斗酒万钱也豪饮，宾主尽情欢乐。主人呀，你为何说我的钱不多？你只管端出酒来让我喝。五花千里马，千金狐皮裘，快叫那侍儿拿去换美酒，我和你们共同消解这万古愁！

诵读导航

　　"将进酒"原是汉乐府短箫铙歌的曲调，意译即"劝酒歌"，主要是表达喝酒放歌时的情感。李白的《将进酒》大约写于公元752年，是作者与友人登高饮酒的即兴之作。通观全篇，笔酣墨饱，大起大落，情极悲愤而作狂放，语极豪纵而又沉着。诗情忽合忽张，由悲转乐、转狂放、转愤激、再转狂放、最后结束于"万古愁"，回应篇首。夸张的数字运用，如大河奔流，具有震动古今的气势与力量，表现出诗情的豪迈、奔放。同时，又不给人空洞浮夸之感。通篇以七言为主，而以三、五、十言句"破"之，极参差错综之致；诗句以散行为主，又以短小的对仗语点染，节奏疾徐尽变，奔放而不流易。诵读时，注意节奏快慢的变化，突出雄浑、豪迈的基调、气势与力量。

102. 望岳　【唐】杜甫

岱宗夫如何，齐鲁青未了。造化钟神秀，阴阳割昏晓。
荡胸生层云，决眦（zì）入归鸟。会当凌绝顶，一览众山小。

【释义】▶▶

　　五岳之首泰山的景象怎么样？在齐鲁大地上看不尽它的青色。大自然把山岳的奇异景象全都赋予了泰山，它使山南山北一面明亮一面昏暗，截然不同。望层层云气升腾，令人胸怀荡涤，看归鸟回旋入山，使人眼眶欲碎。当登上泰山的顶峰，眺望四周，重重山峦看起来显得非常渺小。

此诗通过描绘泰山雄伟磅礴的气象，赞美了泰山高大巍峨的气势和神奇秀丽的景色，流露出对祖国山河的热爱之情，表达了诗人不怕困难、敢攀顶峰、俯视一切的雄心和气概，以及卓然独立、兼济天下的豪情壮志。诵读时，应语调高昂激越，突出豪壮雄奇的情感基调。

103. 师说 （节选）【唐】韩愈

古之学者必有师。师者，所以传道受业解惑也。人非生而知之者，孰能无惑？惑而不从师，其为惑也，终不解矣。

生乎吾前，其闻道也固先乎吾，吾从而师之；生乎吾后，其闻道也亦先乎吾，吾从而师之。吾师道也，夫庸知其年之先后生于吾乎？是故无贵无贱，无长无少，道之所存，师之所存也。

圣人无常师。孔子师郯子、苌弘、师襄、老聃。郯子之徒，其贤不及孔子。孔子曰：三人行，则必有我师。是故弟子不必不如师，师不必贤于弟子，闻道有先后，术业有专攻，如是而已。

【释义】▶▶

古代求学的人一定有老师。老师是传授道理，教授学业，解决疑难问题的人。人不是生下来就懂得道理的，谁能没有疑惑？有疑惑却不跟从老师学习，他所存在的疑惑，就始终不能解决。

在我之前出生的人，他懂得道理本来就比我早，我跟从他，拜他为师；在我之后出生的人，他懂得道理如果也比我早，我也跟从他学习，把他当作老师，我学习的是道理，哪里管他的年龄比我大还是比我小呢？因此，不论地位显贵还是地位低下，不论年长年少，道理存在的地方，就是老师存在的地方。

圣人没有固定的老师，孔子曾经以郯子、苌弘、师襄、老聃为师。郯子这些人，他们的道德才能（当然）不如孔子。孔子说："几个人走在一起，其中就一定有我的老师。"因此学生不一定不如老师，老师也不一定比弟子强，听闻道理有先有后，学问和技艺上各有各的主攻方向，只是这样罢了。

韩愈（768—824），字退之，唐代文学家、哲学家。他是唐代古文运动的倡导者，被推为唐宋八大家之首，与柳宗元并称"韩柳"，有"文章巨公"和"百代文宗"之名。作品都收在《昌黎先生集》里。《师说》论述了老师"传道、受业、解惑"的作用，说明了从师学习的重要性。文章指出从师不应拘于贵贱、年龄和"师不必贤于弟子"等，闪耀着民主和进步的思想光芒。诵读时，应断句准确，停顿到位，语速稍慢，突出节奏，语调平和，略带深沉。

104. 酬乐天咏老见示　【唐】刘禹锡

人谁不顾老，老去有谁怜。身瘦带频减，发稀冠自偏。
废书缘惜眼，多灸（jiǔ）为随年。经事还谙事，阅人如阅川。
细思皆幸矣，下此便翛（xiāo）然。莫道桑榆晚，为霞尚满天。

【释义】 ▶▶

人谁不顾虑要衰老，老了又有谁来对他表示爱怜？身体渐瘦衣带越来越要收紧，头发稀少戴正了的帽子也会自己偏斜到一边。书卷搁置起来不再看，是为了爱惜眼睛，经常用艾灸是因为年迈力衰诸病缠身。经历过的世事见多识广，接触了解的人越多观察起来更加一目了然。细细想来老了也有好的一面，克服了对老的忧虑就会心情畅快无牵无挂。不要说太阳到达桑榆之间已近傍晚，它的霞光余辉照样可以映红满天。

诵读导航

作者此诗中阐明只要树立正确的老年观，就能从嗟老叹老的情绪中解脱出来，老有所为。最后两句是全诗点睛之笔，意境优美，气势豪放。表明诗人面对衰老，不消极，不悲观。这既是诗人的内心世界的自我剖白，也是对老朋友白居易的宽慰和鼓励。诗歌前后两段一反一正，转折自然，很有辩证的观点和说服力量。诵读时，前半部分，语气相对平缓；后半部分语气加强，带有豪迈之气。

105. 金缕衣　【唐】杜秋娘

劝君莫惜金缕衣，劝君惜取少年时。
花开堪折直须折，莫待无花空折枝。

【释义】 ▶▶

我劝你不要顾惜华贵的金缕衣，我劝你一定要珍惜青春少年时。花开宜折的时候就要抓紧去折，不要等到花谢时只折了个空枝。

诵读导航

杜秋娘，生卒年不详，唐代歌妓，善歌《金缕衣》曲。此诗含义单纯，反复咏叹强调爱惜时光，莫要错过青春年华。从字面看，是对青春和爱情的大胆歌唱，然而字面背后，仍然是"爱惜时光"的主旨。韵律上，尽管句式变化不大，但每句都寓有微妙变化，重复而不单调，回环而有缓急，形成优美的旋律。朗读时，突出音律和谐的美感，节奏稍慢，表现吟诵的效果。

106. 爱莲说　【宋】周敦颐

水陆草木之花，可爱者甚蕃（fán）。晋陶渊明独爱菊；自李唐来，世人盛爱牡丹；予独爱莲之出淤泥而不染，濯（zhuó）清涟而不妖，中通外直，不蔓不枝，香远益清，亭亭净植，可远观而不可亵（xiè）玩焉。予谓菊，花之隐逸者也；牡丹，花之富贵者也；莲，花之君子者也。噫！菊之爱，陶后鲜有闻；莲之爱，同予者何人；牡丹之爱，宜乎众矣。

【释义】 ▶▶

水中、陆地上的各种花草树木，值得人们喜爱的非常多。晋朝的陶渊明唯独喜爱菊花；自从唐朝以来，世上的人们非常喜爱牡丹；我唯独喜爱莲花生长于污泥之中而不被沾染，经过清水的洗涤却不显得妖媚，它的茎中间贯通，外形挺直，不蔓延，无枝节，香气传播得越远就越显得幽香，它笔直地挺立在水面上，只可以远远地观赏而不可以肆意地玩弄。

我认为，菊花，是众花中的逸隐之士；牡丹，是众花中的富豪贵人；而莲花，则可以说是众花中的有德君子。唉！爱菊花的人，陶渊明以后很少听到了；对莲花的喜爱，像我这样的又有谁呢？而喜爱牡丹的人，当然很多了。

诵读导航

周敦颐（1017—1073），字茂叔，号濂溪，北宋著名哲学家，是学术界公认的理学派开山鼻祖。此文托物言志，以莲喻人，通过对莲花的描写和赞美，歌颂了君子"出淤泥而不染"的美德，表达了作者不与世俗同污合流的高尚品格和对追名逐利世态的鄙弃和厌恶。诵读时，语速可稍快，语调对比鲜明，表现褒贬分明的感情色彩。

107. 水调歌头·明月几时有　【宋】苏轼

明月几时有，把酒问青天。不知天上宫阙（què），今夕是何年。我欲乘风归去，又恐琼楼玉宇，高处不胜寒。起舞弄清影，何似在人间。

转朱阁，低绮（qǐ）户，照无眠。不应有恨，何事长向别时圆？人有悲欢离合，月有阴晴圆缺，此事古难全。但愿人长久，千里共婵娟。

【释义】▶▶

　　明月何时才有？端起酒杯来询问青天。不知道天上宫殿，今天晚上是哪一年。我想驾着风回到天上去，又怕那美玉建成的宫殿，高高在上，让人经受不住那份清寒。我在月下翩翩起舞，玩赏着月下的清影，归返月宫怎比得上在人间。

　　月儿转过朱红色的楼阁，低低地挂在雕花的窗户上，照着没有睡意的人。明月不该对人们有什么怨恨吧，为何偏在人们离别时才圆呢？人世间总有悲伤、欢乐、离别、相逢的变迁，月亮也有阴、有晴、有圆、有缺的变化，这些事自古以来就难以周全。但愿亲人能平安健康，虽然相隔千里，也能共享这美好的月光。

诵读导航

　　此词是中秋望月怀人之作，全词运用形象的描写和浪漫主义的想象紧紧围绕中秋之月描写、议论、抒情从天上与人间、月与人、空间与时间进行思考，把自己对兄弟的感情，升华到探索人生乐观与不幸的哲理高度，表达了作者乐观旷达的人生态度和对生活的美好祝愿和热爱。诵读时，注意通过反复的设问和整齐的韵律张扬诗人乐观旷达、浪漫超逸和奔腾放纵洒脱的情感。

108. 画菊　【宋】郑思肖

花开不并百花丛，独立疏篱趣无穷。
宁可枝头抱香死，何曾吹落北风中。

【释义】▶▶

　　菊花并不与百花同时开放，只独自开在稀疏的篱笆旁边，让人心生喜悦。菊花宁愿保留芬芳枯死枝头，也决不被北风吹落。

诵读导航

　　郑思肖（1241—1318），字忆翁，号所南，宋末诗人、画家。这首画菊诗，与一般赞颂菊花不俗不艳不媚不屈的诗歌不同，托物言志，表达了诗人的人生遭际和理想追求，是一首有特定生活内涵的菊花诗。通过描写菊花与百花不同，赞美了菊花的傲骨凌霜，孤傲绝俗，表达了自己坚守高尚节操，宁死不屈的决心。诵读时应饱含赞美之情，语气坚定。

109. 墨梅 【元】王冕

我家洗砚池头树，朵朵花开淡墨痕。
不要人夸好颜色，只留清气满乾坤。

【释义】▶▶

这画仿佛是从我的洗砚池边生长的一棵梅花，朵朵梅花都似乎是洗笔后淡墨留下的痕迹而没有鲜艳的颜色，因为它并不需要别人去夸许它的颜色，在意的只是要把清淡的香气充满在天地之间。

诵读导航

王冕（1287—1359），元代著名画家、诗人，以画梅著称，尤攻墨梅。这是一首题咏自己所画梅花的诗作。诗人将画格、诗格、人格有机地融为一体。字面上在赞誉梅花，实际上是赞赏自己的立身之德。诗中所描写的墨梅劲秀芬芳、卓然不群。这首诗不仅反映了他所画的梅花的风格，也反映了作者的高尚情趣和淡泊名利的胸襟，鲜明地表明了他不向世俗献媚的坚贞、纯洁的操守。

110. 竹石 【清】郑板桥

咬定青山不放松，立根原在破岩中。
千磨万击还坚劲，任尔东西南北风。

【释义】▶▶

咬住了青山就绝不肯放松，根须已经深扎在岩石之中。历经千万次磨炼更加坚韧，任凭你东西南北来的狂风。

诵读导航

郑板桥（1693—1765），原名郑燮，字克柔，号理庵，又号板桥，人称板桥先生。清代著名书画家和文学家，是"扬州八怪"的主要代表，以三绝"诗、书、画"闻名于世。此诗描绘了刚直、坚韧、不屈的竹枝形象，表达了诗人刚烈、百折不挠和高风亮节的品格。诵读时，通过清新流畅的语调突出诗人"凛然风骨"的真挚感情。

111. 观沧海 【汉】曹操

东临碣石，以观沧海。水何澹澹（dàn），山岛竦峙。树木丛生，百草丰茂。秋风萧瑟，洪波涌起。日月之行，若出其中；星汉灿烂，若出其里。幸甚至哉，歌以咏志。

【释义】▶▶

东行登上碣石山，来观赏大海。海水多么宽阔浩荡，碣石山高高耸立在海边。碣石山上树木丛生，各种草长得很繁茂。秋风飒飒，海上涌起巨大的波涛。日月的运行，好像是从这浩淼的海洋中出发的。银河星光灿烂，好像是从这浩淼的海洋中产生出来的。真是幸运极了，用歌唱来表达自己的思想感情吧。

诵读导航

此诗是建安十二年（207年）九月曹操北征乌桓，消灭了袁绍残部胜利班师途中登临碣石山时所作。这首四言乐府诗借诗人登山望海所见到的自然景物，描绘了祖国河山的雄伟壮丽，既刻画了高山大海的动人形象，更表达了诗人豪迈乐观的进取精神，是我国古典写景诗中出现较早的名作之一。朗读时，语速较慢，体会诗人边赏景边歌从心来的感觉，语调较激昂、雄浑有力，突出雄壮、豪迈的情感基调。

112. 归园田居 （其一）【晋】陶渊明

少无适俗韵，性本爱丘山。误落尘网中，一去三十年。
羁鸟恋旧林，池鱼思故渊。开荒南野际，守拙归园田。
方宅十余亩，草屋八九间。榆柳荫后檐，桃李罗堂前。
暧暧远人村，依依墟里烟。狗吠深巷中，鸡鸣桑树颠。
户庭无尘杂，虚室有余闲。久在樊笼里，复得返自然。

【释义】 ▶▶

　　从小没有投合世俗的气质，性格本来爱好山野。错误地陷落在人世的罗网中，一去就是三十年。关在笼中的鸟儿依恋居住过的树林，养在池中的鱼儿思念生活过的深潭。到南边的原野里去开荒，依着愚拙的心性回家耕种田园。住宅四周有十多亩地，茅草房子有八九间。

　　榆树、柳树遮掩着后檐，桃树、李树罗列在堂前。远远的住人村落依稀可见，树落上的炊烟随风轻柔地飘扬。狗在深巷里叫，鸡在桑树顶鸣。门庭里没有世俗琐杂的事情烦扰，空房中有的是空闲的时间。长久地困在笼子里面，现在总算又能够返回到大自然了。

诵读导航

　　陶渊明（约365—427），字元亮，号五柳先生，后改名潜。东晋末期南朝宋初期诗人、辞赋家、散文家。曾做过几年小官，后辞官回家，从此隐居，被称为"平淡之宗"，是田园诗派的开创者。《归园田居》共5首，此诗为其中一首。通过白描的手法描绘田园风光，表现了诗人重归田园时的新鲜感受和由衷喜悦。语言质朴真淳、清新隽永，音节铿锵，极富自然之情趣，引人悠然神往。朗诵时，语速稍慢，深沉而悠然，轻松而自然，语调平缓、悠远，营造一种淡泊闲适、宁静雅致的情调。

113. 饮酒 （其五）【晋】陶渊明

结庐在人境，而无车马喧。
问君何能尔? 心远地自偏。
采菊东篱下，悠然见南山。
山气日夕佳，飞鸟相与还。
此中有真意，欲辨已忘言。

把房子建在人群聚焦的地方，却一点也感觉不到车马的喧闹声。要问我怎能如此之超凡洒脱，心灵避离尘俗自然幽静远邈。东墙下采撷清菊时心情徜徉，猛然抬头喜见南山胜景绝妙。暮色中缕缕彩雾萦绕升腾，结队的鸟儿回翔远山的怀抱。这之中隐含的人生的真理，想要说出却忘记了如何表达。

诵读导航

此题共二十首，非一时之作，大约写于陶渊明四十岁前后，本篇原列第五。这首诗阐释了作者宁静安详的心态和闲适自得的情趣，以及返回自然的人生理想。诗的前半部分着重说明"心远地自偏"的道理，后半部分写欣赏自然景色悠然自得的心境，表现了作者归隐后的思想感情，反映了他对官场生活的厌恶。全诗写景、抒情、谈理三者浑然融合，简洁、朴素、自然。诵读时，认真领会诗的意境，突出"静穆""淡远"的特点，语气平和而悠然，节奏舒缓。

114. 野望 【唐】王绩

东皋（gāo）薄暮望，徙倚（xǐ yǐ）欲何依。树树皆秋色，山山唯落晖。
牧人驱犊返，猎马带禽归。相顾无相识，长歌怀采薇。

【释义】▶▶

傍晚时分站在东皋纵目远望，我徘徊不定不知该归依何方，层层树林都染上秋天的色彩，重重山岭披覆着落日的余辉。牧人驱赶着那牛群返还家园，猎马带着鸟兽驰过我的身旁。大家相对无言彼此互不相识，我长啸高歌真想隐居在山冈！

诵读导航

王绩（约589—644），字无功，号东皋子，初唐诗人。被后世公认为是五言律诗的奠基人，在扭转齐梁余风，为唐诗的形成和发展做出了一定的贡献，在中国的诗歌史上，也具有非常重要的地位。他的山水田园诗朴素自然，意境浑厚。《野望》是唐初最早的五言律诗之一，写的是山野秋景，是王绩的代表作。这首诗首尾两联抒情言事，中间两联写景。首联化用曹操《短歌行》中的诗句，表现了百无聊赖的彷徨心情。中间两联写薄暮中所见景物：宛如一幅山家秋晚图，光与色，远景与近景，静态与动态，搭配得恰到好处。尾联表明诗人在现实中孤独无依，只好追怀古代的隐士。经过情—景—情这一反复，诗意更深化了一层。这首诗取境开阔，风格清新，语言朴素，属对工整，格律谐和。诵读时，领会诗歌在闲逸中，带几分彷徨和苦闷的情感基调，语气较为平缓。

115. 春江花月夜　【唐】张若虚

春江潮水连海平，海上明月共潮生。滟滟随波千万里，何处春江无月明。
江流宛转绕芳甸，月照花林皆似霰。空里流霜不觉飞，汀上白沙看不见。
江天一色无纤尘，皎皎空中孤月轮。江畔何人初见月，江月何年初照人？
人生代代无穷已，江月年年只相似。不知江月待何人，但见长江送流水。
白云一片去悠悠，青枫浦上不胜愁。谁家今夜扁舟子，何处相思明月楼。
可怜楼上月徘徊，应照离人妆镜台。玉户帘中卷不去，捣衣砧上拂还来。
此时相望不相闻，愿逐月华流照君。鸿雁长飞光不度，鱼龙潜跃水成文。
昨夜闲潭梦落花，可怜春半不还家。江水流春去欲尽，江潭落月复西斜。
斜月沉沉藏海雾，碣石潇湘无限路。不知乘月几人归，落月摇情满江树。

【释义】▶▶

　　春天的江潮水势浩荡，与大海连成一片，一轮明月从海上升起，好像与潮水一起涌出。月光照耀着春江，随着波浪闪耀千万里，所有春江都有明亮的月光。江水曲折地绕着花草丛生的原野流淌，月光照射着开遍鲜花的树林好像细密的雪珠在闪烁。月色如霜，所以霜飞无从觉察。洲上的白沙和月色融合在一起，看不分明。江水、天空成一色，没有一点微小灰尘，明亮的天空中只有一轮孤月高悬空中。江边何人最早看见月亮，江上的月亮何年最初照耀着人？人生一代代地无穷无尽，只有江上的月亮一年年总是相像。不知江上的月亮等待着什么人，只见长江不断地一直运输着流水。游子像一片白云缓缓地离去，只剩下思妇站在离别的青枫浦不胜忧愁。哪家的游子今晚坐着小船在漂流？什么地方有人在明月照耀的楼上相思？可怜楼上不停移动的月光，应该照耀着离人的梳妆台。月光照进思妇的门帘，卷不走，照在她的捣衣砧上，拂不掉。这时互相望着月亮可是互相听不到声音，我希望随着月光流去照耀着您。鸿雁不停地飞翔，而不能飞出无边的月光；月照江面，鱼龙在水中跳跃，激起阵阵波纹。昨天夜里梦见花落闲潭，可惜的是春天过了一半自己还不能回家。江水带着春光将要流尽，水潭上的月亮又要西落。斜月慢慢下沉，藏在海雾里，碣石与潇湘的离人距离无限遥远。不知有几人能趁着月光回家，唯有那西落的月亮摇荡着离情，洒满了江边的树林。

诵读导航

　　张若虚（约660—约720），扬州人，曾任兖州兵曹。与贺知章、张旭、包融并称为"吴中四士"。现存诗仅2首，其诗描写细腻，音节和谐，富有情韵。这首诗从月升写到月落，从春潮着笔而以情溢于海作结，时空跳跃，展现出一派鲜丽华美而又澄澈透明的景观。全诗韵律节奏饶有特色，四句一换韵，平仄的交错，一唱三叹，前呼后应。诵读时，突出"哀而不伤"的情感基调以及强烈而优美的音乐节奏感。

116. 次北固山下　【唐】王湾

客路青山外，行舟绿水前。潮平两岸阔，风正一帆悬。
海日生残夜，江春入旧年。乡书何处达，归雁洛阳边。

【释义】 ▶▶

　　旅途在青山外，船儿泛着湛蓝的江水向前。潮水涨平，两岸之间水面宽阔，顺风行船恰好把帆儿高悬。残夜还未消退，太阳已从海上升起，旧年尚未过去，江上已流露出春意。寄出去的家书不知送往何处，希望北归的大雁捎到洛阳去。

诵读导航

　　王湾（693—751），唐代诗人，洛阳人，一生中，"常往来吴楚间"。北固山在今江苏镇江市以北，三面临江。一路行来，当船行至北固山下的时候，潮平岸阔，残夜归雁，触发了心中的情思，吟成了这一千古名篇。诗以对偶句发端，既工整、华丽，又跳跃、洒脱。表现诗人在江南、神驰故里的漂泊羁旅之情。朗诵时，慢拍吟诵，略深沉、感伤。

117. 山居秋暝　【唐】王维

空山新雨后，天气晚来秋。明月松间照，清泉石上流。
竹喧归浣女，莲动下渔舟。随意春芳歇，王孙自可留。

【释义】 ▶▶

　　一场新雨过后，青山特别清朗，秋天的傍晚，天气格外的凉爽。明月透过松林撒落斑驳的静影，清泉轻轻地在大石上叮咚流淌。竹林传出归家洗衣女的谈笑声，在莲叶的晃动中渔舟去捕鱼了。任凭春天的芳菲随时间消逝吧，这里秋景迷人，我愿留居山中。

诵读导航

　　《山居秋暝》是王维的五言律诗。诗中将空山雨后的秋凉，松间明月的光照，石上清泉的声音以及浣女归来竹林中的喧笑声，渔船穿过荷花的动态，和谐完美地融合在一起，给人一种丰富新鲜的感受。它像一幅清新秀丽的山水画，又像一支恬静优美的抒情乐曲，体现了诗人诗中有画的创作特点。朗读时，体会欢动的韵味，突出喜悦的情感基调。

118. 渡荆门送别 　【唐】李白

渡远荆门外，来从楚国游。山随平野尽，江入大荒流。
月下飞天镜，云生结海楼。仍怜故乡水，万里送行舟。

【释义】▶▶

远道而来渡过荆门之外，来到楚地游览。山随着低平的原野的出现逐渐消失。江水在一望无际的原野中奔流。月亮在水中的倒影好像天上飞下来的一面天镜，云彩升起，变幻无穷，结成了海市蜃楼。我还是怜爱故乡的水，流过万里送我行舟远行。

诵读导航

此诗是李白二十五岁时在出蜀漫游的途中写下的一首五言律诗，诗意境高远，风格雄健，形象奇伟，想象瑰丽，表现了诗人浓浓的思乡之情。其格律属于首句不入韵仄起式，押韵的字有"游""流""楼""舟"。朗读时，节奏稍慢，注意押韵。

119. 下终南山过斛斯山人宿置酒 　【唐】李白

暮从碧山下，山月随人归。却顾所来径，苍苍横翠微。
相携及田家，童稚开荆扉。绿竹入幽径，青萝拂行衣。
欢言得所憩，美酒聊共挥。长歌吟松风，曲尽河星稀。
我醉君复乐，陶然共忘机。

【释义】▶▶

从碧山下来，暮色正苍茫，伴随我回归，是皓月寒光。我不时回头，把来路顾盼：茫茫小路，横卧青翠坡上。路遇山人，相邀去他草堂，孩儿们闻声，把荆门开放。一条幽径，深入繁茂竹林，枝丫萝蔓，轻拂我的衣裳。欢声笑语，主人留我住宿，摆设美酒，把盏共话蚕桑。长歌吟唱，风入松的乐章，歌罢夜深人静，星光稀微。我醉得糊涂，你乐得癫狂，欢乐陶醉，同把世俗遗忘。

诵读导航

李白这首田园诗，以田家、饮酒为题材，前四句写诗人下山归途所见，中间四句写诗人到友人斛斯山人家所见，末六句写饮酒交欢及诗人的感慨，全用赋体写成，流露了诗人相携欢言，置酒共挥，长歌风松，赏心乐事，自然陶醉的感情。全诗情景交融，色彩鲜明，神情飞扬，语言淳厚质朴，风格真率自然。

120. 黄鹤楼 　【唐】崔颢

昔人已乘黄鹤去，此地空余黄鹤楼。黄鹤一去不复返，白云千载空悠悠。
晴川历历汉阳树，芳草萋萋鹦鹉洲。日暮乡关何处是？烟波江上使人愁。

【释义】 ▶▶

昔日的仙人已乘着黄鹤飞去，这地方只留下空荡的黄鹤楼。黄鹤一去再也没有返回这里，千万年来只有白云飘飘悠悠。汉阳晴川阁的碧树历历可辨，更能看清芳草繁茂的鹦鹉洲。时至黄昏不知何处是我家乡？看江面烟波渺渺更使人烦愁！

诵读导航

崔颢（约704—754），唐代诗人。其诗令李白折服，曾有"眼前有景道不得，崔颢题诗在上头"的赞叹。此诗写得意境开阔，气魄宏大，风景如画，情真意切，且淳朴生动，一如口语，令人叹为观止，是崔颢的成名之作、传世之作。朗诵时，突出激昂豪放的情感基调。

121. 春夜喜雨 　【唐】杜甫

好雨知时节，当春乃发生。随风潜入夜，润物细无声。
野径云俱黑，江船火独明。晓看红湿处，花重锦官城。

【释义】 ▶▶

及时的雨好像知道时节似的，在春天来到的时候就伴着春风在夜晚悄悄地下起来，无声地滋润着万物。田野小径的天空一片昏黑，唯有江边渔船上的一点渔火放射出一线光芒，显得格外明亮。等天亮的时候，那潮湿的泥土上必定布满了红色的花瓣，锦官城的大街小巷也一定是一片万紫千红的景象。

诵读导航

此诗以极大的喜悦之情，赞美了来得及时、滋润万物的春雨。其中对春雨的描写，体物精微，绘声绘形，是一首入化传神、别具风韵的咏雨诗，为千古传诵的佳作。朗诵时，突出欢喜轻快的情感基调。

122. 登高 　【唐】杜甫

风急天高猿啸哀，渚清沙白鸟飞回。无边落木萧萧下，不尽长江滚滚来。
万里悲秋常作客，百年多病独登台。艰难苦恨繁霜鬓，潦倒新停浊酒杯。

【释义】▶▶

　　天高风急秋气肃煞，猿啼十分悲凉；清清河洲白白沙岸，鸥鹭低空飞回。落叶飘然无边无际，层层纷纷撒下；无尽长江汹涌澎湃，滚滚奔腾而来。身在万里作客悲秋，我常到处漂泊；有生以来疾病缠身，今日独登高台。时世艰难生活困苦，常恨鬓如霜白；困顿潦倒精神衰颓，我且戒酒停杯。

诵读导航

　　《登高》是杜甫于公元767年秋天在夔州所作，是诗人五十六岁高龄时，在极端困窘的情况下写成的。那一天，他独自登上夔州白帝城外的高台，登高临眺，百感交集。望中所见，激起意中所触；萧瑟的秋江景色，引发了他身世飘零的感慨，渗入了他老病孤愁的悲哀。前四句写景，述登高见闻，紧扣秋天的季节特色，描绘了江边空旷寂寥的景致。首联为局部近景，颔联为整体远景。后四句抒情，写登高所感，围绕作者自己的身世遭遇，抒发了穷困潦倒、年老多病、流寓他乡的悲哀之情。全诗通过登高所见秋江景色，倾诉了诗人长年漂泊老病孤愁的复杂感情，慷慨激越，动人心弦。全诗四联对仗，句句押韵。是杜诗中最能表现大气盘旋、悲凉沉郁之作，被誉为"古今七言律第一"的旷世之作。诵读时，突出雄壮高爽、慷慨激越而又悲凉沉郁的情感基调。颔联激越、高亢，颈联、尾联沉郁舒缓。

123. 枫桥夜泊 　【唐】张继

月落乌啼霜满天，江枫渔火对愁眠。
姑苏城外寒山寺，夜半钟声到客船。

【释义】▶▶

　　月亮已落下乌鸦啼叫寒气满天，对着江边枫树和渔火忧愁而眠。姑苏城外那寂寞清静的寒山古寺，半夜里敲钟的声音传到了客船。

诵读导航

张继（约715—约779），字懿孙，唐代诗人。一个秋天的夜晚，诗人泊船苏州城外的枫桥。江南水乡秋夜幽美的景色，吸引着这位怀着旅愁的游子，使他领略到一种情味隽永的诗意美。诗人写下了这首意境深远的小诗，表达了旅途中孤寂忧愁的思想感情。全诗有声有色，有情有景，情景交融。朗读时，突出爽朗激越的情感基调。

124. 望洞庭　【唐】刘禹锡

湖光秋月两相和，潭面无风镜未磨。
遥望洞庭山水翠，白银盘里一青螺。

【释义】▶▶

洞庭湖上月光和水色交相融合，湖面风平浪静如同未磨拭的铜镜。远远眺望洞庭湖山水苍翠如墨，好似洁白银盘里托着青青的螺。

诵读导航

刘禹锡（772—842），字梦得，唐朝文学家、哲学家，著有《陋室铭》。唐代中晚期著名诗人，有"诗豪"之称，与柳宗元并称"刘柳"，与白居易合称"刘白"。此诗通过对洞庭湖高旷清超的描写，充分表现出诗人的奇思异想。朗读时，突出明快、风趣的情感基调。

125. 钱塘湖春行　【唐】白居易

孤山寺北贾亭西，水面初平云脚低。几处早莺争暖树，谁家新燕啄春泥。
乱花渐欲迷人眼，浅草才能没马蹄。最爱湖东行不足，绿杨阴里白沙堤。

【释义】▶▶

从孤山寺的北面到贾亭的西面，春水初涨，白云重重叠叠，同湖面上的波澜连成一片。几只早出的黄莺争着飞向向阳的树上栖息，谁家新飞来的燕子衔着泥正在筑巢。繁多的春花渐渐要迷住人的眼睛，浅浅的春草刚刚能够遮没马蹄。我最喜爱西湖东边的美景，总是观赏不够，尤其是绿色杨柳荫下迷人的白沙堤。

白居易（772—846），字乐天，号香山居士，唐代现实主义诗人，文学家。其诗题材广泛，形式多样，语言平易通俗，有"诗魔"和"诗王"之称。此诗描绘了西湖旖旎明媚的春光，以及世间万物在春色的沐浴下的勃勃生机。首联总写湖水，颔联写莺歌燕舞，颈联写百花争奇斗艳，尾联写作者最爱的湖东沙堤。全诗结构严密，格律严谨，对仗工整，语言流畅，生动自然，语气平易，体现了通俗流畅的特点。朗读时，慢拍吟诵，注意语调的递进转换。

126. 江雪　【唐】柳宗元

千山鸟飞绝，万径人踪灭。
孤舟蓑笠翁，独钓寒江雪。

【释义】▶▶

所有的山，飞鸟全都断绝；所有的路，不见人影踪迹。江上孤舟，渔翁披蓑戴笠；独自垂钓，不怕冰雪侵袭。

柳宗元（773—819），字子厚，世称"柳河东"，因官终柳州刺史，又称"柳柳州"。唐代文学家、哲学家、散文家和思想家，是唐宋八大家之一。这是一首托物言志诗，诗歌描画了一幅寒江垂钓图：冰雪、寒江、孤舟，老翁默然垂钓，洁、静、寒凉的画面构成了一种遗世独立、峻洁孤高的人生境界。作者借歌咏隐居在山水之间的渔翁，来寄托自己清高而孤傲的情感，抒发自己在政治上失意的郁闷苦恼。朗诵时，语速稍慢，略深沉。

127. 山行　【唐】杜牧

远上寒山石径斜，白云生处有人家。
停车坐爱枫林晚，霜叶红于二月花。

【释义】▶▶

一条弯弯曲曲的小路蜿蜒伸向山顶，在白云飘浮的地方有几户人家。停下来欣赏这枫林的景色，那火红的枫叶比江南二月的花还要红。

这是一首描写和赞美深秋山林景色的小诗，展现出一幅动人的山林秋色图。诗里写了山路、人家、白云、红叶，构成一幅和谐统一的画面。朗诵时，突出明快的情感基调。

128. 村行 　【唐】王禹偁

马穿山径菊初黄，信马悠悠野兴长。万壑有声含晚籁，数峰无语立斜阳。
棠梨叶落胭脂色，荞麦花开白雪香。何事吟余忽惆怅，村桥原树似吾乡。

【释义】 ▶▶

马儿穿行在山路上菊花已微黄，任由马匹自由地行走兴致悠长。无数的山谷在傍晚回荡着不同的声响，看数座山峰在夕阳下默默无语。棠梨的落叶红得好似胭脂一般，香气扑鼻的荞麦花啊洁白如雪。是什么让我在吟时忽觉惆怅，原来乡村小桥像极了我的家乡！

王禹偁（954—1001），北宋白体诗人、散文家，字元之，晚年被贬于黄州，世称王黄州。官至翰林学士，敢于直言讽谏，因此屡受贬谪。王禹偁为北宋诗文革新运动的先驱，其诗文多反映社会现实，风格清新平易。词仅存一首，反映了作者积极用世的政治抱负，格调清新旷远。诗中首先细致地描写了秋天的景色，然后再借眼前村庄里的小桥和原野上的树木，以触景生情的写作手法，表达了作者对农村的喜爱和家乡的怀念。这是一首风物如画的秋景诗，也是一支婉转动人的思乡曲。诗风飘逸，淡中有味，明白自然。诵读时写景部分突出悠然自得的意境，语调舒缓自然，后两句则显惆怅，语调深沉。

129. 念奴娇·赤壁怀古 　【宋】苏轼

大江东去，浪淘尽，千古风流人物。故垒西边，人道是，三国周郎赤壁。乱石穿空，惊涛拍岸，卷起千堆雪。江山如画，一时多少豪杰。
遥想公瑾当年，小乔初嫁了，雄姿英发。羽扇纶巾，谈笑间，樯橹灰飞烟灭。故国神游，多情应笑我，早生华发。人生如梦，一樽还酹江月。

【释义】▶▶

　　大江浩浩荡荡向东流去，滔滔巨浪淘尽千古英雄人物。那旧营垒的西边，人们说那就是三国周瑜鏖战的赤壁。陡峭的石壁直耸云天，如雷的惊涛拍击着江岸，激起的浪花好似卷起千万堆白雪。雄壮的江山奇丽如图画，一时间涌现出多少英雄豪杰。

　　遥想当年的周瑜春风得意，绝代佳人小乔刚嫁给他，他英姿奋发豪气满怀。手摇羽扇头戴纶巾，谈笑之间，强敌的战船烧得灰飞烟灭。我今日神游当年的战地，可笑我多情善感，过早地生出满头白发。人生犹如一场梦，且洒一杯酒祭奠江上的明月。

诵读导航

　　《念奴娇·赤壁怀古》写于公元1082年，是苏轼谪居黄州时所写。此词通过对月夜江上壮美景色的描绘，借对古代战场的凭吊和对风流人物才略、气度、功业的追念，曲折地表达了作者怀才不遇、功业未就、老大未成的忧愤之情，同时表现了作者关注历史和人生的旷达之心。全词借古抒怀，雄浑苍凉，大气磅礴，笔力遒劲，境界宏阔，将写景、咏史、抒情融为一体，给人以撼魂荡魄的艺术力量，是豪放词的代表作之一，被誉为"古今绝唱"。朗诵时，突出豪放、激越的情感基调。

130. 临江仙·滚滚长江东逝水　【明】杨慎

滚滚长江东逝水，浪花淘尽英雄，是非成败转头空，青山依旧在，几度夕阳红。白发渔樵江渚上，惯看秋月春风。一壶浊酒喜相逢，古今多少事，都付笑谈中。

【释义】▶▶

　　滚滚长江向东流逝，不再回头，多少当年酹酒临江，横槊赋诗的英雄像翻飞的浪花般消逝。是与非、成与败何必太在意，都会过眼而去，只有青山依然屹立，太阳依然东升西落。白发苍苍的渔翁与樵夫泊船江面，早已习惯四时变化，难得见了一次面，便畅饮一壶浊酒，笑谈古今。

诵读导航

　　杨慎（1488—1559），字用修，别号升庵，明代文学家。对文、词、赋、散曲、杂剧、弹词，都有涉猎。所写诗词和其他著作很多。特别是词和散曲，写得清新绮丽。此首词是杨慎所做《廿一史弹词》第三段《说秦汉》的开场词，后毛宗岗父子评刻《三国演义》时将其放在卷首。全词借景怀古、托物言志。该词豪放中有含蓄，高亢中有深沉。在苍凉悲壮的同时，又创造了一种淡泊宁静的气氛和高远的意境。朗诵时，突出豪放激越，又略带苍凉的情感基调。

第二篇

中外现代诗歌精选

中国
诗歌

131. 教我如何不想她　刘半农

天上飘着些微云，
地上吹着些微风。

啊！
微风吹动了我头发，
教我如何不想她？
月光恋爱着海洋，
海洋恋爱着月光。

啊！
这般蜜也似的银夜，
教我如何不想她？

水面落花慢慢流，
水底鱼儿慢慢游。

啊！
燕子你说些什么话？
教我如何不想她？
枯树在冷风里摇，
野火在暮色中烧。

啊！
西天还有些儿残霞，
教我如何不想她？

诵读导航

刘半农（1891—1934），是中国近现代史上著名的文学家、语言学家和教育家。这首诗作于1920年诗人留学欧洲期间，诗人唱出了心底潜藏的最纯真的爱情和最热切的思念。这种感情应该是眷恋的、幸福的、无限回忆和向往的。诵读时，要读得舒缓深情，突出既蜜甜又忧愁的情感基调。

132. 沁园春·雪   毛泽东

北国风光，千里冰封，万里雪飘。望长城内外，惟余莽莽；大河上下，顿失滔滔。山舞银蛇，原驰蜡象，欲与天公试比高。须晴日，看红装素裹，分外妖娆。

江山如此多娇，引无数英雄竞折腰。惜秦皇汉武，略输文采；唐宗宋祖，稍逊风骚。一代天骄，成吉思汗，只识弯弓射大雕。俱往矣，数风流人物，还看今朝。

【释义】▶▶

北方的风光，千万里冰封冻，千万里雪花飘。望长城内外，只剩下无边无际白茫茫一片；宽广的黄河上下，顿时失去了滔滔水势。山岭好像银白色的蟒蛇在飞舞，高原上的丘陵好像许多白象在奔跑，它们都想试一试与老天爷比比高。要等到晴天的时候，看红艳艳的阳光和白皑皑的冰雪交相辉映，分外美好。

江山如此媚娇，引得无数英雄竞相倾倒。只可惜秦始皇、汉武帝，略差文学才华；唐太宗、宋太祖，稍逊文治功劳。称雄一世的人物成吉思汗，只知道拉弓射大雕。这些人物全都过去了，数一数能建功立业的英雄人物，还要看今天的人们。

诵读导航

1936年2月，毛泽东率"中国人民红军抗日先锋军"渡过黄河，准备转往绥远对日作战。在陕西清涧县袁家沟筹划渡河时，突然飘起鹅毛大雪，他登高远望，面对苍茫大地，胸中豪情激荡，写下了这首豪放之词。词的上阕因雪起兴，借雪景抒写情怀，倾注了作者赞美祖国河山的爱国深情；下阕议论，在评说古代帝王和当代英雄时，注入颂扬当代英雄之情。全词用字遣词，设喻用典，明快有力，挥洒自如，辞义畅达，一泻千里。充分展示了雄阔豪放、气势磅礴的风格。诵读时，要走进一代伟人的内心世界，突出雄健、大气的风格特点。

133. 再别康桥   徐志摩

轻轻的我走了，
　　正如我轻轻的来；
我轻轻的招手，
　　作别西天的云彩。

那河畔的金柳，
　　是夕阳中的新娘；

波光里的艳影，
　　在我的心头荡漾。

软泥上的青荇，
　　油油的在水底招摇；
在康河的柔波里，
　　我甘心做一条水草！

那榆荫下的一潭，
　　不是清泉，是天上虹；
揉碎在浮藻间，
　　沉淀着彩虹似的梦。

寻梦？撑一支长篙，
　　向青草更青处漫溯；
满载一船星辉，
　　在星辉斑斓里放歌。

但我不能放歌，
　　悄悄是别离的笙箫；
夏虫也为我沉默，
　　沉默是今晚的康桥！

悄悄的我走了，
　　正如我悄悄的来；
我挥一挥衣袖，
　　不带走一片云彩。

诵读导航

　　徐志摩（1879—1931），现代诗人、散文家，是新月派代表诗人，新月诗社成员。《再别康桥》表达了徐志摩对康桥美景的沉醉、对母校依依不舍的眷恋。徐志摩把自己的复杂情感熔铸到景色描绘中，寓情于景，情景交融。整首诗意境优美，感情含蓄。感情基调是淡雅柔美，节奏是舒缓型。在朗读时，要求做到语速缓慢、声音放轻，用轻柔和谐的节奏、舒缓低沉的语调去表现诗中的意境美和韵律美。

134. 你是人间的四月天　　林徽因

我说你是人间的四月天；
笑音点亮了四面风；
轻灵在春的光艳中交舞着变。

你是四月早天里的云烟，
黄昏吹着风的软，
星子在无意中闪，
细雨点洒在花前。

那轻，那娉婷，你是，
鲜妍百花的冠冕你戴着，
你是天真，庄严，

你是夜夜的月圆。

雪化后那片鹅黄，你像；
新鲜初放芽的绿，你是；
柔嫩喜悦，
水光浮动着你梦期待中白莲。

你是一树一树的花开，
是燕在梁间呢喃，
——你是爱，是暖，是希望，
你是人间的四月天！

诵读导航

　　林徽因（1904—1955），建筑学家和作家，是中国第一位女性建筑学家，她的文学著作包括散文、诗歌、小说、剧本、译文和书信等。其诗捕捉意象巧妙，表达情感细腻，表现出轻柔灵秀、蕴藉清丽之美。此诗发表于1934年，是为儿子

135. 雨巷　戴望舒

撑着油纸伞，独自
彷徨在悠长、悠长
又寂寥的雨巷，
我希望逢着
一个丁香一样的
结着愁怨的姑娘。

她是有
丁香一样的颜色，
丁香一样的芬芳，
丁香一样的忧愁，
在雨中哀怨，
哀怨又彷徨。

她彷徨在这寂寥的雨巷，
撑着油纸伞
像我一样，
像我一样地
默默彳亍（chì chù）着，
冷漠、凄清，又惆怅。

她默默地走近，
走近，又投出
太息一般的眼光，

她飘过
像梦一般地，
像梦一般地凄婉迷茫。

像梦中飘过
一枝丁香地，
我身旁飘过这个女郎；
她静默地远了，远了，
到了颓圮（tuí pǐ）的篱墙，
走尽这雨巷。

在雨的哀曲里，
消了她的颜色，
散了她的芬芳，
消散了，甚至她的
太息般的眼光，
丁香般的惆怅。

撑着油纸伞，独自
彷徨在悠长、悠长
又寂寥的雨巷，
我希望飘过
一个丁香一样的
结着愁怨的姑娘。

诵读导航　戴望舒（1905—1950），又称"雨巷诗人"，中国现代派象征主义诗人。这是一首优美中充满惆怅的诗歌。1927年，反动派对革命者的血腥屠杀，造成了笼罩全国的白色恐怖，革命进入了低潮。许多革命青年，找不到革命的前途。他们在失望中渴求着新的希望。《雨巷》一诗就是戴望舒的这种心情的表现，其中交织着失望和希望、幻灭和追求的双重情调。诗人用丁香来比喻一位美丽高洁而又结着愁怨的姑娘，从象征的意蕴看，这位丁香一样的姑娘，其实代表了诗人所追求的一种理想。诗歌节奏变化不大，重音应用延长音替代。因此，全诗的感情基调是：低沉伤感而优美，忧郁哀怨，惆怅无奈。在诵读时，语音较为低沉，语势多为落潮类，句尾落点多显沉重，总体节奏舒缓悠扬，语速较缓。

136. 我爱这土地 艾青

假如我是一只鸟，
我也应该用嘶哑的喉咙歌唱：
这被暴风雨所打击着的土地，
这永远汹涌着我们的悲愤的河流，
这无止息地吹刮着的激怒的风，

和那来自林间的无比温柔的黎明……
——然后我死了
连羽毛也腐烂在土地里面。
为什么我的眼里常含泪水？
因为我对这土地爱得深沉……

诵读导航

　　艾青（1910—1996），原名蒋海澄，浙江省金华人。成名作《大堰河——我的保姆》，奠定了他诗歌的基本艺术特征和他在现代文学史上的重要地位。《我爱这土地》这首诗写于抗战初期，它集中展现了艾青对土地的一片赤诚之爱。诗人为了表达自己对土地最真挚深沉的爱，把自己想象成一只"鸟"，永远不知疲倦地围绕着祖国大地飞翔，永远不停歇地为祖国大地而歌唱，既唱出大地的苦难与悲愤，也唱出大地的欢乐与希望；即使死了，也要将整个身躯融进祖国的土地中，以表示自己对土地的深沉之爱。全诗的感情是强烈而内在的，基调是深沉而忧郁的。诵读时，应以稍慢、低沉的声音为主，有部分诗句稍轻柔、上扬，"歌唱"以下三句是对饱受磨难的祖国与不屈反抗的人民的讴歌，在诵读时应慷慨激越，语速稍快，一气呵成。"黎明"一句，是对抗战胜利的向往，风格宜轻柔，语速稍慢。最后两句情感抒发达到高潮，语速可稍快。

137. 断章 卞之琳

你站在桥上看风景，
看风景的人在楼上看你。

明月装饰了你的窗子，
你装饰了别人的梦。

诵读导航

卞之琳（1910—2000），文学评论家、翻译家、新月派的代表诗人。1930年开始写诗，与李广田、何其芳一起出版诗集《汉园集》，被誉为"汉园三诗人"。其早年诗作大多表现对现实的不满和找不到出路的苦闷，情感抑郁，抗战爆发后，诗风变得开阔、明朗。《断章》写于1935年10月，原为诗人一首长诗中的片段，后将其独立成章，因此标题命名为《断章》。这是中国现代文学史上文字简短然而意蕴丰富而又朦胧的著名短诗。本诗以两组具体物象构成的图景中主客位置的调换，隐藏了诗人关于人生、事物、社会等存在的相对关联关系的普遍性哲学的思考，具有突出的画面感与空间感，使得诗歌含蓄深沉，颇具情调。本诗主要使用的是三、二字"顿"相间的排列法，节奏张弛有度，比较从容。诵读时节奏以舒缓为主，情感比较深沉。

138. 打虎上山　（选自现代京剧《智取威虎山》）

穿林海，
跨雪原，
气冲霄汉！
抒豪情，
寄壮志，
面对群山。
愿红旗五洲四海齐招展，
哪怕是火海刀山也扑上前。
我恨不得急令飞雪化春水，
迎来春色换人间！

党给我智慧给我胆，
千难万险只等闲。
为剿匪先把土匪扮，
似尖刀插进威虎山。
誓把座山雕，埋葬在山涧，
壮志撼山岳，
雄心震深渊。
待等到与战友会师百鸡宴，
捣匪巢定叫它地覆天翻！
（现代京剧《智取威虎山》选段）

诵读导航

"打虎上山"节选自京剧《智取威虎山》。《智取威虎山》是根据曲波的长篇小说《林海雪原》所改编。曲波（1923—2002），中国当代著名长篇小说作家，西南重型机电学院（今四川工程职业技术学院）首任党委书记。原名曲清涛，山东黄县（今龙口市）人，15岁参加八路军后改名曲波，与日寇做过殊死较量。共和国建立后，一直在国家机械部、铁道部机关、企业与高校担任领导工作，其主要作品有《林海雪原》《山呼海啸》《桥隆飙》。代表作《林海雪原》是一部传奇长篇小说，曾被翻译成英、日等多种文字，也多次被改编为电影、电视连续剧和京剧等。其中影响最大的是被改编为现代京剧的《智取威虎山》。

"打虎上山"的剧情是：侦察排长杨子荣接受打入匪窟任务后，沿着土匪脚印前往威虎山。当接近匪窟时，打死一只猛虎，引来了巡逻土匪用"黑话"盘问。英雄杨子荣随机应变，并借土匪的"引见"顺利进入匪窟。此段唱词伴随杨子荣骑马上山的场景，采用中国传统戏剧虚拟手法，用一条马鞭儿来表现骑马奔驰。演员通过综合运用中国传统戏剧"唱""念""做""打"这"四功"和"手""眼""身""法""步"这"五法"，用高难度的形体动作和敞亮高亢的唱腔，表现与猛虎周旋打斗，加上布景展现出林海雪原中的阵阵虎啸马嘶，烘托出孤胆英雄的光辉形象和强烈的戏剧气氛。诵读本段唱词，要注意倾注强烈豪迈情感，运用共鸣声。

139. 我的"自白"书　　陈然

任脚下响着沉重的铁镣，
任你把皮鞭举得高高，
我不需要什么自白，
哪怕胸口对着带血的刺刀！
人，不能低下高贵的头，
只有怕死鬼才乞求"自由"；

毒刑拷打算得了什么？
死亡也无法叫我开口！
对着死亡我放声大笑，
魔鬼的宫殿在笑声中动摇；
这就是我——一个共产党员的自白，
高唱凯歌埋葬蒋家王朝。

诵读导航

　　陈然（1923—1949），中共重庆地下党主办的《挺进报》特别支部书记，并负责《挺进报》的秘密印刷工作。1948年4月被捕，在狱中坚持斗争。在特务们逼迫他写自白书时，写下了不朽的《我的"自白"书》。这首诗是一名共产党员崇高内心世界的真实写照。全诗感情真挚，充满了激情，充分表现了先烈坚定的革命信念和大义凛然的革命气节。在诵读时，要表现出作者视死如归的英雄气概和对敌人极端蔑视的口气，语调要高昂有力。

140. 黄河落日　　李瑛

等了五千年
才见到这庄严的一刻
在染红一座座黄土塬之后
太阳，风风火火
望一眼涛涌的漩涡
终于落下了
辉煌的、凝重的
沉入滚滚浊波

淡了，帆影
远了，渔歌
此刻，大地全在沉默
凝思的树，严肃的鹰
倔强的陡峭的土壁
蒿艾气息的枯黄的草色

只有绛红的狂涛
长空下，站起又沉落

九万面旌旗翻卷　　　　　　　裸露着筋络和骨骼
九万面鼙鼓云锣　　　　　　　黄土层沉积着古东方
一齐回响在重重沟壑　　　　　一个英雄民族的史诗和传说
颤动的大地
竟如此惊心动魄　　　　　　　远了，马鸣
　　　　　　　　　　　　　　断了，长戈
醉了，洪波　　　　　　　　　如血的残照里
亮了，雷火　　　　　　　　　只有雄浑沉郁的唐诗
辛勤地跋涉了一天的太阳　　　一个字一个字
坐在大河上回忆走过的路　　　像余烬中闪亮的炭火
历史已成废墟　　　　　　　　和浪尖跳荡的星星一起
草滩，爝火　　　　　　　　　在蟋蟀鸣叫的苍茫里闪烁
峥嵘的山，固执的

诵读导航

　　　李瑛（1926—），河北丰润人，中国当代杰出的军旅诗人。现任中国文联副主席、国际笔会中国中心理事等职务。李瑛是一位高产的诗人，目前共创作诗集50多部，其中诗集《我骄傲，我是一棵树》获1984年首届全国诗集评选一等奖，另一本诗集《春的笑容》1986年再次获奖。他的诗作已被译为多种外文出版。

　　　《黄河落日》是一首颂扬中华民族的诗，叙述了中华民族的崛起，通过一系列意象，来展示黄河的美，从另一侧面来衬托中华大地的喜庆景象，并以太阳为象征，象征中华民族，展示了一个和平时代的来临。中华民族的史诗不仅"只有雄浑沉郁的唐诗"，还有五千年的中华文明史。这些辉煌如同"余烬的炭火"和"浪尖上跳动的星星"，"在蟋蟀的鸣叫的苍茫里闪烁"。全诗基调雄浑沉郁。朗读时，感情要饱满真挚，叙述中华民族艰难的诗句要读得沉重而舒缓，而叙述中华民族崛起的句子要读得慷慨激昂，充满赞颂和骄傲，节奏较快。

141. 错误　　郑愁予

我打江南走过　　　　　　　　　跫音②不响，三月的春帷不揭
那等在季节里的容颜如莲花的开落　你底心是小小的窗扉紧掩

东风不来，三月的柳絮不飞　　　我达达的马蹄是美丽的错误
你底①心如小小的寂寞的城　　　我不是归人，是个过客
恰若青石的街道向晚　　　　　　……

注释：①底：通"的"，多见用于民国时期。②跫（qióng）音：脚步声。

诵读导航

郑愁予（1933—），原名郑文韬，祖籍河北宁河，从小在北平长大，抗战期间随母亲转徙内地各处避难，15岁开始创作新诗。1949年与家人迁往台湾，是现代派诗人中的重要一员。其早期诗作多为关怀社会的诗，被称为"浪子诗人""中国的中国诗人"。本诗写于1954年，该诗源自童年的逃难经历。1948年12月，他来到江南的一个村落，这里唤起了他有关炮车、战马的马蹄声的回忆，他把这些回忆艺术化，写成了《错误》。全诗以江南小城为中心意象，写出了战争年月闺中思妇等盼归人的情怀，寓意深刻，是现代抒情诗代表作之一。它的感情主线是一个过客经过江南小镇遇到一个女子等候归人的心情变化过程，感情是复杂的，从爱慕、企盼到失望、失落。朗读时以失落惆怅为基调，语速较慢。

142. 乡愁　余光中

小时候　　　　　　　　　　　　后来呵
乡愁是一枚小小的邮票　　　　　乡愁是一方矮矮的坟墓
我在这头　　　　　　　　　　　我在外头
母亲在那头　　　　　　　　　　母亲在里头

长大后　　　　　　　　　　　　而现在
乡愁是一张窄窄的船票　　　　　乡愁是一湾浅浅的海峡
我在这头　　　　　　　　　　　我在这头
新娘在那头　　　　　　　　　　大陆在那头

诵读导航

余光中（1928—2017），台湾著名诗人、散文家、批评家、翻译家。现任台湾中山大学文学院院长。已出版诗文及译著共40余种。《乡愁》这首诗借邮票、船票、坟墓、海峡这些具体的实物，把抽象的乡愁具体化了，变成具体可感的东西，表达作者渴望与亲人团聚，渴望祖国统一的强烈愿望。全诗共四节每节四行，节与节之间相当均衡对称，但是，诗人注意了长句与短句的变化调节，从而使诗的外形整齐中有参差之美。其中的"乡愁是……"与"在这头……在那（里）头"的四次重复，加之四段中"小小的""窄窄的""矮矮的""浅浅的"在同一位置上的叠词运用，使得全诗低回掩抑，如怨如诉。而"一枚""一张""一方""一湾"的数量词的运用，不仅表现了诗人的语言的功力，也加强了全诗的音韵之美。结构上，寓变化为统一，音乐上，营造出一种回旋往复、一唱三叹的美的旋律。朗读时，应带着沉重并略显忧伤的感情，语气要深沉，节奏要缓慢而凝重。

143. 我骄傲，我是中国人　王怀让

在无数蓝色的眼睛和棕色的眼睛之中，
我有着一双宝石般的黑色的眼睛。
我骄傲，我是中国人！
在无数白色的皮肤和黑色的皮肤之中，
我有着大地般的黄色的皮肤。
我骄傲，我是中国人！
我是中国人——
黄土高原是我挺起的胸脯，
黄河流水是我沸腾的血液，
长城是我扬起的手臂，
泰山是我站立的脚跟。
我是中国人——
我的祖先最早走出森林，
我的祖先最早开始耕耘。
我是指南针、印刷术的后裔，
我是圆周率、地动仪的子孙。
在我的民族中，
不光有史册上万古不朽的
孔夫子、司马迁、李自成、孙中山，
还有那文学史上万古不朽的
花木兰、林黛玉、孙悟空、鲁智深。
我骄傲，我是中国人！
我是中国人——
在我的国土上
不光有雷电轰不倒的长白雪山、黄山劲松，

还有那风雨不灭的井冈传统、延安精神。
我是中国人——
我那黄河一样粗犷的声音，
不光响在联合国的大厦里，
大声发表着中国的议论；
也响在奥林匹克的赛场上，
大声高喊着"中国得分"。
当掌声把五星红旗托上蓝天，
我骄傲，我是中国人！
我是中国人——
我那长城一样的巨大手臂，
不光把采油钻杆
钻进外国人预言打不出石油的地心；
也把通信卫星
送上祖先们梦里也没有到过的白云。
当五大洲倾听东方声音的时候，
我骄傲，我是中国人！
我是中国人——
我是莫高窟壁画的传人，
让那翩翩欲飞的壁画与我们同往。
我就是飞天，
飞天就是我们。
我骄傲，我是中国人！
我骄傲，我是中国人！

诵读导航

　　王怀让（1942—2009），当代诗人，主要作品有《风雷集》《十月的宣言》《诗为杨皂而作》《神土》。他的诗作因其鲜明的人民性和时代感而受到读者的广泛欢迎。本诗是一篇歌颂中华伟大民族的抒情诗，诗人从祖国的地大物博、历史文化与近几年来取得的伟大成就来弘扬歌颂中华民族，激发广大中华儿女的民族自豪感与自信心。诗歌直白抒情、风格豪迈。"我是中国人——""我骄傲，我是中国人"掷地有声，豪情满怀，气壮山河。这样的句式反复咏叹，直接抒发了热爱中国的感情，充满雄浑豪迈之美。本诗长短句结合，节奏明快，音节洪亮，诵读时应用一种亢奋的、激昂的语调，节奏感强烈，语气铿锵有力，读出自豪感。

144. 橄榄树　三毛

不要问我从哪里来　　　　　　　　还有　还有
我的故乡在远方　　　　　　　　　为了梦中的橄榄树　橄榄树
为什么流浪　　　　　　　　　　　不要问我从哪里来
流浪远方　流浪　　　　　　　　　我的故乡在远方
为了天空飞翔的小鸟　　　　　　　为什么流浪
为了山间轻流的小溪　　　　　　　为什么流浪远方
为了宽阔的草原　　　　　　　　　为了我梦中的橄榄树
流浪远方　流浪

诵读导航

　　三毛（1943—1991），原名陈懋（mào）平（后改名为陈平），中国现代作家，代表作品有《梦里花落知多少》《雨季不再来》《撒哈拉的故事》。三毛是一个热爱"流浪"的奇女子，先后"流浪"过世界50多个国家，三毛的作品情感真实，流浪是永恒的主题，在流浪之中不断地寻找自己的梦想。"橄榄树"是一种盛产于地中海沿岸普通的树，但是这种树却有着一个很不平凡的地方，就是在干渴的土地下却能保持寿命300多年。诗中的"橄榄树"就代表了一个梦想，也暗示去追求很远很远的地方的一种向往，诗中反复使用"为了""为什么""还有"增强了诗歌的气势，突出了诗人对梦想强烈的渴望。诵读时把握淡淡的乡愁及憧憬远方的激情，语势由平缓向高峰逐步推进。

145. 无怨的青春　席慕蓉

在年轻的时候，如果你爱上了一个人，　　　也要在心里存着感谢，
请你，请你一定要温柔地对待他。　　　　　感谢他给了你一份记忆。
不管你们相爱的时间有多长或多短，　　　　长大了以后，你才会知道，
若你们能始终温柔地相待，那么，　　　　　在蓦然回首的刹那，
所有的时刻都将是一种无瑕的美丽。　　　　没有怨恨的青春才会了无遗憾，
若不得不分离，也要好好地说声再见，　　　如山冈上那轮静静的满月。

诵读导航

　　席慕蓉的诗歌语言从生活中提炼，从内敛中挖掘，从灵魂深处溢出，最打动人心的是她的真，在她的诗中，充满着一种对人情、爱情、乡情的悟性和理解。本诗中我们看到了这样一个女性的形象，她用她独有的善和真，将感激的心存

在爱中，警醒着大家在爱逝去后，你依然会了无遗憾。真正的爱心是最柔软、最宽容、最承受一切意外的打击的，只要你的确曾真正爱过，不管今天和将来如何，都不应有悔。诗人以女性悦耳的絮语教导人如何面对人生。本诗有女性特有的细腻柔情，温润婉约，又携带着些许淡淡的哀愁和透明的忧伤，诵读时，语速平缓，语音轻柔，仿佛呢喃细语，又娓娓动听。

146. 邂逅　周国平

你围着绿色加长的围巾
站在雪花漫天的山谷
在我沉甸甸的记忆里
山谷里没有行人没有声音
只有雪和雪中的雪白
你为什么来到这里
这是一个永远的谜
像音乐一样飘渺　像雪山一样沉静
我从你的身旁走过
带不走你身上的一片雪花
亦带不走你双眸中的一丝忧愁
然而　我没有停下脚步
就像风过　就像溪流
风过和溪流　将我带到更远的岁月

而我总是频频地回首
一次次地怀想
那无声的邂逅
那静静的山冈和雪中站立的情影
你不知道我的名字
而我也不知道你是谁
多少年以后　我突然想到
那里正是我梦的开始　我思的源头
重回旧地　而你又在哪里
雪山依旧　层林尽染
只是多了时空　多了苍茫
多了我这零余者落寞的脚步
我静静站在那里
与雪山相融　与冰天接壤

诵读导航

　　周国平（1945—），中国当代著名哲学家、作家，是中国研究哲学家尼采的著名学者之一。《邂逅》这首诗就像是一个人遇到了他的初恋，在以后的日子里将是无限的怀念、无限的向往。诗中的意象"绿色加长的围巾""雪花""山谷"，都是清冷的色调，静默、空寂的氛围，也暗示着诗人内心世界的空旷、清冷、孤独。在不经意间，诗人邂逅了一个女子，她身上飘落着雪花，眸中含愁，同样孤寂地站在这山谷，这不正是心灵相通的知音，这不正是诗人日夜渴盼的梦想。无声的邂逅让诗人享受着发自灵魂的欢愉，表面波澜不惊，内心却涟漪一片，时间仿佛永远定格在邂逅的那一秒。而岁月荏苒，光阴无情，多年以后，诗人欲重温旧梦，重游故地，然而，雪山依旧在，旧梦无处寻。在这种现实与理想的冲击下，更加凸显出诗人发自灵魂深处的孤独。诗中的意象构成了一个脱世离尘的绝妙意境，让人感叹情到深处人孤独。诵读前半部分时宜用平缓、轻快的叙述语调，后半部分语调低徊，传达留恋落寞之情。

147. 相信未来　食指

当蜘蛛网无情地查封了我的炉台
当灰烬的余烟叹息着贫困的悲哀
我依然固执地铺平失望的灰烬
用美丽的雪花写下：相信未来

当我的紫葡萄化为深秋的露水
当我的鲜花依偎在别人的情怀
我依然固执地用凝霜的枯藤
在凄凉的大地上写下：相信未来

我要用手指那涌向天边的排浪
我要用手掌那托住太阳的大海
摇曳着曙光那枝温暖漂亮的笔杆
用孩子的笔体写下：相信未来

我之所以坚定地相信未来
是我相信未来人们的眼睛

她有拨开历史风尘的睫毛
她有看透岁月篇章的瞳孔

不管人们对于我们腐烂的皮肉
那些迷途的惆怅、失败的苦痛
是寄予感动的热泪、深切的同情
还是给以轻蔑的微笑、辛辣的嘲讽

我坚信人们对于我们的脊骨
那无数次的探索、迷途、失败和成功
一定会给予热情、客观、公正的评定
是的，我焦急地等待着他们的评定

朋友，坚定地相信未来吧
相信不屈不挠的努力
相信战胜死亡的年轻
相信未来、热爱生命

诵读导航

　　食指（1948—），本名郭路生，祖籍山东省鱼台市，我国当代著名诗人，被称为新潮诗歌第一人，他的诗歌代表了现代诗歌在当代中国的第一次复兴，代表作品有《相信未来》《海洋三部曲》《这是四点零八分的北京》。这首诗写于1968年，诗人表达对"文化革命"残酷现实的不满时，始终不渝热爱祖国，始终憧憬美好未来而坚持努力奋斗的积极人生态度。前三节写我是怎样"相信未来"的，后三节写为什么要"相信未来"，最后一节呼唤人们带着对未来的信念去努力、去热爱、去生活。诵读时把握情感的变化，语调由低沉向高昂，语速由平缓向稍快，最后一节应语气坚定，节奏明快急促，读出撼人心魄的信念。

148. 回答　北岛

卑鄙是卑鄙者的通行证，
高尚是高尚者的墓志铭。
看吧，在那镀金的天空中，
飘满了死者弯曲的倒影。
冰川纪过去了，

为什么到处都是冰凌？
好望角发现了，
为什么死海里千帆相竞？
我来到这个世界上，
只带着纸、绳索和身影，

为了在审判之前，
宣读那些被判决的声音。

告诉你吧，世界，
我——不——相——信！
纵使你脚下有一千名挑战者，
那就把我算作第一千零一名。

我不相信天是蓝的；
我不相信雷的回声；
我不相信梦是假的；

我不相信死无报应。

如果海洋注定要决堤，
就让所有的苦水都注入我心中；
如果陆地注定要上升，
就让人类重新选择生存的峰顶。

新的转机和闪闪星斗，
正在缀满没有遮拦的天空，
那是五千年的象形文字，
那是未来人们凝视的眼睛。

149. 致橡树　舒婷

我如果爱你——
绝不像攀援的凌霄花
借你的高枝炫耀自己；
我如果爱你——
绝不学痴情的鸟儿
为绿荫重复单调的歌曲；
也不止像泉源
长年送来清凉的慰藉；
也不止像险峰
增加你的高度，衬托你的威仪。
甚至日光。
甚至春雨。
不，这些都还不够！
我必须是你近旁的一株木棉，

作为树的形象和你站在一起。
根，紧握在地下
叶，相触在云里。
每一阵风过
我们都互相致意，
但没有人
听懂我们的言语。
你有你的铜枝铁干
像刀、像剑，
也像戟（jǐ）；
我有我红硕的花朵
像沉重的叹息，
又像英勇的火炬。
我们分担寒潮、风雷、霹雳；

我们共享雾霭、流岚（lán）、虹霓（ní）。
仿佛永远分离，
却又终身相依，
这才是伟大的爱情，

坚贞就在这里：
爱——
不仅爱你伟岸的身躯，
也爱你坚持的位置，足下的土地。

诵读导航

舒婷（1952—），原名龚佩瑜，福建省泉州市人，当代著名诗人，是我国当代"朦胧诗"派的代表人。这首诗写于1977年3月，新时代女性的爱情宣言。诗歌采用内心独白的抒情方式，坦诚开朗地直抒诗人的心灵世界，同时，又以整体象征的手法构造意象——以橡树、木棉的整体形象对应象征爱情双方的人格平等、个性独立、互相尊重和情投意合的真挚爱情，使得富有新时代气息的思想爱情观念得以在亲切可感的形象中生发。在诵读时，语速要注意快慢结合，气息舒缓深情，尽力将既是对诗人理想情人倾诉炽热爱情又是表达新的爱情理想和信念情感表现出来。

150. 热爱生命　　汪国真

我不去想，
是否能够成功，
既然选择了远方，
便只顾风雨兼程。

我不去想，
能否赢得爱情，
既然钟情于玫瑰，
就勇敢地吐露真诚。

我不去想，
身后会不会袭来寒风冷雨，
既然目标是地平线，
留给世界的只能是背影。

我不去想，
未来是平坦还是泥泞，
只要热爱生命，
一切，都在意料之中。

诵读导航

汪国真（1956—2015），当代著名诗人，生于北京，祖籍福建厦门。1982年毕业于暨南大学中文系，后到中国艺术研究院工作。1990年出版首本诗集《年轻的潮》，其后陆续出版《年轻的风》《年轻的思绪》《年轻的潇洒》等诗集，并有多种《汪国真诗文集》出版，掀起流行阅读风潮，其诗集发行量创有新诗以来诗集发行量之最，时称"汪国真现象"。其诗，朴实无华，以最简朴的语言、最真挚的情感、最透彻的感悟向人们述说生活的点点滴滴，让人心底油然而生一种触动和感慨。诗中表现的乐观的人生态度和个人理想的追求，对安抚痴迷者的心灵产生过积极的作用。《热爱生命》是汪国真的代表作之一，这首诗以四个肯定的回答表达出为何要热爱生命的哲理。四个段落，看似相似，却各有其趣。四个段落分别以"成功""爱情""奋斗历程"和"未来"为意象进行分析和回答。诵读时，要饱含自信与乐观情态，语气舒缓而坚定。

151. 一代人　顾城

黑夜给了我黑色的眼睛，
我却用它寻找光明。

诵读导航

　　顾城（1956—1993），生于北京。我国朦胧诗代表诗人之一，当代唯灵浪漫主义诗人。1988年赴新西兰讲学，后隐居激流岛。1993年因婚变在新西兰寓所杀妻后自杀。著有诗集《白昼的月亮》《北方的孤独者之歌》《黑眼睛》等。《一代人》写于1979年4月，发表于《星星》1980年第3期，后收录于作者诗集《黑眼睛》。这首诗是新时期朦胧诗的代表作之一，流传较广。"黑夜给了我黑色的眼睛，我却用它寻找光明。"全诗仅有这两句话，却成为中国新诗的经典名句，它激励了无数在黑暗中苦苦摸索前进的青年人追求光明与希望，不仅仅是那一代人的梦想，更是代表全人类的理想与志向——历经"黑夜"后对"光明"的顽强渴望与不懈追求。诵读时，语调要干脆利落，语气坚定有力，在反复朗读中，深入体悟一代人对光明的渴望与追求之情。

152. 面朝大海，春暖花开　海子

从明天起，做一个幸福的人
喂马，劈柴，周游世界
从明天起，关心粮食和蔬菜
我有一所房子，面朝大海，春暖花开

从明天起，和每一个亲人通信
告诉他们我的幸福
那幸福的闪电告诉我的

我将告诉每一个人

给每一条河每一座山取一个温暖的名字
陌生人，我也为你祝福
愿你有一个灿烂的前程
愿你有情人终成眷属
愿你在尘世获得幸福
我只愿面朝大海，春暖花开

诵读导航

　　海子（1964—1989），原名查海生，当代青年诗人。1983年15岁时考入北京大学法律系，大学期间开始诗歌创作。大学毕业后分配至北京中国政法大学工作，1989年在山海关附近卧轨自杀。主要作品有：长诗《但是水，水》、长诗《土地》、话剧《弑》及约200首抒情短诗。此诗写于海子死前的两个月，在诗中，诗人以朴素明朗而又隽永清新的语言，构想了尘世充满活力的幸福生活，表达了诗人对幸福的真诚的祈愿。由于本诗通篇都在憧憬，始终罩着一层理想化的模糊柔和的光晕，所以朗诵时要读出希冀的语气，语气要柔和、沉稳而抒情。要抓住"幸福"和"明天"这两个诗眼，以及"面朝大海，春暖花开"的诗题，在充分理解的基础上，通过语气和语调，充分表达出作者的思想感情。

153. 黄河　堆雪

我眼中咆哮而去的白天和黑夜
我胸中汹涌而来的绿草和黄金
我炎帝的龙袍黄帝的内经
我泥沙俱下的泪水和表情
我奔流不止的青春光阴
我万马齐喑的血脉呼吸
当我手持铜壶烫暖一河热泪
谁是你醉而不归的舟子
压抑怦然心动的胸口
我展望斟满雷声的北斗
黄河　一千张日记被你揭走
一千张日记就是一千帆背影
一千帆背影　你是卷土重来的怒吼
我的情感铺张浪费的草纸
我的命运柳暗花明的大道
我的一声不吭被旱烟呛出泪水的父亲
我的唠唠叨叨被灶火熏黑额头的母亲
我的辣椒放多了的兰州牛肉面
我的盐巴放重了的陕西羊肉泡
当我牵着牲口赶着鸟群　消失在你黄昏喧哗的入口
当我拖儿带女抚老携幼在你的沿途生息漫游
当我头顶火盆跪拜你博大精深的源头
当我用回忆掀开你阴云密布的眉睫
黄河　我渴望风暴后大地的丰收
我的黑发白发三千丈的黄河
我的飞流直下三千尺的黄河
我的铁马冰河入梦来的黄河
我的轻舟已过万重山的黄河
我的带走我的照片带不走我的容颜的黄河
我的带走我的歌声带不走我的情感的黄河
海水日升　淹不住我心中的落日
江河日下　埋不掉我眼里的红尘
我的不撞南墙不回头的河
我的不见棺材不落泪的河

我的不到长城非好汉的河
我的不见大海心不死的河
我的吹吹打打热热闹闹的河
我的跌跌绊绊风风火火的河
我的不见不散一个也不能少的河啊
当石头化做泡沫
当骨头化做浪波
当高粱倒下一片鲜血
当眼泪塑成一穗青稞
当我双脚都沾满了泥水手里攥着一把苦活
黄河　你是我累了时最想唱的那首歌
一道道鞭影驱赶着装满火焰和泪水的马车
一首首民歌开满杏花打湿的村落
豪饮北风　伫立在你河东河西河南河北
黄河　我是你看着长大的山脉
我的赵钱孙李周吴郑王的百家姓
我的人之初性本善性相近习相远的千字文
我的洋溢着神州药味的本草纲目
我的泛滥着华夏光辉的二十四史
我的睁着眼失眠的红楼梦
我的流着泪微笑的长恨歌
我的风风雨雨生生死死的船工号子
我的热热闹闹轰轰烈烈的万家灯火
我的汹涌澎湃酣畅淋漓的心血
我的叮叮当当铿铿锵锵的骨骼
山丹丹花开红艳艳　艳了你水做的峰峦涛筑的山坡
天上星星一点点　一点就点燃了你九曲十八弯的脉搏
举杯消愁愁更愁
抽刀断水水更流的黄河啊
当我头顶烈日脚踏寒霜哼起那支儿歌
您　就是我以梦为马的祖国

诵读导航

堆雪（1974—），原名王国民，西北军旅诗人，一个渴望拥有暴风雪般的嗓子歌唱西北的人。1988年开始文学创作并发表作品。代表作有长诗《黄河》、组诗《这些年在西北》、散文诗组章《九片雪》《塔克拉玛干随笔》等，著有诗歌、散文诗合集《灵魂北上》、散文诗集《风向北吹》。此诗刊于2001年1月《星星》诗刊卷首，蜚声于各大网络，成为爱国主义朗诵作品的经典之作。在诗中，作者是用满腔喷薄的笔墨在描绘黄河，书写、描绘都激情澎湃，体现了诗人的满腔豪情和一份苍凉而开阔的情怀。诗中境界极其阔大，应该读得很有声势，语气要亲切，节奏逐步加快，来一次酣畅淋漓的抒发。

154. 见与不见　扎西拉姆·多多

你见，或者不见我
我就在那里
不悲不喜

你念，或者不念我
情就在那里
不来不去

你爱，或者不爱我
爱就在那里
不增不减

你跟，或者不跟我
我的手就在你手里
不舍不弃

来我的怀里
或者
让我住进你的心里
默然　相爱
寂静　欢喜

诵读导航

扎西拉姆·多多（1978—），原名谈笑静，女，汉族，出生于广东肇庆。自由职业人，虔诚的佛教徒，著有《疑似风月集》《当你途经我的盛放》等。此诗原名《班扎古鲁白玛的沉默》，网上曾一度误认为是仓央嘉措作品。作者曾在博客上说明这首诗题的含义："班扎古鲁白玛"是梵文的音译，班扎，是"金刚"的意思；古鲁，是"上师"；白玛，是"莲花"的意思。句意为：金刚上师白莲花，也就是莲花生大师（第一个将佛法传入西藏的人，被认为是第二佛陀）。创作的灵感，来自莲花生大师的一句话："我从未离弃信仰我的人，或甚至不信我的人，虽然他们看不见我，我的孩子们，将会永远永远受到我慈悲心的护卫"，作者想要通过这首诗表达的是上师对弟子不离不弃的关爱，真的跟爱情、跟风月没有什么关系。她的诗清新、纯美。诵读时要以平静的心态体会长者对于小辈的慈柔悲悯之心，要注意诗句重音的把握，以慢速为宜，最后的收尾不要拖沓。

155. 和春天上路　阿紫

当大红的灯笼
点燃茂盛的希望
饮一杯
滚烫的烈酒
穿过北风
和春天一起上路
一起歌唱

走在冬天的人们啊
放下你的疲惫和忧伤
去闻泛香的泥土
去听根脉
顶破坚冰的炸响

我要
在最后的一场风雪后
跪在母亲的身旁
感谢薪火千年的恩情
感谢给予我血液的滋养

我要
在今生的眺望中
膜拜远方
感动那盆炉火啊
燃成
暖我一生的目光

我要向黑夜
借一盏暴风雪的灯光
让恐惧让路
让脚步走得顽强
走得嘹亮

我要
在寒风过后
同鸟儿一起飞翔
在春天的路口
唱出
大捆大捆的阳光

我要打开所有的门窗
和春天一起上路
聆听绿色的乐章
把山岭峰峦
点染得郁郁苍苍

我要打开所有的门窗
和春天一起歌唱
放飞花朵的翅膀
把河流湖泊
芬芳成绚丽的海洋

我要用铿锵的歌唱
修复行走的创伤
高举晴朗的日子
行进在春天的路上

我要面对
苍茫的天地
面对
每一束深情的凝望
用喷射的热泪
用沸腾的心房
大声高唱
苦难 让我成长
热爱 让我开放

外国
诗歌

156. 假如生活欺骗了你　【俄国】普希金

假如生活欺骗了你，
不要悲伤，不要心急！
忧郁的日子将会过去；
相信吧，快乐的日子将会来临。
心儿永远向往着未来；

现在却常是忧郁。
一切都是瞬息，
一切都将会过去；
而那过去了的，
就会成为亲切的怀恋。

157. 幸福的渴望 【德国】歌德

别告诉他人，只告诉智者，
因为众人会热讽冷嘲：
我要赞美那样的生灵，
它渴望在火焰中死掉。
在爱之夜的清凉里，
你被创造，你也创造，
当静静的烛火吐放光明，
你又被奇异的感觉袭扰。
你不愿继续被包裹在
那黑暗的阴影内，

新的渴望吸引着你
去完成高一级的交配。
你全然不惧路途遥远，
翩翩飞来，如醉如痴。
渴求光明的飞蛾啊，
你终于被火焰吞噬。
什么时候你还不解
这"死与变"的道理，
你就只是个忧郁的过客，
在这黑暗的尘世。

诵读导航

歌德（1749—1832），德国著名的思想家、科学家，魏玛的古典主义最著名的代表，画家，是德国伟大的作家之一。歌德的作品充满了狂飙突进运动的反叛精神，在诗歌、戏剧、散文、自然科学、博物学等方面都有较高的成就，主要作品有剧本《葛兹·冯·伯里欣根》、中篇小说《少年维特的烦恼》、未完成的诗剧《普罗米修斯》和诗剧《浮士德》的雏形《原浮士德》，此外还写了许多抒情诗和评论文章。在此诗中贯穿他思想的中心是进化论，通过对飞蛾扑火的赞美，写出了什么都要变，只有变才能向前发展。从黑暗到光明都因为一切都在变，变在科学上就是运动，正如运动是宇宙的永恒。朗诵时需要抓住"赞美""渴望""创造""高一级"等重音，用较快的语速读出紧张而又昂扬的语气，最后两句用缓慢的语速，忧伤的语气表达出较为低沉的情绪。

158. 思念——致燕妮 【德国】卡尔·马克思

燕妮，任它物换星移、天旋地转，
你永远是我心中的蓝天和太阳，
任世人怀着敌意对我诽谤中伤，

燕妮，只要你属于我，

我终将使他们成为败将。

我的思念比茫茫宇宙还要宽广，

它无比崇高，胜过寥廓的穹苍，

它无比美丽，胜过梦中的仙乡，

它无比深邃，胜过惊涛澎湃的海洋。

这思念无穷无尽，热情奔放，

这思念犹如上帝的遐想，

时时在他崇高的心中回荡，

正是你让这种思念萦绕在我的心房。

你自己就是这思念的化身，

思念二字难表达一腔衷肠，

炽热的深情无法用言词诉说，

这热情将在我心中越烧越旺。

（选自《马克思恩格斯全集》第一卷）

诵读导航

卡尔·马克思（1818—1883），无产阶级的伟大导师，马克思主义的创始人。主要著作有《资本论》《共产党宣言》。马克思从18岁开始写诗，他的诗大多是歌颂燕妮和倾吐自己对她的思慕，也有不少是表白自己的思想志愿和渴望有所作为的心情。此诗是马克思和燕妮结婚前的一首诗作，展现了马克思内心深处那刻骨铭心的爱，那焦急却又无奈的心境，而于心中缭绕为爱付出一切的情思，充分表达了马克思对燕妮的热烈爱恋。朗读时体味诗人真挚的情怀，用较为舒缓的语速读出他对爱人的思念之情。

159. 阶段　【德国】赫尔曼·黑塞

正如花会凋谢
正如青春消逝
生命的每一个阶段
亦复如是

生命
会在每一个阶段召唤我们

心啊
预备告别过去
重新开始

心啊
勇敢地寻找
寻找新的境地

我们必须离乡背井
否则便要受到终身监禁

心啊
就是这般
要不断
告别
辞行

160. 我愿意是急流　【匈牙利】裴多菲·山陀尔

我愿意是急流，
山里的小河，
在崎岖的路上、
岩石上经过……
只要我的爱人
是一条小鱼，
在我的浪花里
快乐地游来游去。

我愿意是荒林，
在河流的两岸，
对一阵阵的狂风，
勇敢地作战……
只要我的爱人
是一只小鸟
在我的稠密的
树枝间做窠，鸣叫。

我愿意是废墟，
在峻峭的山岩上，
这静默的毁灭
并不使我懊丧……

只要我的爱人
是青青的常春藤，
沿着我荒凉的额，
亲密地攀援上升。

我愿意是草屋，
在深深的山谷底，
草屋的顶上
饱受风雨的打击……
只要我的爱人
是可爱的火焰，
在我的炉子里，
愉快地缓缓闪现。

我愿意是云朵，
是灰色的破旗，
在广漠的空中，
懒懒地飘来荡去，
只要我的爱人
是珊瑚似的夕阳，
傍着我苍白的脸，
显出鲜艳的辉煌。

裴多菲·山陀尔（1823—1849），匈牙利伟大的革命诗人，也是匈牙利民族文学的奠基人，主要作品有《民族之歌》《反对国王》等。此诗是1847年创作并题献给恋人的一首抒情诗，诗中用一连串的"我愿意"引出构思巧妙的意象，反复咏唱对爱情的坚贞与渴望，向恋人表白着自己的爱情。20世纪，该诗在中国引起了爱情诗热潮。它情真意切，情味盎然，语言朴素，洋溢着诗人强烈的感情，采用结构与句式重复的诗节，使两列对应的意象在诗中交替出现，恰似音乐中的主旋律，始终回荡在诗人和读者的心中。此诗在轻松愉快的情调中涌动着难以言说的苍凉之感。诵读时，要把握其意象群，感受诗中缠绵的倾诉，体味作者真挚的情怀，不仅要读出轻柔舒缓的语调，还要把握诗中苍劲稳健的阳刚风格，读出诗人坚定美好的信念。

161. 生如夏花　【印度】泰戈尔

生命，一次又一次轻薄过
轻狂不知疲倦
——题记

1

我听见回声，来自山谷和心间
以寂寞的镰刀收割空旷的灵魂
不断地重复决绝，又重复幸福
终有绿洲摇曳在沙漠
我相信自己
生来如同璀璨的夏日之花
不凋不败，妖冶如火
承受心跳的负荷和呼吸的累赘
乐此不疲

2

我听见音乐，来自月光和胴体
辅极端的诱饵捕获飘渺的唯美
一生充盈着激烈，又充盈着纯然
总有回忆贯穿于世间
我相信自己
死时如同静美的秋日落叶

不盛不乱，姿态如烟
即便枯萎也保留丰肌清骨的傲然
玄之又玄

3

我听见爱情，我相信爱情
爱情是一潭挣扎的蓝藻
如同一阵凄微的风
穿过我失血的静脉
驻守岁月的信念

4

我相信一切能够听见
甚至预见离散，遇见另一个自己
而有些瞬间无法把握
任凭东走西顾，逝去的必然不返
请看我头置簪花，一路走来一路盛开
频频遗漏一些，又深陷风霜雨雪的感动

5

般若波罗蜜，一声一声
生如夏花，死如秋叶
还在乎拥有什么

162. 当你老了　【爱尔兰】叶芝

当你老了，头白了，睡思昏沉，
炉火旁打盹，请取下这部诗歌，
慢慢读，回想你过去眼神的柔和，
回想它们昔日浓重的阴影；

多少人爱你青春欢畅的时辰，
爱慕你的美丽，假意或真心，

只有一个人爱你那朝圣者的灵魂，
爱你衰老了的脸上痛苦的皱纹；

垂下头来，在红光闪耀的炉子旁，
凄然地轻轻诉说那爱情的消逝，
在头顶的山上它缓缓踱着步子，
在一群星星中间隐藏着脸庞。

叶芝（1865—1939），爱尔兰诗人、剧作家，1923年度的诺贝尔文学奖获得者，被诗人艾略特誉为"当代最伟大的诗人"。叶芝早期的创作具有浪漫主义的华丽风格，善于营造梦幻般的氛围；后期的创作风格更加趋近现代主义。主要代表作有《钟楼》《盘旋的楼梯》《驶向拜占庭》。《当你老了》写于1893年，是叶芝献给女友毛特·冈妮热烈而真挚的爱情诗篇。作者没有直接抒写当时的感受，而是将时间推移到几十年以后，想象自己的恋人衰老时的情景。诗人采用了假设想象、对比反衬、意象强调、象征升华等多种艺术表现手法，再现了诗人对女友忠贞不渝的爱恋之情。诵读时，宜用略带悲哀的语调，柔和的语音，语速较慢，似乎在喃喃诉说不可挽回的爱情，传达那种无限的怅惘感、消逝感。

163. 十四行诗　（第十八首）【英国】威廉·莎士比亚

我怎能把你和夏天相比拟？
你比夏天更可爱更温和；
狂风会把五月的花苞吹落地，
夏天也嫌太短促，匆匆而过；
有时太阳照得太热，

常常又遮暗他的金色的脸；
美的事物总不免要凋落，
偶然的，或是随自然变化而流转。
但是你的永恒之夏不会褪色；
你不会失去你的俊美的仪容；

死神不能夸说你在他的阴影里面走着，　　　只要人们能呼吸，眼睛能看东西，
如果你在这不朽的诗句里获得了永生；　　　此诗就会不朽，使你永久生存下去。

诵读导航

　　　威廉·莎士比亚（1564—1616年），欧洲文艺复兴时期英国最重要的作家，杰出的戏剧家和诗人。他创作了大量脍炙人口的文学作品，在欧洲文学史上占有特殊的地位，被喻为"人类文学奥林匹斯山上的宙斯。"他跟古希腊三大悲剧家埃斯库罗斯、索福克里斯及欧里庇得斯，合称为戏剧史上四大悲剧家。主要代表作有《罗密欧与朱丽叶》《哈姆雷特》《李尔王》《奥赛罗》《威尼斯商人》等。

　　　莎士比亚所处的英国伊丽莎白时代是爱情诗的盛世，写十四行诗更是一种时髦。莎士比亚的十四行诗无疑是那个时代的佼佼者。此诗是作者十四行诗的代表作，表达了双重主题。既赞美爱人不朽的美貌，又颂扬了诗歌使事物永恒的功能。全诗用新颖巧妙的比喻，华美而恰当的修饰使人物形象鲜明、生气鲜活，使严谨的逻辑推理变得生动有趣、曲折跌宕。诵读时注意语调抑扬有致，节奏鲜明，读出和谐韵律。

164. 哦，船长，我的船长！　　【美国】沃尔特·惠特曼

哦，船长，我的船长！我们险恶的航程已经告终，
我们的船安渡过惊涛骇浪，我们寻求的奖赏已赢得手中。
港口已经不远，钟声我已听见，万千人众在欢呼呐喊，
目迎着我们的船从容返航，我们的船威严而且勇敢。
可是，心啊！心啊！心啊！
哦，殷红的血滴流泻，
在甲板上，那里躺着我的船长，
他已倒下，已死去，已冷却。

哦，船长，我的船长！起来吧，请听听这钟声，
起来，——旌旗，为你招展——号角，为你长鸣。
为你，岸上挤满了人群——为你，无数花束、彩带、花环。
为你，熙攘的群众在呼唤，转动着多少殷切的脸。
这里，船长！亲爱的父亲！
你头颅下边是我的手臂！
这是甲板上的一场梦啊，
你已倒下，已死去，已冷却。

我们的船长不作回答，他的双唇惨白、寂静，
我的父亲不能感觉我的手臂，他已没有脉搏、没有生命，
我们的船已安全抛锚碇泊，航行已完成，已告终，

胜利的船从险恶的旅途归来，我们寻求的已赢得手中。
欢呼，哦，海岸！轰鸣，哦，洪钟！
可是，我却轻移悲伤的步履，
在甲板上，那里躺着我的船长，
他已倒下，已死去，已冷却。

诵读导航

沃尔特·惠特曼（1819—1892），19世纪美国杰出的民主主义诗人、人文主义者，他创造了诗歌的自由体（Free Verse）。此诗是惠特曼为悼念林肯总统而写下的著名诗篇。诗人运用了比喻和象征的手法，把美国比作一艘航船，把林肯总统比作船长，把维护国家的统一和废奴斗争比作一段艰险的航程。全诗构思精巧，组织严密，语言深沉，字里行间饱含着真挚的情感，表达了诗人对林肯的敬仰与怀念之情。该诗以适于表达庄严、沉重思想感情的抑扬格音部为主要格律，加强了诗的抒情效果。诗人的感情抒发旋律起伏波动，每一段的感情主旋律都是由欢乐的激昂转到悼念的悲痛。诵读时，突出悲壮的情感基调，读出诗人心中那种悲怆欲绝的感受。

165. 远方　【美国】安德鲁·怀斯

那天是如此辽远
辽远地展着翅膀
即使爱是静止的
静止着让记忆流淌
你背起自己小小的行囊
你走进别人无法企及的远方
你在风口遥望彼岸的紫丁香
你在田野捡拾古老的忧伤
我知道那是你心的方向

拥有这份怀念
这雪地上的炉火
就会有一次欢畅的流浪
于是整整一个雨季
我守着阳光
守着越冬的麦田
将那段闪亮的日子
轻轻弹唱

诵读导航

安德鲁·怀斯（1917—2009），美国当代重要的新写实主义画家，以水彩画和淡彩画为主，以贴近平民生活的主题画闻名，是美国20世纪最伟大的画家之一。他以写实的手法描绘他熟悉的乡土景物，将视觉经验加以想象组织，具有浓厚的乡土色彩，创造出独特的怀乡写实作风。安德鲁绘画，也写诗。评论家评论他的画有诗人的气质。《远方》表达了作者对某一个人或某一段感情的怀念与向往，潜含着一股淡淡的哀愁与怀念的感伤。诵读时，注意语速和缓，语调深沉。

第三篇

中外现代散文精选

中国散文

166. 少年中国说　　（节选）梁启超

　　故今日之责任，不在他人，而全在我少年。少年智则国智，少年富则国富，少年强则国强，少年独立则国独立，少年自由则国自由，少年进步则国进步，少年胜于欧洲，则国胜于欧洲，少年雄于地球，则国雄于地球。红日初升，其道大光；河出伏流，一泻汪洋；潜龙腾渊，鳞爪（zhǎo）飞扬；乳虎啸谷，百兽震惶；鹰隼（sǔn）试翼，风尘翕（xī）张；奇花初胎，矞矞（yù yù）皇皇；干将发硎（xíng），有作其芒；天戴其苍，地履其黄；纵有千古，横有八荒，前途似海，来日方长。美哉，我少年中国，与天不老；壮哉，我中国少年，与国无疆！

诵读导航

　　梁启超，（1873—1929），近代改良主义思想家、教育家。本文写于戊戌变法失败后的1900年，文中极力歌颂少年的朝气蓬勃，指出封建统治下的中国是"老大帝国"，热切希望出现"少年中国"，寄托了作者对少年中国的热爱和期望。文章不拘格式，多用比喻，具有强烈的鼓动性，酣畅淋漓，比喻对比的运用，使文章具有强烈的进取精神，寄托了作者对少年中国的热爱和期望。诵读时应饱含感情，注意停顿、升降调的运用。

167. 生命的路　　鲁迅

　　想到人类的灭亡是一件大寂寞大悲哀的事；然而若干人们的灭亡，却并非寂寞悲哀的事。

生命的路是进步的，总是沿着无限的精神三角形的斜面向上走，什么都阻止他不得。

自然赋与人们的不调和还很多，人们自己萎缩堕落退步的也还很多，然而生命决不因此回头。无论什么黑暗来防范思潮，什么悲惨来袭击社会，什么罪恶来亵渎人道，人类的渴仰完全的潜力，总是踏了这些铁蒺藜向前进。

生命不怕死，在死的面前笑着跳着，跨过了灭亡的人们向前进。

什么是路？就是从没路的地方践踏出来的，从只有荆棘的地方开辟出来的。

以前早有路了，以后也该永远有路。

人类总不会寂寞，因为生命是进步的，是乐天的。

诵读导航

鲁迅（1881—1936），浙江绍兴人，原名周树人，现代著名思想家、文学家、革命家。什么是路？人生之路怎样走？此文揭示了：生命的路是进步的，总是向着没有终点的精神三角形的斜面向上走。生命无价体现了生命的可贵，但是生命的精神更可贵。如果一个人有生命却无精神，那么他的生命虽未终止，但是他的骨头早已发出死亡的霉耗。生命的意义就是在保存生命的前提下，发展生命，不断进化。这对我们正确认识人生，面对死亡有很大帮助。诵读时语调深沉，在富有哲理的言语中感悟生命的真谛。

168. 荷塘月色　朱自清

这几天心里颇不宁静。今晚在院子里坐着乘凉，忽然想起日日走过的荷塘，在这满月的光里，总该另有一番样子吧。月亮渐渐地升高了，墙外马路上孩子们的欢笑，已经听不见了；妻在屋里拍着闰儿，迷迷糊糊地哼着眠歌。我悄悄地披了大衫，带上门出去。

沿着荷塘，是一条曲折的小煤屑路。这是一条幽僻的路；白天也少人走，夜晚更加寂寞。荷塘四面，长着许多树，蓊蓊郁郁的。路的一旁，是些杨柳，和一些不知道名字的树。没有月光的晚上，这路上阴森森的，有些怕人。今晚却很好，虽然月光也还是淡淡的。

路上只我一个人，背着手踱着。这一片天地好像是我的；我也像超出了平常的自己，到了另一个世界里。我爱热闹，也爱冷静；爱群居，也爱独处。像今晚上，一个人在这苍茫的月下，什么都可以想，什么都可以不想，便觉是个自由的人。白天里一定要做的事，一定要说的话，现在都可不理。这是独处的妙处；我且受用这无边的荷香月色好了。

曲曲折折的荷塘上面，弥望的是田田的叶子。叶子出水很高，像亭亭的舞女的裙。层层的叶子中间，零星地点缀着些白花，有袅娜地开着的，有羞涩地打着朵儿的；正如一粒粒的明珠，又如碧天里的星星，又如刚出浴的美人。微风过处，送来缕缕清香，仿佛远处高楼上渺茫的歌声似的。这时候叶子与花也有一丝的颤动，像闪电般，霎时传过荷塘的那边去了。叶子本是肩并肩密密地挨着，这便宛然有了一道凝碧的波痕。叶子底下是脉脉的流水，遮住了，不能见一些颜色；而叶子却更见风致了。

月光如流水一般，静静地泻在这一片叶子和花上。薄薄的青雾浮起在荷塘里。叶子和花仿佛在牛乳中洗过一样；又像笼着轻纱的梦。虽然是满月，天上却有一层淡淡的云，所以不能朗照；但我以为这恰是到了好处——酣眠固不可少，小睡也别有风味的。月光是隔了树照过来的，高处丛生的灌木，落下参差的斑驳的黑影；弯弯的杨柳的稀疏的倩影却又像是画在荷叶上。塘中的月色并不均匀，但光与影有着和谐的旋律，如梵婀玲上奏着的名曲。

荷塘的四面，远远近近，高高低低的都是树，而杨柳最多。这些树将一片荷塘重重围住；只在小路一旁，漏着几段空隙，像是特为月光留下的。树色一例是阴阴的，乍看像一团烟雾；但杨柳的丰姿，便在烟雾里也辨得出。树梢上隐隐约约的是一带远山，只有些大意罢了。树缝里也漏着一两点路灯光，没精打彩的，是渴睡人的眼。这时候最热闹的，要数树上的蝉声与水里的蛙声；但热闹是它们的，我什么也没有。

忽然想起采莲的事情来了。采莲是江南的旧俗，似乎很早就有，而六朝时为盛，从诗歌里可以约略知道。采莲的是少年的女子，她们是荡着小船，唱着艳歌去的。采莲人不用说很多，还有看采莲的人。那是一个热闹的季节，也是一个风流的季节。梁元帝《采莲赋》里说得好：于是妖童媛女，荡舟心许；鹢（yì）首徐回，兼传羽杯；櫂（zhào）将移而藻挂，船欲动而萍开。尔其纤腰束素，迁延顾步；夏始春余，叶嫩花初，恐沾裳而浅笑，畏倾船而敛裾（jū）。

可见当时嬉游的光景了。这真是有趣的事，可惜我们现在早已无福消受了。

于是又记起《西洲曲》里的句子：

采莲南塘秋，莲花过人头；低头弄莲子，莲子清如水。

今晚若有采莲人，这儿的莲花也算得"过人头"了；只不见一些流水的影子，是不行的。这令我到底惦着江南了。——这样想着，猛一抬头，不觉已是自己的门前；轻轻地推门进去，什么声息也没有，妻已睡熟好久了。

诵读导航

　　朱自清（1898—1948），原名自华，号秋实，改名自清，现代著名散文家、诗人、学者、民主战士。《荷塘月色》是朱自清任教清华大学时所写的一篇散文，因收入中学语文教材而广为人知，是现代抒情散文的名篇。文章写了荷塘月色美丽的景象，含蓄而又委婉地抒发了作者不满现实，渴望自由，想超脱现实而又不能的复杂的思想感情，为后人留下了旧中国正直知识分子在苦难中徘徊前进的足迹。寄托了作者一种向往于未来的政治思想，也寄托了作者对荷塘月色的喜爱之情。诵读时略带忧伤情怀，语调平和，节奏稍慢。

169. 笑　冰心

雨声渐渐地住了，窗帘后隐隐地透进清光来。推开窗户一看，呀！凉云散了，树叶上的残滴，映着月儿，好似荧光千点，闪闪烁烁地动着。——真没想到苦雨孤灯之后，会有这么一幅清美的图画！

凭窗站了一会儿，微微地觉得凉意侵人。转过身来，忽然眼花缭乱，屋子里的别的东西，都隐在光云里，一片幽辉，只浸着墙上画中的安琪儿。——这白衣的安琪儿，抱着花儿，扬着翅儿，向着我微微地笑。

"这笑容仿佛在哪儿看见过似的，什么时候，我曾……"我不知不觉的便坐在窗口下想，——默默地想。

严闭的心幕，慢慢地拉开了，涌出五年前的一个印象。——一条很长的古道。驴脚下的泥，兀自滑滑的。田沟里的水，潺潺地流着。近村的绿树，都笼在湿烟里。弓儿似的新月，挂在树梢。一边走着，似乎道旁有一个孩子，抱着一堆灿白的东西。驴儿过去了，无意中回头一看。——他抱着花儿，赤着脚儿，向着我微微地笑。

"这微笑又仿佛是哪儿看见过似的！"我仍是想——默默地想。

又现出一重心幕来，也慢慢地拉开了，涌出十年前的一个印象。——茅檐下的雨水，一滴一滴的落到衣上来。土阶边的水泡儿，泛来泛去的乱转。门前的麦垄和葡萄架子，都濯得新黄嫩绿的非常鲜丽。——一会儿好容易雨晴了，连忙走下坡儿去。迎头看见月儿从海面上来了，猛然记得有件东西忘下了，站住了，回过头来。这茅屋里的老妇人——她倚着门儿，抱着花儿，向着我微微地笑。

这同样微妙的神情，好似游丝一般，飘飘漾漾的合了拢来，缩在一起。

这时心下光明澄静，如登仙界，如归故乡。眼前浮现的三个笑容，一时融化在爱的调和里看不分明了。

诵读导航

冰心（1900—1999），原名谢婉莹，福建长乐人，中国现代诗人、翻译家、儿童文学作家、社会活动家、散文家。笔名冰心取自"一片冰心在玉壶"。《笑》是冰心于1920年创作的一篇散文。这篇文章向我们展示了三个笑容：从墙上画中安琪儿的笑容，想起五年前在田野路上看到的一个孩子的微笑，十年前在海边小屋前看到的一个老太太的微笑。并且这三张笑脸都伴着鲜花，美丽温柔，亲切和蔼。历来被读者赞作"最初的美文"，《笑》诠释了"爱的哲学"，作者通过这三幅笑影，让我们体会到人世间的爱的美好，作者把对于"爱"和"美"的呼唤转达给了读者们。全文构思巧妙，联想自然，语言清丽，描写生动。诵读时，注意保持心情平和，脸带微笑，语速平缓，走进作者描绘的三个笑容，感受冰心先生笔下爱的世界。

170. 心愿 张爱玲

时间好比一把锋利的小刀，使用得不恰当，会在美丽的面孔上刻下深深的纹路，使旺盛的青春月复一月，年复一年地消磨掉；但是，使用恰当的话，它却能将一块普通的石头琢刻成宏伟的雕像。圣玛丽亚女校虽然已有五十年历史，仍是一块只会稍加雕琢的普通白石。随着时光的流逝，它也许会给尘埃染污，受风雨侵蚀，或破裂成片片碎石。另一方面，它也可以给时间的小刀仔细地、缓慢地、一寸一寸地刻成一个奇妙的雕像，置于米开朗琪罗的那些辉煌的作品中亦无愧色。这把小刀不仅为校长、教师和明日的学生所持有，我们全体同学都有权利操纵它。

如果我能活到白发苍苍的老年，我将在炉边宁静的睡梦中，寻找早年所熟悉的穿过绿色梅树林的小径。当然，那时候，今日年轻的梅树也必已进入愉快的晚年，伸出有力的臂膊遮蔽着纵横的小径。饱经风霜的古老钟楼，仍将兀立在金色的阳光中，发出在我听来是如此熟悉的钟声。在那缓慢而庄严的钟声里，高矮不一、脸蛋儿或苍白或红润、有些身材丰满、有些体形纤小的姑娘们，焕发着青春活力和朝气，像小溪般涌入教堂。在那里，她们将跪下祈祷，向上帝低声细诉她们的生活小事：她们的悲伤，她们的眼泪，她们的争吵，她们的喜爱，以及她们的宏愿。她们将祈求上帝帮助自己达到目标，成为作家、音乐家、教育家或理想的妻子。我还可以听到那古老的钟楼在祈祷声中发出回响，仿佛是低声回答她们："是的，与全中国其他学校相比，圣玛利亚女校的宿舍未必是最大的，校内的花园也未必是最美丽的，但她无疑有最优秀、最勤奋好学的小姑娘，她们将以其日后辉煌的事业来为母校增光！"

听到这话语时，我的感受将取决于自己在毕业后的岁月里有无任何成就。如果我没有克尽本分，丢了荣耀母校的权利，我将感到羞耻和悔恨。但如果我在努力为目标奋斗的路上取得成功，我可以欣慰地微笑，因为我也有份用时间这把小刀，雕刻出美好的学校生活的形象——虽然我的贡献是那样微不足道。

诵读导航

张爱玲（1920—1995），原名张煐，中国现代作家。原籍河北，1952年移居香港，1973年，定居洛杉矶。一生创作大量文学作品，类型包括小说、散文、电影剧本以及文学论著，其文章意境交错，色彩鲜明，别具特色。《心愿》是张爱玲十六岁离开圣玛丽亚女校之际的临别赠言。与徐志摩《再别康桥》的柔美缠绵相比，此文少了一分眷恋与难舍之情，流露出的是这位女学生无比的自信与对未来的憧憬。她不时地鞭策自己成就"辉煌的事业为母校增光"，并将此作为自己义不容辞的责任。篇首的比喻独具匠心——苍凉中不乏希望，传达出张爱玲对人生的冷静关注和成熟解读。它贯穿文章始终，激起读者情感的波澜：由对时光如梭、年华虚度的悲叹，转而到事在人为、时间成就人的振奋。相信有志的你读后定会倍感奋发。朗读时感情浓烈，情绪激越语速稍快。

171. 永远的蝴蝶 陈启佑

那时候刚好下着雨，柏油路面湿冷冷的，还闪烁着青、黄、红颜色的灯火。我们就在骑楼下躲雨，看绿色的邮筒孤独地站在街的对面。我白色风衣的大口袋里有一封要寄给在南部的母亲的信。

樱子说她可以撑伞过去帮我寄信。我默默点头，把信交给她。

"谁叫我们只带来一把小伞哪。"她微笑着说，一面撑起伞，准备过马路去帮我寄信。从她伞骨滑下来的小雨点溅在我眼镜玻璃上。

随着一阵拔尖的煞车声，樱子的一生轻轻地飞了起来，缓缓地，飘落在湿冷的街面，好像一只夜晚的蝴蝶。

虽然是春天，好像已是深秋了。

她只是过马路去帮我寄信。这简单的动作，却要叫我终身难忘了。我缓缓睁开眼，茫然站在骑楼下，眼里裹着滚烫的泪水。世上所有的车子都停了下了，人潮涌向马路中央。没有人知道那躺在街面的，就是我的蝴蝶。这时她只离我五公尺，竟是那么遥远。更大的雨点溅在我的眼镜上，溅到我的生命里来。

为什么呢？只带一把雨伞？

然而我又看到樱子穿着白色的风衣，撑着伞，静静地过马路了。她是要帮我寄信的，那，那是一封写给在南部的母亲的信，我茫然站在骑楼下，我又看到永远的樱子走到街心。其实雨下得并不大，却是一生一世中最大的一场雨。而那封信是这样写的，年轻的樱子知不知道呢？

妈：我打算在下个月和樱子结婚。

诵读导航

陈启佑（1953—），台湾省嘉义市人，台湾著名作家。这是一篇散文化的微型小说，叙述了一个情节简单而凄美的爱情故事，将樱子寄信及出车祸的一瞬间加以时空的人为放大，产生一种强烈的冲击力和震撼力。就是这样一个简单至极的故事，却因其巧妙而高超的表现艺术，深深地拨动了每一个读者的心弦。其语言具有较强的抒情色彩，立意含蓄隽永，诵读时要注意反复鉴赏体会。

172. 雨韵 从维熙

进入生命的夕阳黄昏，才理解了"雨"这个简单的汉字里，包容了人生的四季。

雨在不同的季节，有着变形的本能：春天悄无声息，充满了孩子气的稚嫩和温柔，像刚刚出生不久的婴儿那般，形象上有点腼腆；夏雨滂沱，象征着旺盛的生命力量，在这个时节草长莺飞，庄稼拔节上蹿，就如同一个人从童年进入青春时期，显示出无与伦比的阳刚气势；秋天的雨声，欢乐的音符里掺杂进一些忧伤的咏叹，那淅淅沥沥不绝的雨声，除了让人看见果实的成熟，感到收获的喜悦之外，更容易让人联想起《红楼梦》里黛玉悲秋，这是人与自然同时走向成熟的标志；到了冬天，雨的体型变为片片白雪，与老人的银发一色，这寓意人已经走到生命暮年；待到白雪结成寒冰的日子，就是人生终点到站了，于是在墓园里，耸立起一座座白色的人生纪念碑。

步入老年，我更加喜欢雨了，尤其爱在雨天散步。我惬意打着一把雨伞，在雨中踽（jǔ）踽而行，倾听着人生四季中雨的各种音韵旋律：少年时无拘无束的童真，青年时的学海苦渡，中年时在"老君炉"中之修炼，花甲之后的心静如水……在雨中回眸人生的苦乐酸甜，与在书斋中伏案回忆往事，是迥然不同的两种境界。后者，因为缺少了雨的衬托，如同人生戏剧少了背景，多少有点禅佛的晨钟暮鼓的意味；而把记忆带到雨中燃烧，不仅可以升华记忆的色彩，还能让记忆铭刻上雷鸣与电闪的音韵，成为浪漫的抒情和感伤的咏叹。

记得在一个雨天，我看见一个老者领着一个娃儿——身后还有一条小狗，一起来到公园的湖边，孩子似乎并不喜欢雨中的静物世界，他把小狗招呼到脚下，喊了"一、二、三"之后，在雨中开始了与小狗的赛跑。待那娃儿与狗儿赛跑回来，人和狗都像从水中捞出来一般，但一个开心地笑个不住，一个欢喜地对天狂吠……

看着充满动感的雨中画卷，我情不自禁地想起了自己的童年。虽然儿时的我雨中寻觅，与这男娃在雨中的动态完全属于两个世界，但我们都在雨中感受到了不同的快乐。因为在我眼里，雨是有灵性的东西，它不仅能够洗涤人的肉体污秽，安抚人的伤痛灵魂；它还给各人以向往，以各种不同的满足。

雨丝，从造型上看，像是连接了天和地之间的条条琴弦，每个雨滴，是在琴弦上跳动着的音符；天空和大地，是它演出的无边无垠的舞台；它演出的，是人世间无与伦比的大自然的美丽的乐章。在它的心中，没有贫贱与富贵之分，没有肤色与人种之别，没有国界的藩篱，也不受各种信仰的局限——它很自由，愿意到哪儿去潇洒，它就随着云影去了，并在那儿的天空编织成雨后彩虹，聚成江河，流向大海，给高山编织银冠，给大地献出冰川。

诵读导航

从维熙（1933—），当代作家。1956年开始专业创作。1957年被错划为右派，到劳改农场、矿山做工。1978年重返文坛。曾任北京市文联专业作家、作家出版社社长兼总编辑。1950年发表处女作《战场上》。1955年出版第一部散文小说集《七月雨》。1978年后，先后发表和出版了《大墙下的红玉兰》《远去的白帆》《北国草》等中、短篇小说和散文。其作品以其深沉雄健的笔触，描绘出中国广阔的生活画卷，展现了种种灵魂与肉体扭曲的图景，悲情中蕴藏着多彩的人生，情节起伏动人，多具有浓郁的悲剧色彩。本文作者笔下的雨灌注着他的生命体验和人生感悟。"雨"这个简单的汉字竟包容着人生四季，作者首先用比喻，以雨的不同形态与人生的不同阶段作比，四季之雨分别象征人的童年、青年、中年、晚年。这篇散文，作者综合运用了议论、记叙、抒情三种笔法，并用极其优美的抒情笔调赞美了雨的"博大的胸怀"，写出了雨的"灵性"。感情质朴真淳、文字洒脱清新。朗读时语调欢快，突出欣喜，把握好音节、停顿。

173. 有所敬畏　周国平

在这个世界上，有的人信神，有的人不信，由此而区分为有神论者和无神论者、宗教徒和俗人。不过，这个区分并非很重要。还有一个比这重要得多的区分，便是有的人相信神圣，有的人不相信，人由此而分出了高尚和卑鄙。

一个人可以不信神，但不可以不相信神圣。是否相信上帝、佛、真主或别的什么主宰宇宙的神秘力量，往往取决于个人所隶属的民族传统、文化背景和个人的特殊经历，甚至取决于个人的某种神秘体验，这是勉强不得的。一个没有这些宗教信仰的人，仍然可能是一个善良的人。然而，倘若不相信人世间有任何神圣价值，百无禁忌，为所欲为，这样的人就与禽兽无异了。

相信神圣的人有所敬畏。在他的心目中，总有一些东西属于做人的根本，是亵渎不得的。他并不是害怕受到惩罚，而是不肯丧失基本的人格。不论他对人生怎样充满着欲求，他始终明白，一旦人格扫地，他在自己面前竟也失去了做人的自信和尊严，那么，一切欲求的满足都不能挽救他的人生的彻底失败。

相反，那种不知敬畏的人是从不在人格上反省自己的。如果说"知耻近乎勇"，那么，这种人因为不知耻便显出一种卑怯的放肆。只要不受惩罚，他敢于践踏任何美好的东西，包括爱情、友谊、荣誉，而且内心没有丝毫不安。这样的人尽管有再多的艳遇，也没有能力真正爱一回；结交再多的哥们，也体味不了友谊的纯正；获取再多的名声，也不知什么是光荣。不相信神圣的人，必被世上一切神圣的事物所抛弃。

诵读导航

　　周国平的散文，以其深刻的哲理、酣畅的文笔、完美的结构等创作风格闻名于世。他凭着自己丰厚的人生阅历、广泛的阅读积累、独特的思维角度，给世人精心构建了一篇篇精美动人的散文。读周国平的散文，我们不但可以更好地对生活进行观察，还可以从中思考生活的意义，从而将自己的人生演绎得更加精彩。本文告诉我们，不敬畏生命的人，就不会热爱生命；不敬畏自然的人，就不会尊重自然；不敬畏权力的人，就会无所顾忌。诵读时要突出深沉、对生命充满爱的基调。

174. 读书人是幸福的人　谢冕

读书人是世间幸福人，因为他除了拥有现实的世界之外，还拥有另一个更为浩瀚也更为丰富的世界。现实的世界是人人都有的，而后一个世界却为读书人所独有。由此我又想，那些失去或不能阅读的人是多么的不幸，他们的丧失是不可补偿的。世间有诸多的不平等，如财富的不平等，权力的不平等，而阅读能力的拥有或丧失却体现为精神的不平等。

一个人的一生，只能经历自己拥有的那一份欣悦，那一份苦难，也许再加上他亲自闻知的那一些关于自身以外的经历和经验。然而，人们通过阅读，却能进入不同时空的诸多他人的世界。这样，具有阅读能力的人，无形间获得了超越有限生命的无限可能性。阅读不仅使他多识了草木虫鱼之名，而且可以上溯远古下及未来，饱览存在的与非存在的奇风异俗。

更为重要的是，读书加惠于人们的不仅是知识的增广，而且还在于精神的感化与陶冶。人们从读书学做人，从那些往哲先贤以及当代才俊的著述中学得他们的人格。人们从《论语》中学得智慧的思考，从《史记》中学得严肃的历史精神，从《正气歌》学得奋斗的执著，从马克思学得人世的激情，从鲁迅学得批判精神，从列夫·托尔斯泰学得道德的执著。歌德的诗句刻写着睿智的人生，拜伦的诗句呼唤着奋斗的热情。一个读书人，是一个有机会拥有超乎个人生命体验的幸运人。

一个人一旦与书本结缘，极大的可能是注定与崇高追求和高尚情趣相联系的人。说"极大的可能"，指的是不排除读书人中也有卑鄙和奸诈，况且，并非凡书皆好，在流传的书籍中，并非全是劝善之作，也有无价值的甚而起负面效果的。但我们所指读书，总是以其优好品质得以流传一类，这类书对人的影响总是良性的。我之所以常感读书幸福，是从喜爱文学书的亲身感受而发。一旦与此种嗜好结缘，人多半因而向往于崇高一类，对暴力的厌恶和对弱者的同情，使人心灵纯净而富正义感，人往往变得情趣高雅而趋避凡俗。或博爱、或温情、或抗争，大抵总引导人从幼年到成人，一步一步向着人间的美好境界前行。笛卡尔说："读一本好书，就是和许多高尚的人谈话。"这就是读书使人向善；雨果说："各种蠢事，在每天阅读好书的影响下，仿佛烤在火上一样渐渐熔化。"这就是读书使人避恶。

所以，我们说，读书人是幸福人。

诵读导航

谢冕（1932—），福建福州人，当代文学评论家、诗人、作家。本文是一篇有关读书的随笔，以通俗而有力的语言叙述了读书的各种好处，揭示了"读书"与"幸福"之间关系的深刻含义，阐释了读书对人生发展的重要意义，并包含着作者对北京大学的热爱之情和对所有读书人的交流、交往的幸福回忆。在诵读领会的同时，要注意养成勤于阅读的良好习惯，热爱读书，积极阅读，与好书交友，与书香为伴，做一个快乐的读书人。

175. 希望 汪国真

每一个明天都是希望。

无论是深陷怎样的逆境，人都不应该绝望，因为前面还有许多明天。

乐观的人，在绝望中仍然希望；悲观的人，在希望中绝望。

希望与幻想不同。希望是很有可能实现的未来，幻想是不大可能实现的希望。

在我们的生活中，常常破灭的不是希望而是幻想。我们常常为实现不了的愿望而痛苦，是因为我们把幻想当成了希望。

倘若一个人不过高希望，他所能获得的就会比他希望的多，倘若一个人获得的比他希望的多，他就会感到愉悦和满足。

显而易见，过高的希望会是自寻烦恼；不过，过低的希望却是浪费才智。女人把希望寄托在男人身上，男人把希望寄托在孩子身上，孩子把希望寄托在母亲身上。于是他们既寄希望于别人，自己又成了别人寄予的希望。

家庭之所以美好的原因之一，就在于它充满了希望。

人对于特别希望得到的东西，外表上却往往表现得冷漠；人对于特别想推辞的事情，外表上却常常表现得热情。

这一点，在最纯洁的爱情和最不纯洁的各式交易中，经常都有十分精彩的表现。

希望，是最美好的。

因此，世界上最残酷的事情，莫过于扼杀希望。

现实无论怎样严峻，只要未来有希望，人的意志都不易被摧垮。

现实无论怎样恬适，只要前景一片黯淡，人的情绪都易悲观和消沉。

前途比现实重要，希望比现在重要。

人，不能没有希望。

因此当人在对一件事情的希望破灭之后，便会把希望转移到另一件事情上。转移的过程，往往是一个痛苦又无可奈何的过程，因为转移是在无奈的情况下发生的。在情形有了某种改变之后，人往往会在心中重又燃起对以前的希望之火。

花蕾问大地：希望在哪里？

大地回答说：你就是希望！

诵读导航

汪国真先生的散文与其诗歌有相似之处，散文的主题积极向上、昂扬而又超脱，文字优美朴实，富有哲理。本文通过朴实语言的叙述和点睛的议论，阐明了希望对一个人和一个家庭的重要性，告诉人们：无论深陷怎样的逆境，现实无论怎样严峻，都不应该绝望，都不应该放弃希望。因为前途比现实重要，希望比现在重要。诵读时要保持一种优美、朴实、昂扬的情感基调，语气充满自信和坚定。

176. 人生三境界　　池莉

人生有三重境界，这三重境界可以用一段充满禅机的语言来说明，这段语言便是：看山是山，看水是水；看山不是山，看水不是水；看山还是山，看水还是水。

这就是说一个人的人生之初纯洁无瑕，初识世界，一切都是新鲜的，眼睛看见什么就是什么，人家告诉他这是山，他就认识了山，告诉他这是水，他就认识了水。

随着年龄渐长，经历的世事渐多，就发现这个世界的问题了。这个世界问题越来越多，越来越复杂，经常是黑白颠倒，是非混淆，无理走遍天下，有理寸步难行，好人无好报，恶人活千年。进入这个阶段，人是激愤的，不平的，忧虑的，疑问的，警惕的，复杂的。人不愿意再轻易地相信什么。人这个时候看山也感慨，看水也叹息，借古讽今，指桑骂槐。山自然不再是单纯的山，水自然不再是单纯的水。一切的一切都是人的主观意志的载体，所谓好风凭借力，送我上青云。一个人倘若停留在人生的这一分阶段，那就苦了这条性命了。人就会这山望了那山高，不停地攀登，争强好胜，与人比较，怎么做人，如何处世，绞尽脑汁，机关算尽，永无满足的一天。因为这个世界原本就是一个圆的，人外还有人，天外还有天，循环往复，绿水长流。而人的生命是短暂的有限的，哪里能够去与永恒和无限计较呢？

许多人到了人生的第二重境界就到了人生的终点。追求一生，劳碌一生，心高气傲一生，最后发现自己并没有达到自己的理想，于是抱恨终生。但是有一些人通过自己的修炼，终于把自己提升到了第三重人生境界。茅塞顿开，回归自然。人这个时候便会专心致志做自己应该做的事情，不与旁人有任何计较。任你红尘滚滚，我自清风朗月。面对芜杂世俗之事，一笑了之，了了有何不了。这个时候的人看山又是山，看水又是水了。正是：人本是人，不必刻意去做人；世本是世，无须精心去处世；便也就是真正的做人与处世了。

诵读导航

池莉（1957—），湖北仙桃人，1986年毕业于武汉大学中文系，中国当代著名女作家，中国作家协会会员，现任武汉市文联主席。其代表作品有《生活秀》《来来往往》《不谈爱情》《太阳出世》等。这篇短文用一句富有哲理的禅语来释读人生：看山是山，看水是水；看山不是山，看水不是水；看山还是山，看水还是水。一句简单的话语却能道出人生真正的感悟。告诉我们：不必刻意去做人，无须精心去处世，平平淡淡才是真正的美。诵读时要充满哲理性的基调。

177. 南宁绿色的印象　阿波罗

南宁，绿色的印象。

行走过内蒙古、湖北与安徽，我总认为，以颜色命名或作别称的中国城市只有呼和浩特（汉语是"青色的城"）、赤峰，还有科尔沁草原上的白城与安徽的黄山市、湖北的黄石。

此番行走南宁，我方知道这里除了因邕江流过而叫邕城外，也因这里没有冬季而称绿城。那一天，我在飞机上就先被地面的色彩洗绿了眼睛。到达地面，扑入眼帘的也是绿树绿草绿水，这是一座青翠为画、秀美为诗、壮歌为音、民俗古朴、风情旖旎的南疆边城。

绿城南宁——一个关于绿色的童话城堡。

到酒店房间放下行李，送走接机的小廖，我就立刻打听已到达的龙龙与宏哥此刻在哪里逍遥？

经一番周折，我们三人今年终于又相会了，在这里——绿城南宁。

每年，我与一帮散居全国各地的同情者，除了这短暂的见面，其余时间，大家便天各一方繁忙着自己的营生，虽也有蓝天白云与青山绿水传递彼此讯息，但依旧于不经意间处于再见的期盼中。我们都知道，每次相聚又是一次分手，但能不断品味这如月之阴晴圆缺的悲欢离合，实在是让大家的人生璀璨精彩了更多，更多。

这世界或许什么都会改变，而那"千里共婵娟"与"但愿人长久"终归不虚。

朋友就是牵挂。

今天午后，我们沐浴着摄氏三十五度的高温与头顶中天的艳阳，拜访了绿意盎然的青秀山。

南临邕江的青秀山又名青山，山势雄奇峻拔、林木青翠，"山不高而秀，水不深而清"，它因此被誉为"南宁市的绿肺"。我们不但寻古探幽地问候了古代南宁八景之一的"青秀松涛"、当今世上最大的苏铁园、热带雨林园、棕榈园、龙象塔、凤凰头等，而且专程造访了塑造有东盟各国民族图腾的"东盟园"。

登临青秀山佳处，唐人雍陶的诗句于不经意间从我喉咙里奔出：

烟波不动影沉沉，碧色全无翠色深。疑是水仙梳洗处，一螺青黛镜中心。

听见我这边冒酸，那边风流才子宏哥也晕上了一堆：

绿树村边合，青山郭外斜。

一水护田将绿绕，两山排闼送青来。

碧玉妆成一树高，万条垂下绿丝绦。

龙龙从来就不会甘居人下，他最后拈酸般地补上了几句：

流光容易把人抛，红了樱桃，绿了芭蕉。

知否，知否，应是绿肥红瘦。

绿阴不减来时路，添得黄鹂四五声。

……

满目青秀山绿色的那时节，我已然不知今夕何夕？

逗留在南宁的这些日子里，无论白昼还是夜晚，也无论是雨中还是骄阳当空，无论是晨光熹微还是月上柳梢，但有闲暇，我就会邀三两位同情者，或彳亍于滋养满城绿色的静静流淌的邕江边，或奔走在雨后满是绿意的市井坊间。

我酷爱绿色，在我眼里，绿色不仅是生命，更是和平与温馨；而南宁之绿色也依旧储存于乡村与市井坊间。

追逐绿色，除去自然的山川景物，当然也少不了市井漫步。

而这些，南宁都富有。

南宁，三百六十五日都不会缺少绿色的城市，多少令我不愿归去。

南宁人，承蒙上苍格外的恩惠而拥有如此多的绿色，这也让同样生活于西南中国的我羡慕。

——这时刻，英国人济慈那苍老而厚重的声音穿过南宁这绿意的氤氲撞击着我的耳鼓：

It's not through envy of thy happy lot, but being too happy in thine happiness。

诵读导航

阿波罗（1965—），原名张波，四川成都人。网络写手、文化行者。其将自己多年行走江湖与海外的经历诉诸笔端而展现于博客与微博中。作者自身经历了从最初的时评人转化为游记作者的变化历程，其文风也从犀利直白改变为温婉凝重。本文是作者赴绿城南宁参加学术会议，徜徉绿城的所见所感，表达了作者对绿城，特别是对绿城的"绿"的喜爱之情。诵读时注意随作者的移步换景与情绪变化而调整情绪，语气语调于平实中流露真情，节奏转换于自然中表现内涵。

178. 有梦才有远方 罗西

雪夜茫茫，你知道一棵小草的梦吗？寒冷孤寂中，她怀抱一个信念取暖，等到春归大地时，她就会以两片绿叶问候春天，而那两片绿叶，就是曾经在雪地下轻轻的梦呓。

候鸟南飞，征途迢迢，她的梦呢？在远方，在视野里，那是南方湛蓝的大海。她很累很累，但依然往前奋飞。因为梦又赐给她另一对翅膀。

窗前托腮凝思的少女，你是想做一朵云的诗，还是做一只蝶的画？

风中奔跑的翩翩少年，你是想做一只鹰，与天比高，还是做一条壮阔的长河，为大地抒怀？

我喜欢做梦。梦让我看到窗外的阳光，梦让我看到天边的彩霞，梦给我不变的召唤与步伐，梦引领我去追逐一个又一个的目标。

1952年，一个叫查克贝瑞的美国青年，做了这么一个梦：超越贝多芬！并把这个消息告诉柴可夫斯基。多年以后，他成功了，成为摇滚音乐的奠基人之一。梦赋予他豪迈的宣言，梦也引领他走向光明的大道。梦启发了他的初心，他则用成功证明了梦的真实与壮美——因为有了梦，才有梦想；有了梦想，才有了理想；有了理想，才有为理想而奋斗的人生历程。

没有泪水的人，他的眼睛是干涸的；

没有梦的人，他的夜晚是黑暗的。

太阳总在有梦的地方升起，月亮也总在有梦的地方朦胧。梦是永恒的微笑，使你的心灵永远充满激情，使你的双眼永远澄澈明亮。

世界的万花筒散发着诱人的清香，未来的天空下也传来迷人的歌唱。我们整装待发，用美梦打扮，从实干开始，等到我们抵达秋天的果园，轻轻地擦去夏天留在我们脸上的汗水与灰尘时，我们就可以听得见曾经对春天说过的那句话：美梦成真！

诵读导航

罗西，著名专栏作家，《创业天下》杂志执行主编，心灵牧师，电视电台嘉宾主持。在《好主妇》《新民晚报》等全国50多家报刊杂志上开设过专栏。个人畅销专著有《性感是另一种高贵》《比耳环更近的是耳语》《心灵鸡汤——青春密码》等30多部。这篇散文，文字优美，结构合理，给人以无限遐想。文章向我们介绍了许许多多的梦，并举了一个例子：一位美国青年查克·贝瑞梦想要超越贝多芬，并把这个梦告诉了柴可夫斯基。经过努力，结果他成功了。这个例子充分说明人一生需要梦，有梦才会有梦想，有梦想才会有理想，有理想才会有为理想而奋斗的动力。诵读时，充满深情，语气激扬，语速稍快。

179. 大漠深处的胡杨　　海狼

在水流最终停滞的地方，我看见大漠深处的胡杨，在飓风和群狼奔突的戈壁，以永久性的悲壮，殓葬了忍让的懦弱，殓葬了奴性的屈从，殓葬了弯驼的软腰，殓葬了蛇行的跪拜。我的灵魂像阳光一样上升，我的爱情是对一种风景的卓绝守望。

当所有生命的颜色，被漫漫黄沙掩埋之后；当一壶老酒，把我的情感醉成荒蛮的戈壁；当古凉州词的诗句，把我的情绪化为出塞的瘦马。我就从遥远的唐朝赶来，在夜游的风中，点燃血一样的篝火。

这是一片心形的胡杨叶，在大漠的空旷中，如此地摇曳，摇出我醉心寒肠的泪水，摇出我积蓄一生，敲击戈壁，敲击生命之谜的目光。我以自己的苦泪浇灌浩荡的黄沙，浇灌我永远沉默的哭泣。

端坐在戈壁的卵石里，面对这令我思索的绿色足迹，谁能遏止这抗争的勇气？谁又能在我笔管的血流里，让大漠深处的胡杨，一半埋在天空的大漠，一半招展在大漠的天空？

面对献身的胡杨，我为什么不能勇敢地流泪？一种孤独烫得像火，一种孤独冷得像冰。单薄的梦幻，一直迷失着远方的苍茫，唯有胡杨，唯有这风雕雪刻的头颅，向苍穹，争一席擎天傲世之志，在生命的神圣和庄严里，站成男人的姿势，旗帜般地在大漠的尽头飘扬。

封冻于心中的苦海，永远射不透厚厚的冰层。嘲笑天堂的嘴唇，却把无边的苦难关紧。胡杨，大漠深处的胡杨，为什么有许多心酸你没有唱过？为什么有许多心事你没有吐露？穿越地狱的过程，让我知道：活着，千年不死；死后，千年不倒；倒下，千年不腐。

我在这片小小的心叶上静卧，我日夜兼程的思想，把我的心情带向远方。生命中有多少彻悟让我在驼铃的深处明白：胡杨，大漠深处的胡杨！为了大漠季节的完整，为了望不见的远方，走向那一块大陆你会变得古老，走向戈壁你才会变得永远年轻！！！

诵读导航

　　海狼（1969—），本名刘海潮，江苏海安县人。江苏省电视艺术家协会、江苏省摄影家协会、江苏省作家协会会员。20余年笔耕不辍，诗以载道，文以立心，出版有《南方情人》《脐血》等8部诗集，《黑色伤兵》《大狱春梦》2部长篇小说，发表中短篇小说《初恋悟语》《车往东南》等计30余万字。其作品风格是在象征的基础上信马由缰地抒情，追求辞藻的"浓艳"和"舒展"。艺术手法与情感的把控，自然、精到。读海狼的作品，就像站在波涛翻滚的大海边，激情澎湃，诗意飞扬，那些横冲直撞的诗句像一排排从山顶上倾挂直下的瀑布，带着生命的呐喊，气势恢宏，轰然流泻，冲击我的胸口，还没等我回过神来，又涌动着洁白浪花，声势浩荡地奔向自由的大海。诵读时，随着作者的感情变化，时而高昂，时而轻盈，时而凝重，时而平实，语气舒缓轻快，在优美的文字中，感受大漠里胡杨的坚忍不拔。

180. 生如胡杨　　阿紫

　　朋友，让我们穿越亘古的洪荒，穿越钢筋水泥筑就的屏障，脱去红尘华美的衣裳，赤裸着我们的双臂，赤裸着我们的胸膛，一起去大漠，去跪拜千年不死，千年不倒，千年不朽的胡杨。

　　你看那戈壁荒漠，沙砾飞扬；你听那风沙呼啸，肆虐持强。而胡杨却在沙漠上站成了一道永恒的风景，一座永恒的雕像。

　　他孤独地承接荒漠的风剑刀霜，用无悔的守望，执着地生长生命的渴望。

　　他努力地深扎根系，努力地繁衍梦想。

　　他高昂着枯竭而扭曲的肢体仰天高歌，与自然，与生死较量。用自己感天动地的悲壮，昭示生命的律动，生命的坚强和生命的歌唱。

　　你也许在为患得患失黯然神伤，你也许在奔波的路上迷失了心海的方向，你也许在物欲横流中浮躁了深邃的思想，你也许在世俗的纷扰中无法抑制膨胀的欲望，那你就来大漠，来看一看寸草不生的戈壁滩，看一看生长在戈壁滩上高傲的胡杨。

　　你会瞬间悟出，生命不在于日短夜长，而是每个章节都要尽显英雄气概，尽显精彩和辉煌，都要活得筋骨铮硬，都要活得凛然豪放。

　　也许有一天，胡杨也会倒成一弯古道，一抹斜阳，但胡杨不倒的精神，永远会激励我们的英勇顽强。永远会激发我们挑战苦难，战胜命运的勇气和力量。

　　朋友，让我们穿越亘古的洪荒，穿越钢筋水泥筑就的屏障，脱去红尘华美的衣裳，赤裸着我们的双臂，赤裸着我们的胸膛，一起去大漠，去跪拜千年不死，千年不倒，千年不朽的胡杨。

　　让我们用胡杨撑起的希望，对抗风霜，对抗雨雪，对抗生的迷茫，对抗死的恐慌。

　　做人——

　　生如胡杨——千年不死！

死如胡杨——千年不倒!

倒如胡杨——千年不朽!

诵读导航

　　《生如胡杨》是阿紫的代表作,通过对沙漠胡杨千年不死、千年不倒、千年不朽的讴歌,歌颂了如胡杨一样坚韧的青春和生命。朗读时,声调昂扬,语势上行,读起来给人以威武雄健、激情飞涌、势如破竹、锐不可当之感,能让听者享受到阳刚之美,对待生死的从容。

外国散文

181. 雪夜　【法国】莫泊桑

　　黄昏时分,纷纷扬扬地下了一天的雪,终于渐下渐止。沉沉的夜幕下的大千世界,仿佛凝固了,一切生命都悄悄进入了梦乡。或近或远的山谷、平川、树林、村落……在雪光映照下,银装素裹,分外妖娆。这雪后初霁的夜晚,万籁俱寂,了无生气。

　　蓦地,从远处传来一阵凄厉的叫声,冲破这寒夜的寂静。那叫声,如泣如诉,若怒若怨,听来令人毛骨悚然!哦,是那条被主人放逐的老狗,在前村的篱畔哀鸣;是在哀叹自己的身世,还是在倾诉人类的寡情?

　　漫无涯际的旷野平畴,在白雪的覆压下略缩起身子,好像连挣扎一下都不情愿的样子。那遍地的萋萋芳草,匆匆来去的游蜂浪蝶,如今都藏匿得无迹可寻。只有那几棵百年老树,依旧伸展着槎牙的秃枝,像是鬼影幢幢,又像那白骨森森,给雪后的夜色平添上几分悲凉、凄清。

　　茫茫太空,默然无语地注视着下界,越发显出它的莫测高深。云层背后,月亮露出灰白色的脸庞,把冷冷的光洒向人间,使人更感到寒气袭人。和月亮做伴的,惟有寥寥的几点寒星，致使她也不免感叹这寒夜的落寞和凄冷。看，她的眼神是那样忧伤，她的步履又是那样迟缓！

渐渐地，月儿终于到达她行程的终点，悄然隐没在旷野的边沿，剩下的只是一片青灰色的回光在天际荡漾。少顷，又见那神秘的鱼白色开始从东方蔓延，像撒开一幅轻柔的纱幕笼罩住整个大地。寒意更浓了。枝头的积雪都已在不知不觉间凝成了水晶般的冰凌。

啊，美景如画的夜晚，却是小鸟们恐怖战栗、倍受煎熬的时光！它们的羽毛沾湿了，小脚冻僵了；刺骨的寒风在林间往来驰突，肆虐逞威，把他们可怜的窝巢刮得左摇右晃；困倦的双眼刚刚合上，一阵阵寒冷又把它们惊醒。它们只得瑟瑟索索地颤着身子，打着寒噤，忧郁地注视着漫天皆白的原野，期待那漫漫未央的长夜早到尽头，换来一个充满希望之光的黎明。

> **诵读导航**
>
> 莫泊桑（1850—1893），19世纪后半叶法国著名批判现实主义作家，被誉为"短篇小说之王"，与契诃夫和欧·亨利并称为"世界三大短篇小说家"，其作品充满批判，对后世产生极大影响。文章极力描绘雪夜的凄冷，生动地描绘了一幅19世纪末期法国农村雪后初霁的景色图，一幅当时满月死一般沉寂的社会风景画。文章结尾作者借小鸟的希望点明主旨，含蓄地表达了作者对当时社会现实的强烈不满，对社会变革的热切企盼，对新生活的强烈渴望，给凄凉的寒色点亮了温暖的火光，盼望漫漫未央的长夜早到尽头，换来一个充满希望之光的黎明。诵读时饱含着对创建新生活充满胜利的力量和信心！

182. 我的信念　【法国】居里夫人

生活对于任何人都非易事，我们必须有坚韧不拔的精神。最要紧的，还是我们自己要有信心。我们必须相信，我们对每一件事情都有天赋的才能，并且，无论付出任何代价，都要把这件事情完成。当事情结束的时候，你要能问心无愧地说："我已经尽我所能了。"

有一年的春天里，我因病被迫在家里休息数周。我注视着我的女儿们所养的蚕正在结茧，这使我感兴趣。望着这些蚕执著地、勤奋地工作着，我感到我和它们非常相似。像它们一样，我总是耐心地集中在一个目标上。我之所以如此，或许是因为某种力量在鞭策着我——正如蚕被鞭策着去结茧一般。

近五十年来，我致力于科学的研究，而研究，就是对真理的探讨。我有许多美好快乐的记忆。少女时期，我在巴黎大学，孤独地过着求学的岁月。在后来献身科学的整个时期中，我丈夫和我专心致志地，像在梦幻之中一般，坐在简陋的书房里艰辛地研究，后来，我们就在那儿发现了镭。

我在生活中，永远是追求安静的工作和简单的家庭生活。为了实现这个理想，我竭力保持宁静的环境，以免受人事的干扰和盛名的渲染。

我深信在科学方面我们有对事业而不是对财富的兴趣。当皮埃尔居里和我考虑应否在我们的发现上取得经济利益时，我们都认为不能违反我们的纯粹研究观念。因而我们没有申请镭的专利，也就抛弃了一笔财富。我坚信我们是对的。诚然，人类需要寻求现实的人，他们在工作中获得很大的报酬。但是，人类也需要梦想家——他们受了事业的强烈的吸引，使他们没有闲暇，也无热情去谋求物质上的利益。我的唯一奢望是在一个自由国家中，以一个自由学者的身份从事研究工作。我从没有视这种利益为理所当然的，因为我在24岁以前，我一直居住在被占领和蹂躏的波兰。我估量过在法国得到自由的代价。

我并非生来就是一个性情温和的人，我很早就知道，许多像我一样敏感的人，甚至受一言半语的苛责，便会过分懊恼，因而我尽量克制自己的敏感。从我丈夫的温和沉静的性格中，我受益匪浅。当他猝然长逝后，我便学会了逆来顺受。我年纪渐老，我愈会欣赏生活中的种种琐事，如栽花、植树、建筑，对诗歌朗诵和眺望星辰也有一点兴趣。

我一直沉醉于世界的优美之中，我所热爱的科学也不断增加它崭新的远景。我认定科学本身就具有伟大的美。一位从事研究工作的科学家，不仅是一个技术人员，而且是一个小孩儿，在大自然的景色中，好像迷醉于神话故事一般。这种科学的魅力，就是使我终生能够在实验室里埋头工作的主要原因。

诵读导航

玛丽·居里（居里夫人）（1867—1934），法国物理学家、化学家，原籍波兰。和居里、贝可勒尔共获1903年诺贝尔物理学奖，后又获1911年诺贝尔化学奖，是科学史上一位富有传奇色彩的伟大科学家。此文阐述了居里夫人对工作生活、事业名利、人际关系等诸多方面的信念。语言平实且富于哲理。诵读时，语调深沉而平实。

183. 人生旅途　【印度】泰戈尔

我在路边坐下来写作，一时想不起该写些什么。

树荫遮盖的路，路畔是我的小屋，窗户敞开着，第一束阳光跟随无忧树摇颤的绿影，走进来立在我面前，端详我片刻，扑进我怀里撒娇。随后溜到我的文稿上面，临别留下金色的吻痕。

黎明在我作品的四周崭露。原野的鲜花，云霓的色彩，凉爽的晨风，残存的睡意，在我的书页里浑然交融。朝阳的爱抚在我手迹周遭青藤般地伸延。

我前面的行人川流不息。晨光为他们祝福，真诚地说：祝他们一路顺风。鸟儿在唱吉利的歌曲。道路两旁，希望似的花朵竞相怒放。起程时人人都说：请放心，没有什么可怕的。

浩茫的宇宙为旅行顺利而高歌。光芒四射的太阳乘车驶过无垠的晴空。整个世界仿佛欢呼着天帝的胜利出现了。黎明笑吟吟的，臂膀伸向苍穹，指着无穷的未来，为世界指路。黎明是世界的希冀、慰藉、白昼的礼赞，每日启东方金碧的门户，为人间携来天国的福音，送来汲取的甘露；与此同时，仙境琪花的芳菲唤醒凡世的花香。黎明是人世旅程的祝福，真心诚意的祝福。

人世行客的身影落在我的作品里。他们不带走什么。他们忘却哀乐，抛下每一瞬间的生活负荷。他们的欢笑悲啼在我的文稿里萌发幼芽。他们忘记他们唱的歌谣，留下他们的爱情。

是的，他们别无所有，只有爱。他们爱脚下的路，爱脚踩过的地面，企望留下足印。他离别洒下的泪水肥沃了立足之处。他们走过的路的两旁，盛开了新奇的鲜花。他们热爱同路的陌生人。爱是他们前进的动力，消除他们中途跋涉的疲累。人间美景和母亲的慈爱一样，伴随着他们，召唤他们走出心境的黯淡，从后面簇拥着他们前行。

爱情若被锁缚，世人的旅程即刻中止。爱情若葬入坟墓，旅人就是倒在坟上的墓碑。就像船的特点是被驾驭着航行，爱情不允许被幽禁，只允许被推着向前。爱情的纽带的力量，足以粉碎一切羁绊。崇高爱情的影响下，渺小爱情的绳索断裂；世界得以运动，否则会被本身的重量压瘫。

当旅人行进时，我倚窗望见他们开怀大笑，听见他们伤心哭泣。让人落泪的爱情，也能抹去人眼里的泪水，催发笑颜的光华。欢笑，泪水，阳光，雨露，使我四周"美"的茂林百花吐艳。

爱情不让人常年垂泪。因一个人的离别而使你潸然泪下的爱情，把五个人引到你身边。爱情说：细心察看吧，他们绝不比那离去的人逊色。可是你泪眼蒙蒙，看不见谁，因而也不能爱。你甚至万念俱灰，无心做事。你向后转身木然地坐着，无意继续人生的旅程。然而爱情最终获胜，牵引你上路，你不可能永远把脸俯贴在死亡上面。

拂晓，满心喜悦动身的旅人，前往远方，要走很长的路。沿途没有他们的爱，他们走不完漫长的路。因为他们爱路，迈出每一步都感到快慰，不停地向前；也因为他们爱路，他们舍不得走，腿抬不起来，走一步便产生错觉；已经获得的大概今后再也得不到了。然而朝前走又忘掉这些，走一步消除一分忧愁。开初他们啜泣是由于惶恐，除此别无缘由。

你看，母亲怀里抱着婴儿走在人世的路上。是谁把母子联结在一起？是谁通过孩子引导着母亲？是谁把婴儿放在母亲怀里，道路便像卧房一样温馨？是爱变母亲脚下的蒺藜为花朵！可是母亲为什么误解？为什么觉得孩子意味着她"无限"的终结呢？

漫长的路上，凡世的孩子们聚在一起娱乐。一个孩子拉着母亲的手，进入孩子的王国——那里储藏着取之不竭的安慰。因为一张张细嫩的脸蛋，那里像天国乐园一般。他们快活地争抢天上的月亮，处处荡漾着欢声笑语的波澜。但是你听，路的一侧，可爱无助的孩子的啼哭！疾病侵入他们的皮肤，损坏花瓣似的柔软肢体。他们纤嫩的喉咙发不出声音；他们想哭，哭声消逝在喉咙里。野蛮的成年人用各种办法虐待他们。

我们生来都是旅人，假如万能的天帝强迫我们在无尽头的路上跋涉，假如严酷的厄运攥着我们的头发向前拖，作为弱者，我们有什么法子？起程的时刻，我们听不到威胁的雷鸣，只听黎明的诺言。不顾途中的危险，艰苦，我们怀着爱心前进。虽然有时忍受不了，但有爱从四面八方伸过手来。让我们学会响应不倦的爱情的召唤，不陷入迷惘，不让惨烈的压迫用锁链将我们束缚！

我坐在络绎不绝的旅人的哀泣和欢声的旁边，注望着，沉思着，深爱着。我对他们说："祝你们一路平安，我把我的爱作为川资赠给你们。因为行路不为别的，是出于爱的需要。愿大家彼此奉献真爱，旅人们在旅途互相帮助。"

诵读导航

《人生旅途》是印度著名诗人、文学家泰戈尔所写的一篇哲理散文。文章给予我们的忠告和祝福：人生是一条漫长的旅途，每个人都是天生的旅人。摆在我们面前的路或许各不相同，有的人走上的是一条铺满鲜花的道路，有的人却必须面对密布的荆棘。但无论如何，我们都不能退缩，也无法绕道而行。即使在人生的旅途上行囊空空，还有爱伴随我们前行。爱让我们步履轻快，爱让一路的风景春光明媚。旅人们应当彼此奉献真爱，在漫漫人生路上相互扶持，驱散迷雾，忘却旅途的艰辛。全文语言优美自然，富有韵律，说理透彻。诵读时，语调舒缓，饱含深情。

184. 暴风雨　【意大利】拉法埃莱·费拉里斯

闷热的夜，令人窒息，我辗转不寐。窗外，一道道闪电划破了漆黑的夜幕，沉闷的雷声如同大炮轰鸣，使人惊悸。

一道闪光，一声清脆的霹雳，接着便下起瓢泼大雨。宛如天神听到信号，撕开天幕，把天河之水倾注到人间。

狂风咆哮着，猛地把门打开，摔在墙上。烟囱发出低声的呜呜，犹如在黑夜中抽咽。大雨猛烈地敲打着屋顶，冲击着玻璃，奏出激动人心的乐章。

一小股雨水从天窗悄悄地爬进来，缓缓地蠕动着，在天花板上留下弯弯曲曲的足迹。

不一会儿，铿锵的乐曲转为节奏单一的旋律，那优柔、甜蜜的催眠曲，抚慰着沉睡人儿的疲惫躯体。

从窗外射进来的第一束光线报道着人间的黎明。碧空中飘浮着朵朵的白云，在和煦的微风中翩然起舞，把蔚蓝色的天空擦拭得更加明亮。

鸟儿唱着欢乐的歌，迎接着喷薄欲出的朝阳；被暴风雨压弯了腰的花草儿伸着懒腰，宛如刚从梦中苏醒；偎依在花瓣、绿叶上的水珠闪烁着光华。

常年积雪的阿尔卑斯山迎着朝霞，披上玫瑰色的丽装；远处的村舍闪闪发亮，犹如姑娘送出的秋波，使人心潮激荡。

江山似锦，风景如画，艳丽的玫瑰花散发出阵阵芳香！

绮丽华美的春色呵，你是多么美好！

昨晚，狂暴的大自然似乎要把整个人间毁灭，而它带来的却是更加绚丽的早晨。

有时，人们受到种种局限，只看到事物的一个方面，而忽略了大自然整体那无与伦比的和谐的美。

诵读导航

拉法埃莱·费拉里斯（1846—1923），意大利著名作家。本文是一篇带有深层含义的写景散文，含蓄隽永，语言精练，用词准确。作者大量运用比喻、拟人等修辞手法，将自然界的两种美：雄壮之美和柔和之美形成鲜明的对比，达到一种视觉、听觉的强烈反差，表达作者对暴风雨的喜爱之情。而这两种美之间又是那样的密切，没有昨夜的暴风雨，今天的柔和之美体会得可能就没有那么深刻，从中我们也能感受到阳光总在风雨后的酣畅淋漓。看得出作者从司空见惯的天气变化中揭示了深刻的哲理：事物有阴暗又有光明，但终究会走向光明。而这阴暗与光明的对立变化，才是世界辩证和谐的美。诵读时，根据景物环境氛围和作者情感的变化，语调或激昂或舒缓，以准确表现自然界的雄壮之美和柔和之美。

185. 大海日出 【日本】德富芦花

撼枕的涛声将我从梦中惊醒，随即起身打开房门。此时正是明治二十九年十一月四日清晨，我正在铫子的水明楼之上，楼下就是太平洋。

凌晨四时过后，海上仍然一片昏黑。只有澎湃的涛声。遥望东方，沿水平线露出一带鱼肚白。再上面是湛蓝的天空，挂着一弯金弓般的月亮，光洁清雅，仿佛在镇守东瀛。左首伸出黑黝黝的犬吠岬。岬角尖端灯塔上的旋转灯，在陆海之间不停地划出一轮轮白色的光环。

一会儿，晓风凛冽，掠过青黑色的大海。夜幕从东方次第揭开。微明的晨光，踏着青白的波涛由远而近。海浪拍击着黑色的矶岸，越来越清晰可辨。举目仰望，那晓月不知何时由一弯金弓化为一弯银弓，东方天际也次第染上了清澄的黄色。银白的浪花和黝黑的波谷在浩渺的大海上明灭。夜梦犹在海上徘徊，而东边的天空已睁开眼睑。太平洋的黑夜就要消逝了。

这时，曙光如鲜花绽放，如水波四散。天空，海面，一派光明，海水渐渐泛白，东方天际越发呈现出黄色。晓月，灯塔自然地黯淡下来，最后再也寻不着了。此时，一队候鸟宛如太阳的使者掠过大海。万顷波涛尽皆企望着东方，发出一种期待的喧闹——无形之声充满四方。

五分钟过去了——十分钟过去了。眼看着东方迸射出金光。忽然，海边浮出了一点猩红，多么迅速，使人无暇想到这是日出。屏息注视，霎时，海神高擎手臂。只见红点出水，渐次化作金线，金梳，金蹄。随后，旋即一摇，摆脱了水面。红日出海，霞光万斛，朝阳喷彩，千里熔金。大洋之上，长蛇飞动，直奔眼底。面前的矶岸顿时卷起两丈多高的金色雪浪。

德富芦花（1868—1927），日本近代著名社会派小说家，散文家，出生于熊本县一个贵族家庭，有小说《不如归》《黑潮》和散文集《自然与人生》。他的小说以剖析和鞭笞社会的黑暗在日本近代文学中独树一帜。其散文，篇幅短小，构思新巧，笔墨灵秀，情感细腻。本文按照时间顺序，生动地描绘了大海日出的壮观场面，用生动形象、自然贴切的语言表现了海涛、月亮、曙光、候鸟、红日、霞光等景象的变化，融情于景。诵读时，突出作者对美景的喜爱和对大自然神奇力量的惊叹的情感基调。

186. 一片树叶 【日本】东山魁夷

人应当谦虚地看待自然和风景。为此固然有必要出门旅行，同大自然直接接触，或深入异乡，领略一下当地人们的生活情趣。然而，就是我们住地周围，哪怕是庭院的一木一叶，只要用心观察，有时也能深刻地领略到生命的涵义。

我注视着院子里的树木，更准确地说，是在凝望枝头上的一片树叶，而今，它泛着美丽的绿色，在夏日阳光里闪耀着光辉。我想起当它还是幼芽的时候，我所看到的情景。那是去年初冬，就在这片新叶尚未吐露的地方，吊着一片干枯的黄叶，不久就脱离了枝条飘落到地上。就在原来的枝丫上，你这幼小的坚强的嫩芽，生机勃勃地诞生了。

任凭寒风猛吹，任凭大雪纷纷，你默默等待着春天，慢慢地在体内积攒着力量。一日清晨，微雨乍晴，我看到树枝上缀满粒粒珍珠，这是一枚枚新生的幼芽凝聚着雨水闪闪发光。于是我感到百草都在催芽，春天已经临近了。

春天终于来了，万木高高兴兴地吐翠了。然而，散落在地面上的陈叶，早已腐烂化作泥土了。

你迅速长成了一片嫩叶在初夏的太阳下浮绿泛金。对于柔弱的绿叶来说，初夏，既是生机旺盛的季节，也是最易遭受害虫侵蚀的季节。幸好，你平安地迎来了暑天，而今正同伙伴们织成浓密的青荫，遮蔽着枝头。

我预测着你的未来。到了仲夏，鸣蝉将在你的浓荫下长啸，等一场台风袭过，那吱吱蝉鸣变成了凄切的哀吟，天气也随之凉爽起来。蝉声一断，代之而来的是树根深处秋虫的合唱，这唧唧虫声，确也能为静寂的秋夜增添不少雅趣。

你的绿意，不知不觉黯然失色了，终于变成了一片黄叶，在冷雨里垂挂着。夜来秋风敲窗，第二天早晨起来，树枝上已经消失了你的踪影。只看到你所在的那个枝丫上又冒出了一个嫩芽。等到这个幼芽绽放绿意的时候，你早已零落地下，埋在泥土之中了。

这就是自然，不光是一片树叶，生活在世界上的万物，都有一个相同的归宿。一叶坠地，绝不是毫无意义的。正是这片片黄叶，换来了整个大树的盎然生机。这一片树叶的诞生和消亡，正标志着生命在四季里的不停转化。

同样，一个人的死关系着整个人类的生。死，固然是人人所不欢迎的。但是，只要你珍爱自己生命，同时也珍爱他人的生命，那么，当你生命渐尽，行将回归大地的时候，你应当感到庆幸。这就是我观察庭院里的一片树叶所得的启示。不，这是那片树叶向我娓娓讲叙的生死轮回的要谛。

187. 花之咏　【黎巴嫩】纪·哈·纪伯伦

我是一句话，大自然把我吐了出来，又把我收了回去，藏在她的心室里。

我是一颗星星，从湛蓝的天幕坠落到碧绿的地毯上。

我是大地的女儿，冬天把我孕育，春天把我降生，夏天把我抚养，秋天催我入眠。

我是朋友间的一份礼品，我是新娘头上的一顶彩冠，我也是生者致以死者的一件赠物。

清晨，我与微风携手宣报光明的到来；黄昏，我和百鸟一起向它告别。

草原上，我舞姿轻盈，为她打扮；空气里，我叹吁呼吸，使她芳香四溢。我醉卧大地，黑夜便眨着无数只眼睛看着我；我招徕白天，为的是他用眼睛观看世界。

我啜饮露水的琼浆，聆听鸟儿的歌唱，合着青草的拍子起舞。我永远仰目朝天，不为看到我的幻想，而是为了看到光明。

188. 当我不在世的时候　【俄罗斯】屠格涅夫

当我不在世的时候，当我所有的一切都化为灰烬的时候——你啊，我唯一的朋友；你啊，我曾那样深情地和那样温存地爱过的人；你啊，想必会比我活得更长久—— 可不要到我的坟墓上去…… 你在那儿是无事可做的。

请不要忘记我……但也不要在日常的操劳、欢乐和困苦之中想起我…… 我不想打扰你的生活，不想搞乱它的平静。不过在你孤独的时刻，当善良的心如此熟悉的那种羞怯的，和无缘无故的悲伤碰着你的时候，你就拿起我们爱读的书当中的一本，找到里边我们过去常常读的那些页，那些行，那些话，记得吗？有时，我们俩一下子涌出甜蜜的，无言的泪水。

你读完吧，然后闭上眼睛，把手伸给我…… 把你的手伸给一个已经不在世的朋友吧。我将不能够用我的手来握它：我的手将一动不动地长眠在地下。然而，我现在快慰地想，你也许会在你的手上感受到轻轻的爱抚。

于是，我的形象将出现在你的眼前，你闭着眼睛的眼睑下将流着泪水，这泪水啊，就像我和你曾经一起受美的感动洒下的一样。你啊，我唯一的朋友；你啊，我曾那样深情地和那样温存地爱过的人！

诵读导航

伊凡·谢尔盖耶维奇·屠格涅夫（1818—1883），俄国19世纪批判现实主义小说家、诗人和剧作家。主要作品有《罗亭》《贵族之家》《前夜》《父与子》《烟》《处女地》等。其小说不仅迅速及时地反映了当时的俄国社会现实，而且善于通过生动的情节和恰当的言语、行动，通过对大自然情景交融的描述，塑造出许多栩栩如生的人物形象。本文抒发作者对爱人的不舍和眷念，语言简洁、质朴、优美、饱含深情。诵读时，节奏平缓，语调深沉。

189. 生活是美好的　【俄罗斯】契诃夫

生活是极不愉快的玩笑，不过要使它美好却也不很难。为了做到这点，光是中头彩赢20万卢布、得个"白鹰"勋章、娶个漂亮女人、以好人出名，还是不够的——这些福分都是无常的，而且也很容易习惯。为了不断地感到幸福，那就需要：（一）善于满足现状，（二）很高兴地感到："事情原本可能更糟呢。"这是不难的。

要是火柴在你的衣袋里燃起来了，那你应当高兴，而且感谢上苍：多亏你的衣袋不是火药库。

要是有穷亲戚上别墅来找你，那你不要脸色发白，而要喜洋洋地叫道："挺好，幸亏来的不是警察！"

要是你的手指头扎了一根刺，那你应当高兴："挺好，多亏这根刺不是扎在眼睛里！"

如果你的妻子或者小姨练钢琴，那你不要发脾气，而要感激这份福气：你是在听音乐，而不是在听狼嗥或者猫的音乐会。

你该高兴，因为你不是拉长途马车的马，不是寇克的"小点"（寇克是19世纪德国细菌学家，"小点"指细菌），不是旋毛虫，不是猪，不是驴，不是茨冈人牵的熊，不是臭虫。……你要高兴，因为眼下你没有坐在被告席上，也没有看债主在你面前，更没有跟主笔土尔巴谈稿费问题。

如果你不是住在十分边远的地方，那你一想到命运总算没有把你送到边远地方去，岂不觉着幸福？

要是你有一颗牙痛起来，那你就该高兴：幸亏不是满口的牙痛起来。

你该高兴，因为你居然可以不必读《公民报》，不必坐在垃圾车上，不必一下子跟三个人结婚。……

要是您给送到警察局去了，那就该乐得跳起来，因为多亏没有把你送到地狱的大火里去。

要是你挨了一顿桦木棍子的打，那就该蹦蹦跳跳，叫道："我多运气，人家总算没有拿带刺的棒子打我！"

要是你妻子对你变了心，那就该高兴，多亏她背叛的是你，不是国家。

依此类推……朋友，照着我的劝告去做吧，你的生活就会欢乐无穷了。

诵读导航

安东·巴甫洛维奇·契诃夫（1860—1904），19世纪俄国伟大的批判现实主义作家、短篇小说艺术大师，著名剧作家。他和法国的莫泊桑，美国的欧·亨利齐名为三大短篇小说巨匠。文中作者选择经常发生在我们身上一些假设来诠释生活的美好，引导读者把自己遇到的倒霉的、不快乐的事，都用庆幸、平和的心态来看待，进而揭示出快乐的真谛。语言幽默、自然贴切。诵读时，节奏明快，突出喜悦的情感基调。

190. 树木　【瑞士】赫尔曼·黑塞

树木对我来说，曾经一直是言词最恳切感人的传教士。当它们结成部落和家庭，形成森林和树丛而生活时，我尊敬它们。当它们只身独立时，我更尊敬它们。它们好似孤独者，它们不像由于某种弱点而遁世的隐士，而像伟大而落落寡合的人们，如贝多芬和尼采。世界在它们的树梢上喧器，它们的根深扎在无垠之中；唯独它们不会在其中消失，而是以它们全部的生命力去追求成为独一无二：实现它们自己的、寓于它们之中的法则，充实它们自己的形象，并表现自己。再没有比一棵美的、粗大的树更神圣、更堪称楷模的了。当一棵树被锯倒并把它的赤裸裸的致死的伤口暴露在阳光下时，你就可以在它的墓碑上、在它的树桩的浅色圆截面上读到它的完整的历史。在年轮和各种畸形上，忠实地纪录了所有的争斗，所有的苦痛，所有的疾病，所有的幸福与繁荣，瘦削的年头，茂盛的岁月，经受过的打击，被挺过去的风暴。每一个农家少年都知道，最坚硬、最贵重的木材年轮最密，在高山上，在不断遭遇险情的条件下，会生长出最坚不可摧、最粗壮有力、最堪称楷模的树干。

树木是圣物。谁能同它们交谈，谁能倾听它们的语言，谁就获悉真理。它们不宣讲学说，它们不注意细枝末节，只宣讲生命的原始法则。

一棵树说：在我身上隐藏着一个核心，一个火花，一个念头，我是来自永恒生命的生命。永恒的母亲只生我一次，这是一次性的尝试，我的形态和我的肌肤上的脉络是一次性的，我的树梢上叶子的最微小的动静，我的树干上最微小的疤痕，都是一次性的。我的职责是，赋予永恒以显著的一次性的形态，并从这形态中显示永恒。

一棵树说：我的力量是信任。我对我的父亲们一无所知，我对每年从我身上产生的成千上万的孩子们也一无所知。我一生就为这传种的秘密，我再无别的操心事。我相信上帝在我心中。我相信我的使命是神圣的。出于这种信任我活着。

当我们不幸的时候，不再能好生忍受这生活的时候，一棵树会同我们说：平静！平静！瞧着我！生活不容易，生活是艰苦的。这是孩子的想法。让你心中的上帝说话，它们就会缄默。你害怕，因为你走的路引你离开了母亲和家乡。但是，每一步、每一日，都引你重新向母亲走去。家乡不是在这里或者那里。家乡在你心中，或者说，无处是家乡。

当我倾听在晚风中沙沙作响的树木时，对流浪的眷念撕着我的心。你如果静静地、久久地倾听，对流浪的眷念也会显示出它的核心和含义，它不是从表面上看去那样，是一种要逃离痛苦的愿望。它是对家乡的思念，对母亲、对新的生活的譬喻的思念。它领你回家。每条道路都是回家的路，每一步都是诞生，每一步都是死亡，每一座坟墓都是母亲。

当我们对自己具有这种孩子的想法感到恐惧时，晚间的树就这样沙沙作响。树木有长久的想法，呼吸深长的、宁静的想法，正如它们有着比我们更长的生命。只要我们不去听它们的说话，它们就比我们更有智慧。但是，如果我们一旦学会倾听树木的讲话，那么，恰恰是我们的想法的短促、敏捷和孩子似的匆忙，赢得了无可比拟的欢欣。谁学会了倾听树木的讲话，谁就不再想成为一棵树。除了他自身以外，他别无所求。他自身就是家乡，就是幸福。

诵读导航

赫尔曼·黑塞（1877—1962），是20世纪前半叶瑞士著名小说家、诗人。生于德国西南部小城卡尔卡一个牧师家庭，1923年46岁入瑞士籍。艺术上受浪漫主义诗歌的影响，作品多采用象征手法，文笔优美细腻。爱好音乐与绘画，过着漂泊、孤独、隐逸的生活，被称为"德国最后一个浪漫派的骑士"。思想上深受尼采哲学和老庄哲学的影响，作品在精神领域执着地挖掘探索。主要作品有长篇小说《克努尔普》《德米尔》《荒原狼》等。1946年作品《荒原狼》获诺贝尔文学奖。获奖理由：富于灵感的作品具有遒劲的气势和洞察力，并为崇高的人道主义和高尚的风格提供了

191. 与书为伴　　【英国】塞缪尔·斯迈尔斯

书如同人，都可成为伴侣；读其书，如同读其人；同样，观其朋友，也如同观其人。无论以书为友还是以人为伴，每个人都应有自己的知己。

一本好书可以成为我们最好的朋友。昨天如此，今天亦如此，这一点亘古不变。书是我们最有耐心和最使人愉悦的朋友。无论身处逆境，还是遭遇苦难，它都不会背弃我们。它总是怀着善意接纳我们，年轻时，它给予我们快乐并指引我们；年老时，它给予我们心灵的慰藉并鼓励我们。

因为对一本书的热爱，我们发现彼此之间的亲密无间。书是更为真实和高雅的联系纽带。人们通过自己最喜爱的作者，交流思想，产生心灵的共鸣。他们与作者同在，作者也与他们同在。

一本好书通常是记载生命的最好的瓮，它蕴藏着生命中思想的瑰宝。因为思想占据了生活的大部分。因此，最好的书是词汇之佳句，思想之瑰宝，最值得去怀念，去珍藏，是我们永远的伴侣和慰藉者。

书是永恒不朽的。它是迄今为止人类不懈奋斗的珍宝。庙宇和雕像可以被毁，而书却永存。无论何时，那些伟大的思想，都永远鲜活，如同首次浮上作者的心头。当时的言谈思想，透过书页仍然与我们交谈，而这一切就如同在我们的眼前。劣质的东西将被淘汰，这是时间的惟一功能；因为只有真正优秀的东西，才能在文学中永存。

书指引我们迈入最优秀的领域，它把我们带到历史上所有伟大人物面前。我们倾听他们的言语和举止；看到他们，如同看见一个鲜活的生命。我们与它产生共鸣，与它同享快乐，与它同享悲伤；我们经历它所曾经遭遇的，我们如同演员在它描绘的舞台上演戏。

诵读导航

塞缪尔·斯迈尔斯（1812—1904），19世纪英国伟大的道学家，成功学的开山鼻祖，又是著名的作家和社会改革家。他的作品主要有《自己拯救自己》《品格的力量》《金钱与人生》《命运之门》《信仰的力量》《与书为伴》等，其中《自己拯救自己》的出版，开创了西方成功学。《品格的力量》《金钱与人生》等人生系列丛书的出版改变了亿万人的命运，对近代以来西方社会的道德风尚产生了很大的影响。本文以精辟的语言，清晰、简洁、明快地阐释了"与书为伴"的道理，结构严谨，论述深刻、富有哲理。诵读时，语调舒展、明快。

192. 论逆境　【英国】培根

"一帆风顺固然令人羡慕，但逆水行舟则更令人钦佩。"这是塞涅卡效仿斯多哥派哲学讲出的一句名言。确实如此。如果奇迹就是超乎寻常，那么它常常是在对逆境的征服中显现的。塞涅卡还说过一句更深刻的格言："真正的伟大，即在于以脆弱的凡人之躯而具有神性的不可战胜。"这是宛如诗句的妙语，其境界意味深长。

古代诗人在他们的神话中曾描写过：当赫克里斯去解救盗火种给人类的英雄普罗米修斯的时候，他是坐着一个瓦罐漂渡重洋的。这个故事其实也正是人生的象征：因为每一个基督徒，也正是以血肉之躯的孤舟，横游在波涛翻滚的人生海洋的。

面对幸运所需要的美德是节制，而面对逆境所需要的美德是坚韧，从道德修养而论，后者比前者更为难能。所以，《圣经》之《旧约》把顺境看作神的赐福，而《新约》则把逆境看作神的恩眷。因为上帝正是在逆境中才会给人以更深的恩惠和更直接的启示。

如果你聆听《旧约》诗篇中大卫的竖琴之声，你所听到的那并非仅是颂歌，还伴随有同样多的苦难哀音。而圣灵对约伯所受苦难的记载远比对所罗门财富的刻画要更动人。

一切幸福都绝非没有忧虑和烦恼，而一切逆境也都绝非没有慰藉与希望。

最美好的刺绣，是以暗淡的背景衬托明丽的图案，而绝不是以暗淡的花朵镶嵌于明丽的背景之上。让我们从这种美景中去汲取启示吧。

人的美德犹如名贵的檀木，只有在烈火的焚烧中才会散发出最浓郁的芳香。正如恶劣的品质会在幸福而无节制中被显露一样，最美好的品质也正是在逆境中而灼放出光辉的。

诵读导航

弗朗西斯·培根（1561—1626），英国文艺复兴时期最重要的散文家，英国近代唯物主义哲学家、思想家和科学家。主要著作有《新工具》《学术的进步》《新大西岛》等。本文选自《培根随笔》。本文运用大量优美、贴切的比喻和简练、生动的语言，阐明了逆境能够磨炼人的意志，使人练就美好品质的真谛，盛赞敢于迎接逆境挑战的人们，激励人们勇敢地面对逆境，战胜逆境。诵读时，突出悲壮豪放、坚定有力的情感基调。

193. 我为何而生　【英国】罗素

对爱情的渴望，对知识的追求，对人类苦难不可遏制的同情，是支配我一生的单纯而强烈的三种感情。这些感情如阵阵飓风，吹拂在我动荡不定的生涯中，有时甚至吹过深沉痛苦的海洋，直抵绝望的边缘。

我所以追求爱情有三方面的原因。首先，爱情有时给我带来狂喜，这种狂喜竟如此有力，以致使我常常会为了体验几小时的爱的喜悦，而宁愿牺牲生命中其他的一切。其次，爱情可以摆脱孤寂——身历那种可怕孤寂的人的战栗意识有时会由世界的边缘，观察到冷酷无生命的无底深渊。最后，在爱的结合中，我看到了古今圣贤以及诗人们所梦想的天堂的缩影，这正是我所追寻的人生境界。虽然它对一般的人类生活也许太美好，但这正是我透过爱情所得到的最终发现。

我曾以同样的感情追求知识，我渴望去了解人类的心灵，也渴望知道星星为什么会发光，同时我还想理解毕达哥拉斯的力量。

爱情与知识的可及领域，总是引领我到天堂的境界，可对人类苦难的同情却经常把我带回现实世界。那些痛苦的呼唤经常在我内心深处激起回响，饥饿中的孩子，被压迫被折磨着，给子女造成重担的孤苦无依的老人，以及全球无情的孤独、贫穷和痛苦的存在，是对人类生活理想的无视和讽刺。我常常希望能尽自己的微薄之力去减轻这不必要的痛苦，但我发现我完全失败了，因此我自己也感到很痛苦。

这就是我的一生，我发现人是值得活的。如果有谁再给我一次生活的机会，我将欣然接受这难得的赐予。

诵读导航

伯特兰·罗素（1872—1970），是20世纪英国哲学家、数学家、逻辑学家、历史学家，也是20世纪西方最著名、影响最大的学者和和平主义社会活动家之一。1950年，罗素获得诺贝尔文学奖，以表彰其"多样且重要的作品，持续不断的追求人道主义理想和思想自由"。他的代表作品有《幸福之路》《西方哲学史》等。《我为何而生》一文是作者为其晚年所撰自传而作的一则前言，以其饱含情愫的如椽巨笔，精要地概述了支配他一生的三种强烈的感情，表达了他对爱情与知识的执著追求，以及对人类和平与安宁的莫大关心，其洋溢在字里行间的博爱精神熠熠生辉，令人肃然起敬。诵读时应用坚定、自信的语调，突出作者的正义、良知、睿智、温情，多姿多彩，博大精深。

194. 阳光下的时光　【美国】约翰·布莱德列

"虽然我不是富甲天下，却拥有无数个艳阳天和夏日。"写这句话时，梭罗想起孩提时代的瓦尔登湖。

当时伐木者和火车尚未严重破坏湖畔的美丽景致。小男孩可以驶向湖中，仰卧于小舟中，自此岸缓缓漂向彼岸，周遭有鸟儿戏水，燕子翻飞。梭罗喜欢回忆这样的艳阳天和夏日。"这时，慵懒是最迷人也是最具生产力的事情！"

我也曾经是热爱湖塘的小男孩，拥有无数个艳阳天和夏日。如今阳光、夏日依旧，男孩和湖塘却已改变。那男孩已长大成人，不再有那么多时间泛舟湖上。而湖塘也为大城市所并。曾有苍鹭觅食的沼泽，如今已枯干殆尽，上面盖满了房舍。睡莲静静漂浮的湖湾，现在成了汽艇的避风港。总之，男孩所爱的一切都已不复存在——只留在人们的回忆中。

有些人坚持认为只有今日和明日是最重要的，可是如果真的照此生活，我们将是何等可怜！许多今日我们做的事是徒劳而不足取的，很快就会被忘记。许多我们期待明天将要做的事情却从来不会发生。

过去是一家银行，我们将最可贵的财产——记忆——珍藏其中。记忆赐予我们生命的意义和深度。

真正珍惜过去的人，不会悲叹旧日美好时光的逝去，因为藏于记忆中的时光永不流逝。死亡本身无法止住一个记忆中的声音，或擦去一个记忆中的微笑。对现已长大的那个男孩来说，那儿将有一湖水不会因时间和潮汐而改变，可以让他继续在阳光下享受安静时光。

诵读导航

约翰·布莱德列（1815—1870），19世纪美国著名的专栏作家、评论家、文学家，著有散文集《幸福时光》及新闻专著若干本。此文文字清新隽永、意蕴深厚绵长、哲思回味无穷……读后会让你在不觉中感受自然、体味人生，在享受中净化心灵、美化语言。诵读时，应突出舒缓、轻柔的语调。

195. 青春 【美国】塞缪尔·厄尔曼

青春不是年华，而是一种心态；不是玫瑰般的脸庞，红润的嘴唇和敏捷的双腿，而是坚韧的意志，丰富的想象力，以及无穷的激情；青春是生命深处的一股清泉。

青春意味着勇气多于怯懦，青春意味着喜欢冒险而讨厌安逸。拥有此种品质的人之中，六十岁的老人往往多于二十岁的年轻人。没有人只因年龄的增长而年老，人们往往因放弃理想而年老。

岁月可使肌肤长满皱纹，但放弃激情可使心灵布满灰尘。焦虑疑惑猜疑恐惧和沮丧——都会挫伤心灵，磨损意志。

不管是白发老人还是青春年少，每个人的心里皆有其喜欢之新奇事物，对星星和类似星星的东西皆有好奇之心，敢于挑战，对未知事物的孩子般的渴求之心乐于享受生活带来的乐趣。

我们因充满信心而变得年轻，因心存疑虑而变得年老；因自信而年轻，因心存恐惧而年老；因充满希望而年轻，因满怀沮丧而年老。

人人心里都有一座无线电台，只要接收到来自地球人类和宇宙的美好希望勇气庄严及力量，就会变得年轻。

当心灵的天线倒下，心如大雪般的悲观如冰块般的愤世嫉俗时，那时，惟有那时，我们将真正老去。

塞缪尔·厄尔曼（1840—1924），1840年生于德国，后移居美国，年届70才开始写作。本文就是他丰富社会阅历和人生体验对"青春"的最好诠释。这是一篇优美的散文，作者以理性深湛的思考、简练诗化的语言对"青春"作出了完美的解释。诵读时，把握高亢激越的感情基调，激发人们对生命的无限热爱，对希望的执著渴求。

196. 真实的高贵　【美国】海明威

风平浪静的大海上，每个人都是领航员。

但是，只有阳光而无阴影，只有欢乐而无痛苦，那就不是人生。以最幸福的人的生活为例——它是一团纠缠在一起的麻线。丧亲之痛和幸福祝愿彼此相接，使我们一会儿伤心，一会儿高兴，甚至死亡本身也会使生命更加可亲。在人生的清醒时刻，在哀痛和伤心的阴影之下，人们与真实的自我最接近。

在人生或者职业的各种事务中，性格的作用比智力大得多，头脑的作用不如心情，天资不如由判断力所节制的自制、耐心和规律。

我始终相信，开始在内心生活得更严肃的人，也会在外表上开始生活得更朴素。在一个奢华浪费的年代，我希望能向世界表明，人类真正需要的东西是非常之微小的。

悔恨自己的错误，而且力求不再重蹈覆辙，这才是真正的悔悟。优于别人，并不高贵，真正的高贵应该是优于过去的自己。

欧内斯特·米勒尔·海明威（1899—1961），美国小说家。凭借《老人与海》获得1954年诺贝尔文学奖，被誉为美利坚民族的精神丰碑，是"新闻体"小说的创始人，其笔锋以"文坛硬汉"著称。本文是一篇富含哲思的优美散文，表达了作者对人生的真实看法，对于我们探求人生有着很好的启迪作用。读后，不由让我们重新审视自己、认识自己，思索人生的风向标。诵读时，应用深沉而平缓的语调。

197. 我有一个梦想　【美国】马丁·路德·金

100年前，一位伟大的美国人——今天我们就站在他象征性的身影下——签署了《解放宣言》。这项重要法令的颁布，对于千百万灼烤于非正义残焰中的黑奴，犹如带来希望之光的硕大灯塔，恰似结束漫漫长夜禁锢的欢畅黎明。

然而，100年后，黑人依然没有获得自由。100年后，黑人依然悲惨地蹒跚于种族隔离和种族歧视的枷锁之下。100年后，黑人依然生活在物质繁荣瀚海的贫困孤岛上。100年后，黑人依然在美国社会中间向隅而泣，依然感到自己在国土家园中流离漂泊。所以，我们今天来到这里，要把这骇人听闻的情况公之于众。

从某种意义上说，我们来到国家的首都是为了兑现一张支票。我们共和国的缔造者在拟写宪法和独立宣言的辉煌篇章时，就签署了一张每一个美国人都能继承的期票。这张期票向所有人承诺——不论白人还是黑人——都享有不可让渡的生存权、自由权和追求幸福权。

然而，今天美国显然对她的有色公民拖欠着这张期票。美国没有承兑这笔神圣的债务，而是开始给黑人一张空头支票——一张盖着"资金不足"的印戳被退回的支票。但是，我们决不相信正义的银行会破产。我们决不相信这个国家巨大的机会宝库会资金不足。

因此，我们来兑现这张支票。这张支票将给我们以宝贵的自由和正义的保障。

我们来到这块圣地还为了提醒美国：现在正是万分紧急的时刻。现在不是从容不迫悠然行事或服用渐进主义镇静剂的时候。现在是实现民主诺言的时候。现在是走出幽暗荒凉的种族隔离深谷，踏上种族平等的阳关大道的时候。现在是使我们国家走出种族不平等的流沙，踏上充满手足之情的磐石的时候。现在是使上帝所有孩子真正享有公正的时候。

忽视这一时刻的紧迫性，对于国家将会是致命的。自由平等的朗朗秋日不到来，黑人顺情合理哀怨的酷暑就不会过去。1963年不是一个结束，而是一个开端。

如果国家依然我行我素，那些希望黑人只需出出气就会心满意足的人将大失所望。在黑人得到公民权之前，美国既不会安宁，也不会平静。反抗的旋风将继续震撼我们国家的基石，直至光辉灿烂的正义之日来临。

但是，对于站在通向正义之宫艰险门槛上的人们，有一些话我必须要说。在我们争取合法地位的过程中，切不要错误行事导致犯罪。我们切不要吞饮仇恨辛酸的苦酒，来解除对于自由的饥渴。

我们应该永远得体地、纪律严明地进行斗争。我们不能容许我们富有创造性的抗议沦为暴力行动。我们应该不断升华到用灵魂力量对付肉体力量的崇高境界。

席卷黑人社会的新的奇迹般的战斗精神，不应导致我们对所有白人的不信任——因为许多白人兄弟已经认识到：他们的命运同我们的命运紧密相连，他们的自由同我们的自由休戚相关。他们今天来到这里参加集会就是明证。我们不能单独行动。

当我们行动时，我们必须保证勇往直前。我们不能后退。有人问热心民权运动的人："你们什么时候会感到满意？"只要黑人依然是不堪形容的警察暴行恐怖的牺牲品，我们就决不会满意。只要我们在旅途劳顿后，却被公路旁汽车游客旅社和城市旅馆拒之门外，我们就决不会满意。只要黑人的基本活动范围只限于从狭小的黑人居住区到较大的黑人居住区，我们就决不会满意。只要我们的孩子被"仅供白人"的牌子剥夺个性，损毁尊严，我们就决不会满意。只要密西西比州的黑人不能参加选举，纽约州的黑人认为他们与选举毫不相干，我们就决不会满意。不，不，我们不会满意，直至公正似水奔流，正义如泉喷涌。

我并非没有注意到你们有些人历尽艰难困苦来到这里。你们有些人刚刚走出狭小的牢房。有些人来自因追求自由而遭受迫害风暴袭击和警察暴虐狂飙摧残的地区。你们饱经风霜，历尽苦难。继续努力吧，要相信：无辜受苦终得拯救。

回到密西西比去吧；回到亚拉巴马去吧；回到南卡罗来纳去吧；回到佐治亚去吧；回到路易斯安那去吧；回到我们北方城市中的贫民窟和黑人居住区去吧。要知道，这种情况能够而且将会改变。我们切不要在绝望的深渊里沉沦。

朋友们，今天我要对你们说，尽管眼下困难重重，但我依然怀有一个梦。这个梦深深植根于美国梦之中。

我梦想有一天，这个国家将会奋起，实现其立国信条的真谛："我们认为这些真理不言而喻：人人生而平等。"

我梦想有一天，在佐治亚州的红色山冈上，昔日奴隶的儿子能够同昔日奴隶主的儿子同席而坐，亲如手足。

我梦想有一天，甚至连密西西比州——一个非正义和压迫的热浪逼人的荒漠之州，也会改造成为自由和公正的青青绿洲。

我梦想有一天，我的四个小女儿将生活在一个不是以皮肤的颜色，而是以品格的优劣作为评判标准的国家里。

我今天怀有一个梦。

我梦想有一天，亚拉巴马州会有所改变——尽管该州州长现在仍滔滔不绝地说什么要对联邦法令提出异议和拒绝执行——在那里，黑人儿童能够和白人儿童兄弟姐妹般地携手并行。

我今天怀有一个梦。

我梦想有一天，深谷弥合，高山夷平，歧路化坦途，曲径成通衢，上帝的光华再现，普天下生灵共谒。

这是我们的希望。这是我将带回南方去的信念。有了这个信念，我们就能从绝望之山开采出希望之石。有了这个信念，我们就能把这个国家的嘈杂刺耳的争吵声，变为充满手足之情的悦耳交响曲。有了这个信念，我们就能一同工作，一同祈祷，一同斗争，一同入狱，一同维护自由，因为我们知道，我们终有一天会获得自由。

到了这一天，上帝的所有孩子都能以新的含义高唱这首歌：

我的祖国，可爱的自由之邦，我为您歌唱。这是我祖先终老的地方，这是早期移民自豪的地方，让自由之声，响彻每一座山岗。

如果美国要成为伟大的国家，这一点必须实现。因此，让自由之声响彻新罕布什尔州的巍峨高峰！

让自由之声响彻纽约州的崇山峻岭！

让自由之声响彻宾夕法尼亚州的阿勒格尼高峰！

让自由之声响彻科罗拉多州冰雪皑皑的洛基山！

让自由之声响彻加利福尼亚州的婀娜群峰！

不，不仅如此；让自由之声响彻佐治亚州的石山！

让自由之声响彻田纳西州的望山！

让自由之声响彻密西西比州的一座座山峰，一个个土丘！

让自由之声响彻每一个山冈！

当我们让自由之声轰响，当我们让自由之声响彻每一个大村小庄，每一个州府城镇，我们就能加速这一天的到来。那时，上帝的所有孩子，黑人和白人，犹太教徒和非犹太教徒，耶稣教徒和天主教徒，将能携手同唱那首古老的黑人灵歌："终于自由了！终于自由了！感谢全能的上帝，我们终于自由了！"

诵读导航

马丁·路德·金（1929—1968），美国黑人律师，著名黑人民权运动领袖。一生曾三次被捕，三次被行刺，1964年获诺贝尔和平奖。1968年被种族主义分子枪杀。他被誉为近百年来八大最具有说服力的演说家之一。1963年他领导25万人向华盛顿进军"大游行"，为黑人争取自由平等和就业。马丁·路德·金在游行集会上发表了这篇著名演说，迫使美国国会在1964年通过《民权法案》，宣布种族隔离和种族歧视政策为非法政策。演讲者在文中多次重复使用"我梦想有一天"，强力且有说服力地描述了一幅黑人与白人有一天能和平且平等共存的远景图画。诵读时，应用慷慨激昂的语调，读出作者饱满充沛的情感以及梦想终将实现的坚定执著。

第四篇

诵读范例

诵读的步骤

（1）清除文字障碍，搞清楚诵读作品中的生字、生词、成语典故、语句等的含义，正确读出每一个字音，做到口齿清楚、咬字清晰。

（2）熟悉诵读作品，把握作品的思想内容和精神实质。

① 了解作者当时的思想和作品的时代背景。

② 深刻理解作品的主题。

③ 根据不同体裁作品的特点，熟悉作品的内容和结构。

（3）设计诵读方案，通过语音的具体形象把诵读作品的思想感情表达出来。

① 根据不同文体，不同题材，不同语言风格，来确定诵读的基调。

② 运用诵读的基本技巧，即运用准确的停连、轻重音的变化、和谐鲜明的节奏、声音语调的高低强弱，确定作品的高潮，安排作品的快慢、高低、重音和停顿等。把作品的意蕴清楚地传述出来，把作者的感情细致地表达出来。

③ 运用诵读符号。诵读者在分析体味文字作品的准备工作中，为了清楚准确地表达作品的中心思想和更好地实现朗读目的，往往在文字中做些标记，以提醒自己注意。我们把这些标记称做"诵读符号"。目前，诵读符号还没像标点符号那样，有着统一的标准。我们本着切实可行，有益于诵读和便于操作的原则，用如下的符号来标注。

停顿："/"用于没有标点符号地方的停顿，表示时间停顿很短（小停顿）；"//"用于没有标点符号地方的停顿，表示时间停顿略长（中停顿）；"///"用于有标点符号地方的停顿，表示停顿时间再长些（大停顿）。

连接："⌒"用于有标点符号的地方，表示缩短停顿的时间，连起来读。

轻重："【】"表示重音；"〖〗"表示次重音；"〈〉"表示轻音；"{}"表示重音轻读。

语调："→"表示平调；"↑"表示升调；"↓"表示降调；"↘"表示曲调（降升调）；"↗"表示曲调（升降调）。

语气："<"表示语气渐强；">"表示语气渐弱；"…"表示语气延长。

语速:"≤"表示快速;"≥"表示慢速;"="表示中速;"+≤"表示渐快;"−≥"表示渐慢。

"～"表示颤音。"▲"表示长句末尾重读。"<"表示渐无。

示例1:诵读《春》

《春》是朱自清(1898—1948)写的一篇优美的散文,作者抓住了春天景物的主要特征,通过比喻、拟人等艺术手法,准确、生动地描绘了盼春图、绘春图、颂春图,道出了对春天的喜爱之情,赞美、抒唱春的创造力和带给人们以无限希望,从而激励人们在大好春光里辛勤劳作、奋然向前,抒发了作者对春天的赞美,表达了热爱生活和积极进取的情怀。全文的基调是对春的喜爱,整体节奏为轻快型,中间又有舒缓型交错,形成文章节奏回环往复的特点。在诵读的时候,要带着欣喜的语气去读,咬字不宜过重,语调上扬,语速可稍快,但不宜匀速,要有快有慢,有张有弛,努力做到情景再现。

春

春 朱自清

【盼望】着,⌒【盼望】着↑,【东风】/来了,⌒【春天的脚步】/〈近了〉。

这一段用舒缓节奏诵读。重读"盼望着,盼望着",诵读时要充满期待,速度较快,语调上扬,后一句语气要比前一句更加强烈。诵读"春天的脚步"后面用一个强调性停顿,重读"东"字,要读出对春天到来的欣喜之情。用舒缓而亲切的语气把"近"字读得略重一点。

一切都像/【刚睡醒】的样子，【欣欣然】/【张】开了眼。山/【朗润】起来了，水/【涨】起来了，太阳的脸/【红】起来了。

小草/{偷偷}地/从土里/{钻}出来，【嫩嫩】的，【绿绿】的。【园子】里，⌒【田野】里，瞧去，【一大片一大片】/【满是】的。【坐】着，【躺】着，【打】两个滚，【踢】几脚球，【赛】几趟跑，【捉】几回迷藏。风/【轻悄悄】的，草/【软绵绵】的。

桃树↓，杏树↑，梨树↓～，你【不让】我，⌒我【不让】你，都【开满】了花赶趟儿。红的/【像火】↑，粉的/【像霞】→，白的/【像雪】↓。花里带着【甜味】；【闭】了眼，树上仿佛已经【满是桃儿】，⌒【杏儿】，⌒【梨儿】。花下成千成百的【蜜蜂嗡嗡】的闹着，大小的【蝴蝶飞来飞去】。野花遍地是：杂样儿，→【有】名字的↓，⌒【没】名字的↑，散在草丛里【像眼睛】，【像星星】，还【眨】呀【眨】的。

"{吹面/不寒杨柳风}。"不错的，像【母亲的手】/{抚摸}着你。风里带来些/【新翻】的/【泥土】的气息，【混着】/【青草味儿】，还有各种/花的香，都在微微润湿的空气里/【酝酿】。【鸟儿】/将巢/安在繁花嫩叶当中，【高兴】/起来，呼朋引伴地【卖弄】/

这一段是对春天总体景象的勾勒，也是绘春的开始，应用轻快型节奏，程度稍轻，并逐渐递增。"一切"后略作停顿，"刚睡醒""张开"为强调性重音，"朗润""涨""红"为强调性重音，要读出欣喜之情。

绘春图首先从草写起，节奏为舒缓型与轻快型交错。"偷偷地""钻"为强调性重音，要重音轻读。"嫩嫩的""绿绿的"为比喻性重音，读"满"字时气息饱满，体会小草迅速蔓延的情景。"坐着，躺着"是一组，中速，"打两个滚，踢几脚球，赛几趟跑，捉几回迷藏"是一组，节奏变得欢快了，要读出人们在春景中尽情欢乐的情景。"风轻悄悄的，草软绵绵的"，应放慢节奏，读出人们被美好的春景陶醉的情景。

这是一幅绝妙的春花图，整段节奏为轻快型。"红的像火，粉的像霞，白的像雪"三句中的标点不停顿，读出花儿闹春的气氛来。"像眼睛，像星星"两句中的标点不停顿。

春风图是绘春的第三个步骤，节奏为轻快型中交织着舒缓型。"抚摸"是触觉的感受，为重音轻读，要读出春风的温柔。用抒情的色彩，舒缓的语气读"风里带来些新翻的泥土的气息，混着青草味儿，还有各种花的香"这几句，读时突出嗅觉方面的感受。读鸟语、笛韵互相应和时，突出听觉方面的感受。

【清脆】的喉咙，⌒【唱】出／【婉转】的【曲子】，⌒跟清风流水／【应和】着。牛背上牧童的／【短笛】，【这】时也成天【嘹亮】＜地／响着。

雨／是【最寻常】的，一下就是【三两天】。可【别恼】。看，【像牛毛】，【像花针】，【像细丝】，密密地【斜织】着，人家屋顶上【全】笼着【一层薄烟】。树叶／却【绿】得【发亮】，小草／也青得【逼】你的眼。傍晚时候，上灯了，一点点【黄晕】的光，烘托出一片【安静】而【和平】的夜。在乡下，小路上，⌒石桥边，有【撑着伞】{慢慢}走着的人，地里还有【工作】的农民，【披】着蓑／【戴】着笠。他们的房屋，【稀稀疏疏】的，在雨里／{静默}着。

天上的【风筝】／渐渐多了，地上的【孩子】／也多了。城里乡下，⌒家家户户，⌒老老小小，也【赶趟似】的，一个个【都出来了】。【舒活舒活】筋骨，【抖擞抖擞】精神，【各做各】的一份事儿去。"一年之计／在于【春】"，刚起头儿，【有的】是功夫，【有的】是希望。

春天／【像刚落地】的【娃娃】，从头到脚【都】是【新】的，它／【生长】着。↑

春天／【像小姑娘】，【花枝招展】的，【笑】着【走】着。↑

春天／【像健壮】的【青年】，有【铁一般】的胳膊和腰脚，领着我们上／前／去。

春雨图是绘春的第四个步骤，节奏为轻快型与舒缓型交错，为下一段作铺垫。"别恼"是转折性重音。"像牛毛，像花针，像细丝"，三个比喻从小到大，声音的走势由低到高。在诵读时，要用气声托出，读出烟雨迷蒙那种情景。"绿""逼"为情感性重音。从"傍晚时候"开始，节奏变得舒缓，"慢慢""静默"应重音轻读，读出人们在雨中的惬意。

最后描绘的是迎春图，节奏为轻快型，程度稍中。两个"多"字，一个比一个读得重，要读出孩子们无限喜悦之情。从"城里乡下"这句开始节奏更加轻快了，读出春天给所有人带来的青春活力。两个"有的"的重读，读出春天带给人们的无限美好希望。

这是文章的第三个部分颂春，节奏为轻快型。三个排比句，概括春天的风貌，进一步点明题旨。语气色彩应是逐渐加重，程度依次为轻、中、重。"新的，它生长着"要模仿小孩，读得声音清脆；"笑着，走着"应该适当拉长，展现小姑娘的"花枝招展"；"上前去"应一字一顿，气息饱满，坚定有力，表达了自己要珍惜大好春光，努力"上前去"的心情。

示例2：诵读《别了，我爱的中国》

《别了，我爱的中国》是郑振铎（1898—1958）写的一篇文道兼美的抒情散文。它描述了1927年大革命失败后作者被迫离别祖国时的所见所闻、所思所感，抒发了作者热爱祖国、报效祖国的强烈感情。全文的基调是缓慢的，但语气随着情感的增强也在不断地变化过程中。

别了，我爱的中國

别了，我爱的中国　郑振铎

别了，我爱的中国，↑我全心爱着的／中国！↑我倚在高高的船栏上，看着船渐渐地离岸了，船和岸之间的水面渐渐地宽了，↓我看着许多亲友挥着帽子，挥着手，说着：／"再见，再见！"我听着鞭炮劈劈啪啪地响着，我的眼眶湿润了，我的眼泪已经滴在眼镜面上，镜面模糊了。我有一种说不出的感动。↓

船慢慢地向前驶着，沿途停着好几只灰色和白色的军舰。【不，那不是】悬挂着【我们】的国旗的，那是【帝国主义】的军舰。↘

两岸是黄土和青草，再过去是地平线上几座小岛。→海水满盈盈的，照在夕阳之下，浪涛像顽皮的小孩儿似的跳跃不定，水面上一片金光。→

别了，我爱的中国，↑我全心爱着的中国！↑

我不忍离了中国而去，更不忍在这个大时代中放弃自己应做的工作而去。↓许多亲爱的勇士正在用他们的血和汗建造着新的中国，→正以满腔热情工作着，战斗着。↓我这样不负责任地离开中国，真是一个／罪人！

第一句要读得缓慢深沉。在诵读这段时，要用低沉、缓慢、留恋的语气，读出"我"的惜别之情。

第一句要读得低沉，悲愤。"不，那不是""我们""帝国主义"为重音。要读出对侵略者的愤慨之情。

这一自然段表达的是对祖国的热爱，在诵读时，要由上段的悲愤、激昂转为亲切、中速，要读出对祖国的亲切、热爱之情。

这一句要读得亲切深情。

用自责内疚的语气诵读，由激昂转入低沉。

然而，/我终将在这大时代中工作的，↓我终将为中国而努力，而贡献我的身、我的心。↓我离开中国，为的是求得更好的经验，求得更好的战斗的武器。↓暂别了，→暂别了，→在各方面斗争着的勇士们，↑我不久将以更勇猛的力量加入到你们当中来！↘

当我归来的时候，↓我希望/这些帝国主义的军舰/都不见了，代替他们的/是悬挂着我们的国旗的/伟大的中国舰队。↓如果它们那时候还没有退出中国海，还没有被我们赶出去，那么，↑来，↑勇士们，我将加入你们的队伍，↓以更【勇猛】的力量，去【驱逐】它们，【毁灭】它们！

这是我的誓言！↓

别了！↓我爱的中国，↑我全心爱着的中国！↗

用暂别的语气诵读，要读得激动、高昂、渐快。

这一自然段要用铿锵有力、坚定高昂的语调诵读，抒发爱国志士的奋斗情感。"勇猛""驱逐""毁灭"为重音，从"勇猛""驱逐"到"毁灭"的语气由轻到重，表达作者报效祖国，愿为之献身的壮志豪情。

这句要读得坚决、激昂。

示例3：诵读《听潮》

《听潮》是鲁彦（1901—1944）写的抒情散文，以"听"字统领全文，贯穿始终。以"我"和"妻子"观赏大海的落潮→涨潮→高潮为线索，描绘了海睡图、海醒图、海怒图这三幅大海图，展现了大海独特而完整的形象，通过对大海的描绘，抒发了作者对大海伟大力量的赞美之情。诵读时要把握全文欣幸、激昂的感情基调，要根据作者由轻松、平和到兴奋、欢快，最后归于平静的情绪变化，用"平静舒缓——轻松柔和——急速炽烈——感慨赞美"的语气语调将文章的抒情脉络清晰地呈现出来。确定关键句子中的重音、节奏和语调。既读出大海落潮时的阴柔美，又读出大海涨潮时的阳刚美。

聽潮

听潮 鲁彦

一年夏天，我和妻坐着海轮，到了一个有名的岛上。

这里是佛国，全岛周围三十里内，除了七八家店铺以外，全是寺院。岛上没有旅店，每一个寺院都特设了许多房间给香客住宿。而到这里来的所谓香客，有很多是游览观光的，不全是真正烧香拜佛的香客。

我们就在一个比较幽静的寺院里选了一间房住下来，——这是一间靠海湾的楼房，位置已经相当的好，还有一个露台突出在海上，早晚可以领略海景，尽够欣幸了。

每天潮来的时候，听见海浪冲击岩石的音响，看见空际细雨似的，朝雾似的，暮烟似的飞沫升落；有时它带着腥气，带着咸味，一直冲进我们的窗棂，黏在我们的身上，润湿着房中的一切。

"现在这海就完全属于我们的了！"当天晚上，我们靠着露台的栏杆，赏鉴海景的时候，妻欢心地呼喊着说。

大海上一片【静寂】。在我们的脚下，波浪轻轻吻着岩石，像【朦胧欲睡】似的。在【平静】的【深黯】的海面上，月光辟开了一款狭长的【明亮】的云汀，【闪闪】地【颤动】着，银鳞一般。远处灯塔上的红光镶在黑暗的空间，像是一颗红玉。它和那海面的银光在我们面前揭开了海的神秘，——那不是狂暴的不测的可怕的【神秘】，而是【幽静】的【和平】的【愉悦】的神秘。我们的脚下仿佛【轻

这一自然段宜用饱满的气息，高昂的声音，读出兴奋的心情。

这一自然段宜用轻柔的语音，舒缓的语调和缓慢的语速来诵读，读出大海落潮时的温柔美。重读"静寂""朦胧欲睡""平静""深黯""明亮""闪闪""颤动""神秘""幽静""和平""愉悦""轻松"，读出一种神秘的境界。

松】起来，平静地，宽廓地，带着欣幸与希望，走上了那银光的路朝向红玉的琼台走了去。

这时候，妻心中的喜悦正和我一样，我俩一句话都没有说。

海在我们脚下【沉吟】着，诗人一般。那声音仿佛是【朦胧】的月光和【玫瑰】的晨雾那样【温柔】；又像是【情人】的蜜语那样【芳醇】；低低地，轻轻地，像【微风】指过琴弦；像【落花】飘零在水上。

海睡熟了。

大小的岛拥抱着，偎依着，也静静地恍惚入了梦乡。

星星在头上眨着慵懒的眼睑，也像要睡了。

许久许久，我俩也像入睡了似的，停止了一切的思念和情绪。

不晓得过了多少时候，远寺的钟声突然【惊醒】了海的酣梦，它【恼怒】似的激起波浪的兴奋，渐渐向我们脚下的岩石【掀】过来，发出汩汩的声音，像是谁在海底吐着气海面的银光跟着晃动起来，银龙样的。接着我们脚下的岩石上就像铃子、铙钹、钟鼓在奏鸣着，而且声音愈响愈大起来。

没有风。海自己【醒】了，【喘】着气，【转】侧着，【打】着呵欠，伸着懒腰，【抹】着眼睛。因为岛屿挡住了它的转动，它狠狠的用脚【踢】着，用手【推】着，用牙【咬】着。它一刻比一刻兴奋，一刻比一刻用劲。岩石也仿佛渐渐战栗，发出抵抗的噪叫，击碎了海的鳞甲，片片飞散。

这一自然段应把拟人词句读得亲切、缓慢、温柔而带朦胧之感，使人感受到海睡的温柔美，想象出大海的宽广宁静。用轻柔、舒缓的语调和略带喜悦的心情诵读，读出海的静谧。读这一句要用很轻、很慢的语调和节奏。

诵读10～12这3个自然段，要用轻柔、缓慢的语调和语速。

在诵读这一自然段时，重读"惊醒""恼怒""掀"这些词语。

在诵读这一自然段时，感情是急躁的，气息是冲撞的，声音是有力的，速度也稍快，更节奏比前一段更昂扬一些，明快一些。重读"醒""喘""转""侧""打""伸""抹""踢""推""咬"这些动词。这是由慢向快的转换期。

海终于【愤怒】了。它【咆哮】着，猛烈地【冲向】岸边【袭击】过来，【冲进】了岩石的罅隙里，又【拨剌】着岩石的壁垒。

在诵读这一自然段时，语音加重，语调高昂，声音要洪亮并充满张力，将大海的气势读出来。让人领略大海咆哮时的雄壮美。重读"愤怒""咆哮""冲向""袭击""冲进""拨剌"这些词。

音响就越大了。＋≤战鼓声，金锣声，呐喊声，叫号声，啼哭声，马蹄声，车轮声，机翼声，掺杂在一起，像千军万马↑【混战】了起来。

这一自然段语句对仗工整，句式整齐，作者用了排比的句式，表现出大海的磅礴气势。诵读时，需要用越来越快的语速，再现震天的响声和想象中的混战场面。按照声音越来越大，语气越来越急的规律读，最后在"千军万马"上提高音调并加重"混战"的语气，读出紧张、混乱的气氛。

银光消失了。海水疯狂地【汹涌】着，【吞没】了远近大小的岛屿。它从我们的脚下【扑】了过来，响雷般地怒吼着，一阵阵地将满含着血腥的浪花泼溅在我们的身上。

诵读这一自然段时，要强调"汹涌""吞没""扑"这几个动词。

13～17段这5自然段描绘的是一幅从海睡到海醒的画面，作者用拟人的手法，写海由"恼怒"到"愤怒"，发出的声响越来越大，像千军万马混战了起来，显得气势雄浑，这部分适宜用热烈、激昂、奋进的语调、明快的节奏和快速来诵读。声音由低到高，由轻到重，节奏由缓慢到急骤，强劲而有力，感情激越慷慨，读出一曲雄壮的海的交响乐。

"彦，这里会塌了！"妻战栗起来叫着说，"我怕！"

"怕什么。【这】是伟大的乐章！海的【美】就在【这里】。"我说。

退潮的时候，我扶着她走近窗边，指着海说："一来一去，来的时候凶猛；去的时候又多么平静呵！一样的美。"

将重音放在"这"一字上，读出海潮磅礴愤怒的状态。重读"这里""美"读出大海汹涌澎湃的气魄。

然而她怀疑我的话，她总觉得那是使她恐惧的。但为了我，她仍愿意陪着我住在这个危楼。

我喜欢海，溺爱着海，尤其是潮来的时候。因此即使是伴妻一道默坐在房里，从闭着的窗户内听着外面隐约的海潮音，也觉得满意，算是尽够欣幸了。

作者直抒胸臆，抒发了他溺爱大海的感情，在诵读时，要语调舒缓、满怀深情。

示例4：诵读《火烧云》

《火烧云》是著名女作家萧红（1911—1942）写的一篇状物抒情散文，主要写了夕阳西下时火烧云颜色和形状的变化，以及人们看到火烧云时欣喜的心情。全文描写细致动人、妙趣横生、想象丰富、意境优美，给人以美的熏陶。在诵读时，要语调高昂，速度较快，节奏是轻快型。

火烧雲

火烧云　萧红

晚饭过后，火烧云上来了……。霞光照得小孩子的脸红红的。大白狗变成了红的了……，红公鸡变成金的了……，黑母鸡变成紫檀色的了……。喂猪的老头儿在墙根靠着，笑盈盈地看着他的两头小白猪变成小金猪了……。他刚想说："你们也变了……"旁边走来一个乘凉的人，对他说："您老人家必要高寿，您老是金胡子了……。"

把文中七个"了"字的读音适当延长，读成近似"啦"的读音，读出人们特别高兴的心情。

天空的云从西边【一直】……烧到东边，－≥红彤彤的，好像是天空着了火。

"一直"要重读，读音稍微地拖长，突出铺天盖地的壮观之美。"红彤彤的"缓慢读；"着了火"读出惊奇的意思。

这地方的火烧云变化极多，+≤一会儿红彤彤的，+≤一会儿金灿灿的，+≤一会儿半紫半黄，+≤一会儿半灰半百合色。葡萄灰，梨黄，茄子紫，这些颜色天空〖都有〗，还有些〖说也说不出来〗、〖见也没见过〗的颜色。

这自然段写颜色变化又多又快，要用高低起伏的语调，急切的语气，稍快的速度，读出火烧云变化时的奇异的色彩美，读出惊奇、高兴之情。"极多"重读，读出火烧云变化之多。四个"一会儿"，在诵读时要逐渐加快语速，以渲染颜色变化之快。"红彤彤"的"彤"单独念读"tóng"，在"红彤彤"这个ABB结构词时的组里发生变调，应读作"hóng tōng tōng"。"都有""说也说不出来、见也没见过"读得稍重一点，语速稍慢一点。

一会儿，天空出现一匹马，马头向南，马尾向西。马是跪着的，

诵读"天空出现一匹马"时，要读出喜悦之情；诵读"等人骑上它的背"时，要读出神往之情；诵读"那匹马就变模糊了"时，要读

像是在等着有人骑到它背上，它才站起来似的。过了两三秒钟，那匹马大起来了，马腿伸开了，马脖子也长了，一条马尾巴可不见了。看的人正在寻找马尾巴，那匹马就变模糊了。

忽然又来了一条大狗。那条狗十分凶猛，它在前边跑着，后边似乎还跟着好几条小狗。跑着跑着，小狗不知跑到哪里去了，大狗也不见了。

接着又来了一条大狮子，跟庙门前的大石头狮子一模一样，也是那么大，也是那样蹲着，很威武很镇静地蹲着。可是一转眼就变了。要想再看到那头大狮子，怎么也看不到了。

一时恍恍惚惚的，天空里又像这个，又像那个，其实什么也不像，什么也看不清了。可是天空偏偏不等待那些爱好它的孩子。一会儿工夫，火烧云下去了。

出失望之情。

诵读"又来了一条大狗"时，要读出惊喜之情；诵读"大狗也不见了"时，要读出惋惜之情。

诵读"又来了一条大狮子"时，要读出惊喜之情；诵读"怎么也看不到了"时，要读出惋惜之情。

诵读这自然段时，要读出云的变化之快以及作者的惋惜之情。

示例5：诵读《卖火柴的小女孩》

《卖火柴的小女孩》是丹麦著名童话作家安徒生（1805—1875）写的一篇童话故事。写的是一位卖火柴的小女孩在大年夜冻死街头的故事。诵读这篇童话的基调应该是低沉而富于启发性的。低沉是为了烘托悲惨的气氛，启发性是为了引起人们深思造成小女孩悲惨命运的社会原因。诵读的基本语调应为低沉缓慢。当然，在具体诵读时还要在大致统一的基本语调语气中，根据故事情节的展开和发展变化和再想象获得的真切感受的实际，适当变换语调和语气，读出悲伤、同情、愤恨的语气，体会到作者对小女孩的深切同情和对资本主义制度的不满。

賣火柴的小女孩

卖火柴的小女孩　【丹麦】安徒生

天／【冷】极了，下着【雪】，又快黑了。→这／是一年的【最后】一天——大年夜。↓在这又【冷】又【黑】的晚上，一个【光】着头【赤】着脚的小女孩／在街上走着。→她从家里出来的时候还穿着一双拖鞋，但是／有什么用呢？↑那是一双／【很大】的拖鞋——【那么】大，一向是她妈妈穿的。↓她／穿过马路的时候，两辆马车飞快地+≤冲过来，吓得她把鞋都跑掉了。↓一只怎么也找不着，另一只叫一个男孩捡起来拿着跑了。↓他说，将来他有了孩子可以拿它／当摇篮。↑

小女孩／〈只好〉赤着脚走，一双小脚冻得－≥红〈一块〉－≥青〈一块〉的。↓她的旧围裙里／兜着【许多】火柴，手里／还拿着【一把】。这【一整天】，谁也没买过她／【一】根火柴，谁也没给过她【一】个钱。↘

可怜的小女孩！她又【冷】又【饿】，{哆哆嗦嗦}地向前走。↓雪花落在她的金黄的长头发上，那头发打成卷儿披在肩上，看上去很美丽，不过她没注意这些。↓每个

在诵读这一自然段时，要气沉声缓，多用降调。第一句"天"后作短暂停顿，用重读的方式突出全句的主要重音"冷""雪"，句末"黑"字用虚声，同时拖长音节，句调下降，表现渲染"冷"的气氛。第二句强调"最后"二字，因为这一天既是一年的"最后"一天（大年夜），同时更是小女孩在这个世界的"最后"一天；破折号停顿时间稍长，然后缓缓读出"大年夜"。第三句中重读"冷""黑"，这是对环境的描写；重读"光""赤"，这是对小女孩的描写。接着写小女孩穿着拖鞋。试想，在这漆黑、寒冷的大年夜，小女孩光着头、赤着脚，穿的还是拖鞋，而且还是很大的、妈妈穿的拖鞋！在诵读时，"但是"后稍顿，"很大""那么"重读。后面写小女孩穿过马路，两辆马车冲过来。因为马车是"冲"过来的，所以在诵读这句时，速度要快，节奏要强。在诵读男孩嘲弄小女孩的话时，不能用轻松、活泼语气，因为要想到当时小女孩所处的环境和遭遇，语气应是严肃而沉重的。

诵读这一自然段时，第一句用降调，"只好"轻读，表现小女孩的无奈、可怜；"红""青"要读得稍慢，力度不要过强，否则就会使哀怜同情的语气变为喜欢赞扬的语气了；两个"一块"要轻读。第二句重读"许多""一把"，表现火柴之多。第三句中的"一整天""一根火柴""一个钱"是对小女孩卖火柴时间长，但却毫无收获的困苦现实表示同情怜悯的重点词，要重读；两个"谁"拖长音节，要读得意味深长，两个"一"要突出重读。

诵读这一自然段时，第一句读成降调，句尾用弱拖音。第二句"又冷又饿"中间用拖音停顿，"冷""饿"重读，"哆哆嗦嗦"重音轻读。第三句是对小女孩美丽外表的描写，语速稍慢，"很美丽"语调稍高，"不过她没注意这

窗子里都透出灯光来，街上飘着一股烤鹅的香味，因为这是大年夜——她可忘不了【这个】。↓

她／在一座房子的墙角里／坐下来，蜷着腿缩成一团。↑她觉得【更】冷了。↓她不敢回家，因为她没卖掉【一根】火柴，没挣到【一个】钱，↓爸爸一定会【打】她的。↓再说，家里跟街上【一样】冷。↑他们头上【只有】个房顶，虽然最大的裂缝已经用草和破布堵住了，风／【还是】可以【灌】进来。↓

她的一双小手／几乎冻僵了。↓啊，哪怕一根小小的火柴，对她／也是有好处的！↓她敢从成把的火柴里抽出一根，在墙上擦燃了，来暖和暖和自己的小手吗？↑她终于抽出了一根。↓哧！火柴燃起来了，冒出火焰来了！她把小手拢在火焰上。多么温暖多么明亮的火焰啊，简直像一支小小的蜡烛。这是一道奇异的火光！小女孩觉得／自己好像坐在一个大火炉前面，火炉装着闪亮的铜脚和铜把手，烧得旺旺的，暖烘烘的，多么舒服啊！↓哎，这是怎么回事呢？↑她刚把脚伸出去，想让脚也暖和一下，火柴灭了，火炉不见了。↓她坐在那儿，手里／只有一根烧过了的／火柴梗。↓

她又擦了一根。火柴燃起来了，发出亮光来了。亮光落在墙上，那儿忽然变得像薄纱那么透明，她可以一直看到屋里。↓桌上铺着雪白的台布，摆着精致的盘子和碗，肚子里填满了苹果和梅子的

些"语音稍压低。第四句所描写的窗子里透出的温暖的灯光、街上飘着的烤鹅的香味，这一切温馨、幸福离小女孩是这样近，但又这样远！在诵读时，心中要想到小女孩此时的处境，节奏缓慢，语调较沉重；"她"后稍顿，"这个"重读。重读"更""一根""一个""打""一样""只有""还是""灌"这些词语。

第5～7自然段分别写了小女孩的三个幻想和三次幻想的破灭。诵读幻想的文字，声音上扬、有力，语气、语调多变，语速加快，以表现小女孩对美好幸福生活的向往之情。但要注意声音不要过亮、过高、过响，要符合全篇总体的情感基调，因为这一切毕竟是小女孩的"幻想"，并不是真实的现实。幻想破灭后的现实描写，在诵读时，要注意与幻想的对比，要迅速调整感情态度，可多用虚声、气声，速度缓慢，语气深沉压抑，充满失望和怅惘。

重读"更妙的是""摇摇摆摆""一直"，读出烤鹅的美妙、有趣、诱人来。

烤鹅正冒着香气。↓【更妙的是】这只鹅/从盘子里/跳下来，背上插着刀和叉，【摇摇摆摆】地在地板上走着，【一直】向这个穷苦的小女孩走来。这时候，火柴又灭了，她面前只有一堵又厚又冷的墙。↑

她/又擦着了一根火柴。这一回，她坐在美丽的圣诞树下。这棵圣诞树，比她去年圣诞节透过富商家的玻璃门看到的还要大，还要美。↑【翠绿】的树枝上点着几千支【明晃晃】的蜡烛，许多幅美丽的彩色画片，跟挂在商店橱窗里的一个样，在向她【眨眼睛】。小女孩向画片伸出手去。↓这时候，火柴又灭了。↓只见圣诞树上的烛光越升越高，最后成了在天空中闪烁的星星。有一颗星星落下来了，在天空中划出了一道细长的红光。↓

"有一个什么人/快要死了。"小女孩说。唯一疼她的奶奶活着的时候告诉过她：一颗星星落下来，就有一个灵魂/要到上帝那儿去了。↘

她/在墙上又擦着了一根火柴。↓这一回，火柴把周围【全】照亮了。↓【奶奶】/出现在亮光里，是那么【温和】，那么【慈爱】。↓

"奶奶！"↑小女孩叫起来，"啊！请把我带走吧！我知道，火柴一灭，您就会不见的，像那暖和的火炉，喷香的烤鹅，美丽的圣诞树一个样，就会不见的！"↓

重读"翠绿""明晃晃""眨眼睛"，突出圣诞树的美。

在诵读"有一个……死了"这句时，要读出自言自语的语气，这句预示着小女孩悲惨的命运，语调要低。诵读奶奶曾对她说的话，可适当模仿老年人的语气，语气慈爱、温和、速度缓慢，并要读得深沉含蓄。诵读这自然段时，"全""奶奶""温和""慈爱"词语要重读。

这一自然段是小女孩发自内心的、悲哀的、最后的呼喊，在现实中备受冷漠、歧视、饥饿、寒冷等各种痛苦的小女孩是多么渴望得到亲人的温暖、关怀和爱抚啊！小女孩又是多么害怕最疼爱她的奶奶也像此前的幻想一样很快就消失了！在诵读时，速度渐快，停顿缩短，声音响亮上扬，语气中充满乞求，可略带颤音甚至哭腔。读出女孩哀求、急切、哀伤的心情。

她【赶紧】擦着了【一大把】火柴，要把奶奶留住。↓一大把火柴发出【强烈】的光，照得跟【白天】一样明亮。奶奶从来没有像现在这样【高大】，这样【美丽】。↓奶奶把小女孩【抱】起来，【搂】在怀里。↓她们俩／在光明和快乐中／飞走了，－≥越飞越高，飞到那没有寒冷，没有饥饿，也没有痛苦的／地方／去了。↘≺

在诵读这一自然段时，"赶紧""一大把""强烈""白天""高大""美丽""抱""搂"要重读。最后一句，表面看似乎基调应是幸福的、快乐的，而实际上是令人感到异常痛苦、悲惨的。在诵读时，可用柔和的嗓音，内紧外松的节奏，越读越慢，越读越轻，读"飞到那没有寒冷，没有饥饿，没有痛苦的地方去了"时，要语调轻，语速慢。读至"去了"的"了"时，已经几乎没有声音了，好像小女孩真的和奶奶一起越飞越远了。这句之后，要加上一个较长的停顿，给听者体会、思索的想象空间。

第二天清晨，这个小女孩坐在墙角里，两腮通红，嘴上带着／微笑。她／死了，↓在旧年的大年夜冻死了。↓新年的太阳升起来了，照在她小小的尸体上。↓小女孩坐在那儿，手里／还捏着一把／烧过了的火柴梗。

"她／想给自己暖和一下……"人们说。谁也不知道她曾经看到过／【多么美丽】的东西，她曾经【多么幸福】／跟着她奶奶／一起／走向【新年的／幸福】中去。↘

在诵读第一句时，语调要低，声音不要大，语速缓慢，停顿增多。在诵读第二句时，语气凝重，语调低沉，但又要饱含悲愤交加的感情。之所以要增加停顿，是因为不忍说出这样美丽可爱的小女孩竟然在大年夜冻死街头这样一个残酷的事实。

在诵读这一自然段时，"多么美丽""多么幸福""新年的幸福"要用缓慢的速度予以重读，以引起听者的深思。

示例6：诵读《海燕》

《海燕》是一篇著名的散文诗，它是高尔基（1868—1936）早期的代表作品，写于1901年，那时正是俄国1905年革命前夕最黑暗的年代，俄国工人运动不断高涨，动摇着沙皇统治的根基。这篇作品以象征手法，通过对暴风雨来临之前、暴风雨逼近和即将来临三个画面的描绘，塑造了一只不怕电闪雷鸣，敢于搏风击浪，勇于呼风唤雨的海燕这一"胜利的预言家"的形象。全文情感热烈奔放，场面波澜壮阔，基调高亢有力、热情奔放，节奏是高亢型。在诵读时，要语速稍快，满怀激情地呼唤革命高潮的到来。

海燕

海燕　【苏联】高尔基

在苍茫的大海上，狂风卷集着乌云。在乌云和大海之间，海燕像【黑色的闪电】，在高傲地飞翔。

一会儿翅膀碰着波浪，一会儿【箭一般】地【直】冲向乌云，它叫喊着，——就在这鸟儿【勇敢】的叫喊声里，乌云听出了欢乐。

在这叫喊声里——充满着对【暴风雨的渴望】！在这叫喊声里，乌云听出了【愤怒的力量】，【热情的火焰】和【胜利的信心】。

海鸥在暴风雨来临之前呻吟着，——呻吟着，它们在大海上飞窜，想把自己对暴风雨的恐惧，掩藏到大海深处。

海鸭【也】在呻吟着，——它们这些海鸭啊，享受不了【生活】的【战斗】的欢乐：轰隆隆的雷声就把它们【吓坏】了。

蠢笨的企鹅，胆怯地把肥胖的身体躲藏在悬崖底下……只有那高傲的海燕，【勇敢地，自由自在地】，在泛起白沫的大海上【飞翔】！

≫乌云越来越【暗】，越来越【低】，向海面【直】压下来，+≪而波浪一边唱歌，一边【冲向】高空，去迎【接那】雷声。

雷声轰响。波浪在愤怒的飞沫中呼叫，跟狂风争鸣。看吧，狂风紧紧抱起一层层巨浪，【恶狠狠】地将它们甩到悬崖上，把这些大块的翡翠【摔成】尘雾和碎末。

看吧，它飞舞着，像个精灵，——【高傲的、黑色的暴风雨的精灵】，——【它在大笑，它又

"在苍茫……乌云"一句中速进入，音色灰暗，通过"苍茫"体现。"黑色的闪电"比喻海燕矫健高傲、锐不可当的雄姿，要重读。"箭一般地""直"写海燕的行动之快，要读重，读快。"勇敢"要重读。

"暴风雨的渴望"，是海燕的伟大抱负，要重读。"乌云听出……信心"的排比句式渲染了海燕朝气蓬勃、斗志昂扬的气概，这里并列的成分要重读。

"海鸥……大海深处。"一句破折号后的内容要读出一种哀婉无告、低沉颓败的情绪。

"海鸭……吓坏了"一句破折号后面的内容要读出鄙夷不满的语气。"生活""战斗"是肯定性重音，用高昂的语气读。"也""吓坏"强调性重音，读出对海鸭的不屑一顾的语气。

"勇敢地，自由自在地"要重读。"飞翔"要拉长，重读。

在诵读4～6自然段时，用鄙夷的语气读出海鸥、海鸭、企鹅的形象。

在诵读"乌云……下来"这一句时，要速度放慢，气提声凝，突出压抑的气氛，重读"暗""低""直"。在诵读"而波浪……雷声"这一句时，速度加快。重读"冲向""迎接"。

重读"恶狠狠""摔成"，突出欢快的气氛。

"看吧……它又在号叫"这一句的两个破折号中间的内容应重读。"欢乐而号叫"这一句要更加读得大气，突出革命者的英雄气概。

在号叫】……它笑那些乌云，它因为欢乐而号叫！

这个敏感的精灵，——它从雷声的震怒里，早就听出了困乏，它【深信】，乌云遮不住太阳——是的，【遮不住的】！

狂风吼叫……雷声轰响……

一堆堆乌云，像【青色的火焰】，在无底的大海上燃烧。大海抓住【闪电的箭光】，把它们熄灭在自己的深渊里。这些闪电的影子，活像【一条条火蛇】，在大海里蜿蜒游动，一晃就消失了。

——暴风雨！暴风雨就要【来】啦！

这是【勇敢】的海燕，在【怒吼】的大海上，在【闪电】中间，【高傲】地飞翔；这是【胜利】的预言家在【叫喊】：

——让暴风雨来得更猛【烈些】吧！

重读"深信"，在诵读破折号后面的句子时，语气进一步坚定，"是的"语气肯定，"遮不住的"要读高、读强，语气高亢。

"风""雷"后区分性停顿，交代环境的变化。放慢速度，语气要压抑。

"青色的火焰""闪电的箭光""一条条的火舌"重读，营造当时的环境。

连用两个感叹号，气势一个比一个紧张。尤其是后面的一句是"山雨欲来风满楼"的气势，重读"来""勇敢""怒吼""闪电""高傲""胜利""叫喊"，突出海燕的形象。最后一句是全文的主题，破折号起总结全文的作用。这句是作者的伟大号召，一定要读得高亢有力。但是，这句的起句一定要低，防止太高后面反而升不上去。全句的最高点应落在"烈些"两个字上，"吧"落下来，语调稍扬。

示例7：诵读《狼和小羊》

《狼和小羊》是一篇童话故事，这个故事出自《伊索寓言》。讲了狼为了吃小羊而故意找碴儿，小羊据理争辩，反驳狼的故事。作者通过对角色的神态、动作、对话着力描写，刻画出角色的性格，揭示了深刻的哲理。诵读对话部分时，要读出他们的不同态度和语气。诵读狼的话声音要粗暴一点，霸道一点，要读出狼的凶狠的语气，诵读小羊的话时声音要低些，轻柔一点，软弱一点，速度要慢些，要读出小羊温和的语气。

狼和小羊

狼和小羊

　　狼和小羊碰巧同时到一条小溪边喝水。→那条小溪是从山上流下来的。

　　狼【非常】想吃小羊。可是它想，既然当着面，总得找个借口才好。狼就【故意】找碴儿，气冲冲地说："你怎么敢到我的溪边来！把水【弄脏】了↓，害得我不能喝，你安的【什么心】↘？"

　　小羊吃了一惊，【温和】地说："我不明白我怎么会把水／弄脏↑？您／站在【上游】，水是从您【那儿】／流到我【这儿】，不是从我这儿／流到您那儿的……"↓

　　"就算这样吧！"狼说，"你总是个坏家伙。我听说，【去年】／你在背地里／说我的坏话！"

　　"啊↗？亲爱的狼先生！"可怜的小羊【喊道】，"那是不会有的事，【去年】／我还没出世呢！↓"

　　狼觉得用不着再争辩了。就龇着牙咆哮着逼近小羊说↓："你这个小坏蛋，说我坏话的不是你／就是你爸爸，反正都一样↘！"说着，就扑到小羊／身上，抓住它，把它吃掉了。

　　人们【存心】要干凶恶残酷的坏事情，那是很【容易】找到借口的。

这一自然段是轻松明快的节奏。

　　这一自然段变成用短促尖利的节奏。"非常""故意""弄脏""什么"读重音。狼的话要读得稍快些，语调高昂些，要读出盛气凌人、横加指责的语气。读"！"时用肯定的语气，说明狼歪曲事实，恶人先告状。读"水"字后稍作停顿，"弄脏了"三字加重语气。反问句"你安的什么心？"要读得重而快，语气凶狠，表现出狼有意挑衅、威胁的神情。"你"字后稍作停顿，"心"字读重音，要读出狼的蛮不讲理的语气。

　　小羊的话要读得平缓些，读出小羊小心翼翼地据理申辩、有些害怕、温和、善良、有礼貌的语气。

　　要读出狼被识破谎言后的气急败坏和蛮不讲理的语气。

　　小羊的回答要读出气愤受冤的语气。重读"喊道""去年"。

　　要读出狼穷凶极恶、蛮不讲理、凶残的语气。

　　"存心"和"容易"要重读，突出和强调作者的意图。

示例8：诵读《蝉》

《蝉》是法国昆虫学家、动物行为学家、文学家让·亨利·卡西米尔·法布尔（1823—1915）写的一篇知识小品，它用生动风趣的笔调，详细地介绍了蝉的生活习性。全文节奏轻快，语势平直、曲折调，语气轻松风趣。诵读时要注意把重音放在说明知识的一些词语上。

蝉

蝉 （节选）【法国】法布尔

蝉/是非常喜欢音乐的。蝉的胸部/装着一个巨大的响板，能发出声音。装了这个巨大的响板，体内其他的器官/都没地方安置了，只好/挤到身体的角落里去。蝉/不惜缩小体内其他的器官来安置乐器，当然/是极嗜好音乐的了。

> 第一自然段首句和末句，要读出轻松、风趣、讥讽语气，说明蝉没有听觉，根本谈不上喜欢音乐。

蝉/自鸣得意的奏音乐，究竟/为的什么呢？我这个蝉的老邻居至今/还没弄清楚。照/常情猜想，总以为/是在呼唤同伴吧。可是/【事实证明】，这个猜想/是【错误】的。

蝉/跟我比邻而居/差不多十五年了。每年夏天，将近两个月，蝉/总在我眼前，蝉的乐声/总在我耳边。我常常看见/一些蝉排列在树枝上，把吸管插到树皮里，动也不动的狂饮。夕阳西下，它们就沿着树枝/用又慢又稳的脚步走动，找温暖的地方过夜。【无论】/饮水的时候，走动的时候，它们/【从没】停止过演奏。

> 在诵读"究竟为的什么呢？"时，速度可稍快，语调上扬，表明急于得到答案。诵读"至今"后稍顿，读出"我"长期观察毫无结果的失望之情；"事实证明""错误"读重音，语气要肯定，使读者对否定"这个猜想"的事实产生兴趣。
>
> 用较慢的速度诵读"我常常看见一些蝉排列……找温暖的地方过夜。"这两句描写蝉在树上活动情形的句子，读出蝉饮水贪婪和走动缓慢；"无论""从没"读重音，语气要肯定。

这样看来，蝉的乐声/一定不是呼唤同伴了。试想，同伴就在身旁，还用费整天整月的功夫/来呼唤吗？

> 用肯定语气诵读"一定不是"，反问句语调上扬，加强肯定。

照【我】想，蝉/这样兴高采烈的演奏，不过/是用【强硬】的方法【强迫】别人听它罢了。

> "我"读重音，强调个人观点。"强迫""强硬"读重音，语气流露出对蝉的厌恶情绪。

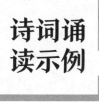

诗词诵读示例

一、古代诗词诵读示例

示例1：诵读《春晓》

这是一首格律诗，给我们展现的是一幅雨后清晨的春景图。诗人由喜春而惜春，用惜春衬爱春，言简意浓，情真意切。抒发了诗人热爱春天、珍惜春光的美好心情。诗的情感基调是对春天的赞美和喜爱。朗诵节奏是轻快型的。

春晓

春晓 孟浩然

春眠／不觉／【晓】…，
处处／闻／啼【鸟】…。
夜来／风雨／声，
花【落】／>知／>多少…。

前两句是写诗人早上醒来后看到的景物，朗诵时要用柔和、舒缓的语调，音量不要过大。朗读到"晓""鸟"时，字音要适当延长，略带吟诵的味道，"鸟"字的尾音可稍向上扬，表现出诗人见到的是春光明媚，鸟语花香的明朗景象。使听众能感觉出诗的音韵美和节奏感。后两句写诗人想起昨天夜里又刮风又下雨，不知园子里的花被打落了多少。在朗读"花落知多少"时，要想象出落花满园的景象。可重读"落"字，再逐渐减轻"知多少"三个字的音量，表现出诗人对落花的惋惜心情。

示例2：诵读《望庐山瀑布》

这首诗是诗人李白五十岁左右隐居庐山时写的一首风景诗。形象地描绘了庐山瀑布雄奇壮丽的景色，反映了诗人对祖国大好河山的无限热爱。前两句远望紫烟缭绕的香炉峰，白练似的庐山瀑布，后两句瀑布气势磅礴地奔腾而下以及引发银河的神话，因此，本首诗的基调富于变化，朗读时应该是有区别的。

望庐山瀑布

望庐山瀑布　李白

日照／香炉／生紫烟，→
（舒缓型）
遥看／瀑布／挂前川。→
（舒缓型）
≪飞流直下／【三千尺】，↑
（高亢型）
疑是银河↑／－≫落九天。↓
（高低相间，低沉型）

　　第1句朗读时稍慢，声音稍轻，读出远而飘渺的美感。"生"要拖住音，"紫烟"要轻而虚。读出紫烟的飘渺，瀑布的静态之美。

　　第3句诵读时对比前两句，要以豪迈的语气去读，声音略高，特别突出"三千尺"声音高而长，气要足而连，语气舒畅，语调稍扬，语速快而响亮，读出庐山瀑布的气势磅礴和犹如从天而降的神奇壮丽，体会到河山的壮丽，诗人的喜悦之情。最后一句读得更慢些，留出想象的空间，热爱祖国大好河山。

示例3：诵读《山中问答》

这是一首在随意而自然的问答之中，抒发了自己飘然的闲情逸致，神、情、气韵融汇得如水乳一般的诗。从情感基调上看，表现出诗人对现实社会的极度困倦和对隐居生活的无限热爱。全诗语言清新，逸气飞扬，气韵生动飘逸。朗读时语音要多扬少抑，要柔和、沉着，利用虚实音塑造朦胧、神秘感，将隐士这种宅心玄远、清逸不俗之气表现出来。

山中问答

山中问答　李白

问余何意／〖栖〗／碧山，→
（前后顿歇）

　　第1句，朗读时语气要平静舒缓，吐字要清楚。几处停顿，造成前后顿歇，使诗句节奏富于变化。

笑而不答 / 〖心自闲〗；→
（快中显慢）
≤桃花流水 / 【窅然去】，↑
（拖长）

【别】有天地 /// －≥非人间。↓
（高低相间，虚实互转）

第2句，朗读到"心自闲"时，稍重读并拖长，读出悠然神会，妙处难与人说的神秘感。

第3句，朗读到"窅然去"时，要重读。语速是前面略快，后面略慢。句子用升调，与后句降调形成高低升降、抑扬顿挫之感。

第4句，朗读到"别"时，要重读，朗读到"天地"时，要做较长的停顿，以便酝酿感情，造成悬念，营造"此时无声胜有声"的意境。朗读到"非人间"时，要读得渐低、渐慢，制造一种扑朔迷离、妙不可言的神秘感。

示例4：诵读《陋室铭》

《陋室铭》是古代散文中的名篇，以其立意鲜明、构思巧妙、韵味深长而脍炙人口，久为流传，本文作者自述其志，通过对居室情景的描绘，极力形容"陋室不陋"，表达一种高洁傲岸的情操和安贫乐道的情趣。在朗读中用舒缓语速，把这81字的文章读得豪情满怀踌躇满志。韵脚（名、灵、馨、青、丁、经、形、亭）要读得清晰、响亮，有延长音。表现文章的音韵美。

陋室铭

陋室铭　刘禹锡

山 / 不在高，有仙 / 则【名】。
水 / 不在深，有龙 / 则【灵】。
斯是 / 陋室，惟吾 / 德【馨】。
苔痕 / 上 / 阶绿，草色 / 入 / 帘【青】。

谈笑 / 有鸿儒，往来 / 无白【丁】。
可以 / 调素琴，阅 / 金【经】。
无 / 丝竹 / 之乱耳。
无 / 案牍 / 之劳【形】。
南阳 / 诸葛庐，西蜀 / 子云【亭】。
孔子云："何陋 / 之有？"

"山……则灵"这四句读后稍作停顿，再缓缓读出"斯是"二句，以突出文意。

"苔痕……帘青"这二句细致入微地写出了环境的清幽，要读得有点美感。
"

"谈笑……劳形"这六句写室中生活图景，诵读时须一事一顿。"往来"句和"无丝竹"二句为虚写，读得轻缓一些，才有韵味。

"南阳……云亭"这二句读后，要作一顿，然后用肯定的语调读最后两句，也可用调侃语调。

示例5：诵读《泊秦淮》

这是一首格律诗，描写了月色迷茫、轻烟浮动的秦淮河两岸夜景的景象。景中蕴含凄凉暗淡，特点是朦胧（迷茫）、冷寂（悲凉），表现了一种空冷愁寂的情调，寄托了诗人的忧愁和感伤，为全诗奠定了忧时伤世的情感基调。朗读时语气要柔和略含淡淡哀愁。

泊秦淮

泊秦淮　杜牧

烟〖笼〗/寒水/月/〖笼〗沙，→
（轻柔、平静、略带伤感，舒缓型）

≪夜泊秦淮/近/≫酒家。→
（快中显慢，舒缓型）
商女【不】知↑/【亡国恨】，↓
（语音坚定有力、激昂，凝重型）

隔江〖犹〗唱↑/后庭花。↓
（主意缓缓、偏暗，低沉型）

第1句，语气要柔和略含淡淡哀愁，"月"稍停顿，读出夜幕中秦淮如梦如烟又冷又静的感觉。"笼"读成次重音，稍拖长，读出朦胧、迷茫之感。

第2句，整句用平稳的语调来读，前面快后面慢。"近"稍停顿。

第3句是本诗的高潮，重读"不"，加重对沉溺于声色歌舞之中的达官贵人的批判与讽刺，同时强化诗人对国事的忧患意识和对历史的深沉感慨。特别强调"亡国恨"这三个字，声音拖长并重读，读出国家衰亡、满腔愤恨的感情。

第4句，在朗读"隔江犹唱"时用升调，语气饱满，"犹"读成次重音，读得缓而长些。朗读"后庭花"时用降调，语速渐慢，声音渐小，成阶梯状逐渐下降。

示例6：诵读《声声慢》

《声声慢》是李清照晚年的名作，这首词，通过描写残秋所见、所闻、所感，表达了女词人晚年寡居时孤独、凄苦的生活感受，几乎全用口语，而韵律感极强。抒发了自己孤寂落寞、悲凉愁苦的心绪。词风深沉凝重、哀婉凄苦，我们在诵读表现忧愁的作品时语速要缓慢，语调要低沉。词中平声音字较多，平声音的延长性使感情深沉苍凉。故诵读时用低沉的语调、缓慢的语速以传达深沉的愁苦情感。

聲聲慢

声声慢·寻寻觅觅　李清照

寻寻／觅觅，
〈冷冷／清清〉↓，
凄／凄／惨／惨／戚／戚。

乍暖／还寒／时候，
最难／将息。
三杯／两盏／{淡}酒，
怎敌他、晚来／风急。

雁过也，正／伤心，
却是／旧时／相识。

满地／黄花／堆积，
憔悴／损，
如今／有谁／堪摘。
守着／窗儿，
独自／怎生得黑？

"寻寻……戚戚"句中"寻寻觅觅"即寻觅又寻觅。写词人孤独寂寞，渴望找到一种精神寄托。读时语速要慢，读出一种缓慢、迷茫的若有所失感觉。"戚"即忧愁悲伤。两个"戚"字叠用，表明忧愁悲伤的程度之深。"冷冷清清"是寻觅的结果，不但没有寻回失去的东西，没有减轻内心的伤痛，反而在这冷清的环境中更生一种凄凉、惨淡、悲戚。处境的冷清更衬托出人心境的清冷，应是轻读、降调。"凄凄惨惨戚戚"应该一字一顿，字字泣血。读"寻寻……戚戚"这句语速缓慢低沉，读出深沉忧郁的情感、叠字的节奏。特别要注意读出"寻寻（阳平）／觅觅（去声），冷冷（上声）／清清（阴平），凄凄（阴平）／惨惨（上声）／戚戚（阴平）"音调的节奏，读出起伏跌宕。

"乍暖……风急。"句的"乍"字是与"还"字呼应的，相当于现代汉语的"刚……又……"。敌，抵挡，抵抗。刚觉得有点暖和却又冷了起来的时节，是最难保养自己身体的。她讨厌秋天忽暖忽寒的天气；又想借酒浇愁，却可恨酒味淡薄，敌不住凄凉的急风。"淡"字，表现词人的凄凉惨淡，用轻读的方法来突出重音。

"雁过……相识"句，北雁南飞的时候，也就是自己正伤心的时候，那从故乡的方向飞来的大雁却是我旧时的相识。是他乡遇故知的情感吧。读时，要表现出哀痛中有一线略带苦淡的欣慰。

"满地……怎生得黑？"句中满地的黄花，憔悴了，衰败了，没有人来怜惜了，欣赏了。这让作者还会想到谁——我的生命就像这落花一样，憔悴，损耗生命，还会有谁来怜惜呢？读"满地黄花堆积，憔悴损，如今有谁堪摘"这句用泣诉的声音读，声音带上一定的呜咽、哭泣的色彩，表现作者悲苦、惨痛、哀伤。读

"满地……怎生得黑？"这几句时，我们感受到诗人四顾无言，发出一声长叹，要读出无奈与无助，那是怎样的凄清！

"梧桐……了得！"句的"更兼"两字要重读，以显示挨到黄昏时境添愁情，词人内心的孤独感和苦闷之情进一步加深。读"这次第"时，语调上扬，停顿片刻，心理上要有一个停顿。低头叹息，再说下句，然后，这种情感再也无法掩饰，道出万般悲绪，读时语速加快，语调上扬，"愁"要重读强调，然后稍作停顿，"了得"二字，语速放慢，轻声传出，如在喉咽。"了得"二字仿佛不是用声音读出来，而是用气叹出来。这是一种特殊的朗读技巧，叫"气音"。

梧桐 /【更兼】/ 细雨，
到 / 黄昏、点点 / 滴滴。
这 / 次第↑，
怎一个 /【愁】字 / 了得！

二、现代诗词诵读示例

示例1：诵读《囚歌》

叶挺（1896—1946），是中国人民解放军的创建者之一。《囚歌》是叶挺1942年在监狱里写下的，作者身陷囹圄而不屈，面对利诱而不惑，豪情壮志、气贯长虹。《囚歌》是一首悲壮的、激昂的诗，读起来语调应低沉、凝重，语速较慢，表现出革命者坚贞不屈的革命精神。

囚歌

囚歌　叶挺

为人 / 进出的门 / 紧锁着，→
（冷眼相看）
为狗 / 爬出的洞 / 敞开着，→
一个声音 / 高叫着：↗
（嘲讽）
——爬出来吧，/ 给你 / 自由！↘
（诱惑）

第一、二句用平调，有利于把意思说得清楚、完整，表达作者对敌人冷眼相看，讽刺的态度。第三、四句用曲调，先降后升。把"高叫"这个词语加强、拖长，渲染话语的感情色彩，增强感染力，表达厌恶、嘲讽的情感。这两句是敌人对革命者的诈骗，"自由"不过是一种诱饵，诵读时要表现出敌人的阴险狡猾。"自由"二字要读得虚伪、轻浮、声音拖长些。"爬出来吧，给你自由！"是诗人转述自己的所听所感，而并不是由一个说客出面，所以，在诵读中充满了憎恶、否定的态度感情，从而也更增添了诗人赤诚的内心。诵读时不要以敌人的语气，甚至某种怪腔怪调表达。

第五、六句采用平调，显示作者坚决的态度。

"深深"二字要发音饱满，加重语气，且时值可略长，突出"发自内心的感觉"。

第七句用曲调，先降后升，再现作者当时对敌人的蔑视、愤慨和反击情绪。"人的身躯"接近一字一顿地，加重语气，以突出"凛然不可犯"的感觉。读"人的身躯怎能从狗洞里爬出！"这句时，反问的语气要坚定、有力、高昂。表达叶挺同志决不向敌人屈膝投降的决心，表现革命者坚贞不屈的革命气节。

第八、九句用平调，第十句用降调，十一句是表达诗人的热烈期望深沉内在，自励自勉，如果采用上扬语势，像是在发出号召，会破坏应有的意境，所以用降调，这四句连在一起，语速加快，情绪亢奋，感情激动。"地下的烈火""一齐烧掉""烈火与热血""永生"这几处重读，读时要铿锵有力，语气逐渐激昂，节奏加快。让人们真切地感受到诗人那视死如归的革命斗志。尤其是最后两句，表现出作者那种毫不犹豫、果敢、坚毅和充满自信的可贵品质。

我／渴望／自由，→
（庄严）
但我／【深深】地知道——→

【人的身躯】／怎能／从狗洞子里／爬出！
（蔑视、愤慨、反击）

我／希望／有一天→
【地下的烈火】，
（稍向上扬，语意未完），
将我／连这活棺材／【一齐烧掉】，↓
（毫不犹豫）
我／应该／在【烈火与热血】中／得到【永生】！…↓
（沉着、坚毅、充满自信）

示例2：诵读《死水》

闻一多（1899—1946），中国现代伟大的爱国主义者，诗人，学者，民主战士。新月派代表诗人。《死水》是闻一多的重要代表作之一。1925年诗人回国后，目睹了国内军阀混战、民不聊生的惨状，产生了怒其不争的愤激情绪。本诗通过对"死水"这一具有象征意义的意象的多角度、多层面的谱写，揭露和讽刺了腐败不堪的社会，表达了诗人对丑恶现实的绝望、愤慨和深沉的爱国主义感情。诵读时要读出反讽意味、强烈的憎恨之情和悲愤之情，语言要铿锵有力。

死水

死水　闻一多

这是／一沟／【绝望】的／死水，
清风／吹不起／【半点】／漪沦。
不如／多扔些／破铜／烂铁，
爽性／泼你的／剩菜／残羹。
也许／铜的／要【绿成】／翡翠，
铁罐上／【绣出】／几瓣／桃花。
再让／油腻／织一层／罗绮，
霉菌／给他／蒸出些／云霞。

让死水／【酵成】／一沟／绿酒，
【飘满】了／珍珠／似的／白沫；
小珠们／笑声／变成／大珠，
又被／偷酒的／花蚊／咬破。

那么／一沟／绝望的／死水，
也就／夸得上／几分／鲜明。
如果／青蛙／耐不住／寂寞，
又算／死水／叫出了／歌声。

这是／一沟／绝望的／死水，
这里／断不是／美的／所在，
不如／让给／丑恶来／开垦，
看他／造出个／什么／世界。

重读"绝望""半点"，强调诗人的主观感受。诵读"不如""爽性"时，要用决绝的语气读出诗人忧愤的心情。诵读"也许"时，可以有一个心理停顿。"绿成""绣出""酵成""飘满"等动态的词语运用了"反讽"的手法，要重读，要用曲折语调，读出讽刺的语气。

第五节的"这是一沟绝望的死水"一句，不是简单的重复，与第一节相比，要读出情绪的变化，语气要更加肯定。重读"断不是"，用干脆的语气，读出诗人的愤激之情和毫不留情的批判与否定，表达诗人的坚定。末句"看他造出个什么世界"以愤激的语气朗读，读出诗人对现实的深恶痛绝，期待砸烂旧世界、建设新世界的强烈愿望。

示例3：诵读《我迎着风狂和雨暴》

《我迎着风狂和雨暴》写于1936年7月1日，当时蒲风（1911—1942）自东京回国，正是国难当头的时刻，东北沦陷在日寇铁蹄底下，全国救亡运动逐渐形成高潮。这首诗激扬着强烈的爱国热情，鼓舞着亿万中华儿女走向抗日的最前线。全诗的基调是刚健、雄壮的，表现出中华儿女奋起抗日的坚强决心和大无畏的英雄气概。诵读时要热血沸腾，义愤填膺，慷慨陈词，倾诉爱国深情。

我迎着風狂和雨暴

我迎着风狂和雨暴　蒲风

哦！我复投身于【炎夏】的烘炉，
我/归来，我又复迎着【风狂和雨暴】！

哦哦！祖国，头尾三年，
我/离开了/你的怀抱；
如今，我/归来，——
太空掀起了/【滚滚云涛】，
黯澹里有/【闪电照耀】；
闷热冲起/自地心，
响雷/在天空，响雷也轰动/在【心头】。
我看惯，在小岛，魔鬼在跳跃，
在海外，我听惯太平洋的嘶吼！
如今，我带回了/发动机的【热和力】，
我/要把魔鬼/当柴烧，
我/要配足马力哟，
我的力的总能
要像那五大海洋的【怒潮】！
我不问/被残杀了多少东北同胞，
我要问/【热血】的中国男儿还有【多少】。
我要汇合起亿万的铁手来呵，
我们的铁手/需要【抗敌】，
我们的铁手/需要【战斗】！

【战斗】吧！祖国！
【战斗】吧，为着【祖国】！
不要怕别人的军舰/握住咽喉，
我们/要【鼓起气力】
把这些秽物【逐出】胸头！
——【滚开】那些秽物吧，
扬子江，大沽口，珠江，
我们/要【掀起】铁流群的歌奏！
天津，上海，威海卫，烟台，
青岛，福州，厦门，汕头，

第1节写中国当时风雨如磐、民族危亡的情势。借"炎热的烘炉""狂风和暴雨"比喻当时抗日救亡的热潮，这时"我归来"。诵读时要读出诗人此刻归来的自豪。表现诗人渴望战斗的急切心情。

第2节赞扬了的祖国上空已卷起救亡的风暴，表现诗人要为祖国的解放贡献自己"热和力"决心。诵读时用激昂的语调，慷慨陈词，热血沸腾，愤怒充塞了胸腔。表现对日本帝国主义侵略的仇恨和对政府软弱不抵抗政策的愤慨。读出诗人没有因"魔鬼在跳跃"和"太平洋的嘶吼"而退缩，而是慷慨陈词："如今，我带回了发动机的热和力，我要把魔鬼当柴烧，我要配足马力哟；我的力的总能要像那五大海洋的怒潮！"。诵读"我不问被残杀了多少东北同胞，我要问热血的中国男儿还有多少。我要汇合起亿万的铁手来呵，我们的铁手需要抗敌，我们的铁手需要战斗！"这几句时，要像发出钢铁的誓言和吹响战斗的号角，铿锵有力。

第3节以满腔的热情呼唤全国同胞"靠铁的纪律""顽强的苦斗"将侵略者驱逐出去。朗诵时，要充满团结为国而战的激情，充满夺取胜利的坚定信心，语气豪壮有力。用充满火的热情，读出这节的最后的"我们的热血男儿哟，谁愿落后！铁的纪律维系我们的行列，来吧，我们的胜利建立在我们的顽强的苦我们／要让【每一粒】细砂也都怒吼。
从云南，从塞北，从四川，
我们的【热血】男儿哟，谁愿意【落后】！
【铁】的纪律维系我们的行列，
【来】吧，我们的胜利
建立在我们的【顽强】的苦斗！

哦哦！北方／早已【卷起】了云潮！
哦哦！四方／的雷电同在响奏！
——别让闷热【冷却】在地心呵，
我／归来，我／正【迎着】风狂和雨暴！
怒吼吧，祖国，
【这】／正是／时候！。

斗！”这几句。表现诗人顽强的战斗精神，强烈的爱国热情，坚信民族团结一心，一定会取得胜利的豪情。

第4节再次呼唤全国同胞为祖国而战。朗诵时用激昂的爱国主义热情，饱满的鼓动力，淋漓尽致把一个屹立在暴风雨中坚定的、胸襟开阔的、为民族解放而战斗的、呐喊的诗人形象读出来。

示例4：诵读《把牢底坐穿》

《把牢底坐穿》是一首现代诗，这首脍炙人口的不朽诗篇，是革命烈士何敬平（1918—1949）1948年夏在国民党中美合作所渣滓洞集中营写下的。半个多世纪来，它已深深地印在了人们的心中。作者在诗中抒发了革命烈士的壮志豪情，表达了与敌人斗争到底的决心。在诵读时，要以豪迈的情感基调读出革命者的英雄气概。

把牢底坐穿

把牢底坐穿　何敬平

为免除／【下一代】的苦难，
我们愿——
愿把这牢底【坐穿】！
＜我们／是天生的叛逆者，
＜我们／要把这颠倒的乾坤扭转！

＜我们／要把这不合理的一切打翻！
今天，我们坐牢了，
坐牢又有什么【稀罕】？

第1、2句，写作者为了让下一代人不再受难，甘心坐牢。用坚定的语调、刚强语势诵读这两句诗，读出诗人怀有崇高的革命理想和革命气节，决心同敌人斗争到底的英雄气概。第3、4、5句，进一步写出革命者的理想和任务。朗诵这三句时，用宣言式的气势，语势愈来愈强，读出革命者推翻旧社会、建立新社会的理想和决心。

第6～9句，写革命者不怕坐牢，为了下一代的幸福，他们准备把牢底坐穿。用轻视的语气诵读“坐牢又有

为了免除/【下一代】的苦难，
我们愿——
愿把这牢底【坐穿】！

什么稀罕"这句，读出革命者不怕坐牢、不怕杀头的英雄气概。第8、9这两句与诗的开头两句完全相同，但诵读时，第8句语势比第1句强。最后1句，用激昂、亢奋的语调诵读"我们愿"，用铿锵语气，最强的语势诵读"愿把这牢底坐穿"，读出革命者坚持真理、宁死不屈的坚定信念和视死如归的大无畏精神。

示例5：诵读《沁园春·长沙》

《沁园春·长沙》的主体感情是"革命豪情"，但我们在把握时不能简单化，要认真体会这种豪情在全词中的丰富复杂性。词作上片写景抒情，一开始展现一幅辽阔无比的壮丽画面，革命豪情油然而生，可是一"怅"、一"问"表现了词人心中的激昂冲动和疑虑忧思；词作下片叙事抒情，多种情感混杂，既有回忆往事的沉醉，又有蔑视反动派的愤慨，还有要投身时代洪流中激情冲动。在朗读时应该循着诗人的情感基调，努力表达这种基调下的多层次、多向度的丰富诗情，情感和声调时而舒展，时而激烈；时而畅快，时而愤懑……

沁园春·长沙

沁园春·长沙　毛泽东

独立/寒秋，
湘江/北去，
橘子洲/头。
看///【万】山红遍，↑
【层】林/尽染；
【漫】江/【碧透】，
百舸/【争流】。
鹰【击】/长空，
鱼【翔】/浅底，
万类/霜天/【竞自由】。

"独立……洲头"句：点明了时间、地点和游人。朗诵时，语调庄重平稳，树立起诗人卓然而立的高大形象。第一句不能读快了，读快了给人感觉是匆忙急迫，而不是从容镇定。这三句读的时候，要体现出一种深沉。"看万山……自由"句：描绘出南国绚丽多彩的深秋景色。"看"字总领七句，分别为山上景、水面景、天空景、水中景。朗诵时，"看"字后面要有一个较长的停顿，以显示其领属关系。下面两两一组。"万山红遍，层林尽染"，语速慢，语调舒展，"万"应该读得高亢一些，以表现山之多；"遍"字要上扬、拖长；"层"字也应该重读，表现出层层叠叠的

怅／寥廓，
问／苍茫大地，
谁主／沉浮？↑

携来／百侣／曾游，
忆／往昔，
峥嵘／岁月稠。
恰／同学少年，
风华／正茂；
书生／意气，
挥斥／方遒。
指点／江山，
激扬／文字，
粪土／当年万户侯。

曾／记否，
到／中流击水，
浪遏／飞舟？↑

味道，"染"字也要拉长。"漫江"也该读得响亮一些，以表现出无边无际的江面，"百舸争流"更应该读出一种大气磅礴的气势，千帆竞发的壮观。后面的语气逐渐加快加强，语势上扬，"击""翔""竞"这三个动词要重读，要读出从容而豪迈的气势。因为这三个动词增强动感，显示活力，表现出一种磅礴的气势。表现出毛泽东眼前那种生机勃勃的无边秋色！最后三字"竞自由"要读得高亢有力。"万类霜天竞自由"这句决不能按上四下三，把"万类霜天"连读。"怅寥廓……沉浮"句是对社会现状的不满和要改变社会的决心，一个"怅"字写出诗人思绪万千、百感交集，读"怅"时，音拖长，要读得深沉些。而一个"问"字则表达了诗人对自然荣枯和社会盛衰由谁来主宰这一问题的追问，寓答于问，表现了诗人的胸怀与抱负。朗诵这三句的语速是慢——快——慢，声调是由低到高，顶峰在"谁"字上，"沉浮"读得凝重有力。

"携来……岁月稠"句，概写往事，朗读时语气舒展平和。"恰同学……万户侯"句，写同学们的精神风貌、革命活动和志趣。"恰"字统领前面四句，在它后面停一下，其所属四句要读得情感充沛、干脆有力、意气风发、连贯流畅；后面三句更加有力，速度比前四句还要加快，读得激越而奔放。一直到"粪土当年万户侯"这一句应该斩钉截铁而英勇无畏，速度可以稍微放慢，尽量读得雄健一些。把"当年万户侯"组合成一个整体，千万不要把"粪土"和"当年"组合。朗诵时在"恰"后面停一下。

"曾记否……飞舟"句，借回忆游泳的情况来表现同学们的精神和力量，要读得既亲切热情又坚强有力，起句要轻而慢，第二句加快上扬，到"水"字又放慢，最后一句名为置疑，实为坚决，表斩钉截铁之气势，要读得慢、高、强，"遏"字要通过音高、音强、音长和停顿等手段，突出加以强调。

示例6：诵读《西风颂》

雪莱（1792—1822），19世纪英国著名浪漫主义诗人。这首诗写于1819年秋天，当时欧洲大地上民主运动和民族解放运动风起云涌，《西风颂》正是在这样的背景下，由自然现象激发起创作灵感，借自然景物来抒情言志，表现诗人对黑暗的反抗，对光明的热切期盼和向往，也表现了对未来的坚定信念和希望。

西風頌

全诗共五节，贯穿着一个中心思想，就是歌唱象征着民主运动和民族解放运动的"西风"。本小节是全诗第五节，也是全诗最强音。感情真挚磅礴，格调高昂激越。这一节的基调是激情奔放的，诵读时要把握这一节的语脉，不要全篇都在声嘶力竭地叫喊。

刚开始语速居中，声调平缓深情，随着感情的越来越强烈，到"精灵啊"之后，渐渐激情奔放起来。诵读时每一个字都要到位，不能含糊，也不能过于简断分明，这个度一定要把握准；要适当运用气音、鼻音和胸腔的共鸣，以增强朗诵的感染力。

西风颂　【英国】雪莱

把我…当作／你的琴，当作／／那树<u>丛</u>～，
纵使／／我的叶子凋落…／又有何妨↑？
（语调略升，显示语意未完）
你／怒吼咆哮的／／雄浑／交响乐中…，

将有…树林和我的／／深…沉的／歌…唱…。
（深情舒缓）
我们…／／将唱出秋声，婉转／／而忧愁～。
（弱扬，语意未完）
精灵啊↑，让我／／变成你↑，猛烈、刚强↓！
（强收）
把我／／僵死的思想／／驱散／在宇宙，
（语速稍快）
像／一片片／枯叶，以鼓舞／／新生～。
（平静中见激情）
请／／听从／我这诗篇…中的／符咒，
把／我的话／传播给…全世界的人↑，
犹如…／／／从不灭的炉中／／吹出火花～！
（平稳中见激情）

第1行末字"丛"，用比较轻缓的鼻音来读。

第3行末字"中"用平调鼻音来读。
第4行末字"唱"，用气音来读。

第8行末字"生"，从胸腔发音，平调弱收。

请…//向未醒的／大地…，借／我的嘴唇↑，
像号角般／／吹出…一声声／／预言～吧！
（激昂）
如果…冬天来了↑，春天…／／还会／远吗?
（末字轻读，透出深切的向往）

全诗末尾的反问语气不能凌厉，"吗"用表反问的颤音，通过轻读来表示深切的向往。在"冬天来了"的强音陪伴下，渐收渐弱，诵读"春天还会远吗"时，要读出憧憬的语气，引人遐想春天到来时的明媚春光。

示例1：诵读《有的人》

有的人

有的人　臧克家
——纪念鲁迅有感

甲：有的人活着
　　他已经死了；
　　有的人死了
　　他还活着。

乙：有的人
　　骑在人民头上："呵，我多伟大！"
　　有的人
　　俯下身子给人民当牛马。

甲：有的人
　　把名字刻入石头，想"不朽"；
　　有的人
　　情愿作野草，等着地下的火烧。

乙：有的人
　　他活着别人就不能活；
　　有的人
　　他活着为了多数人更好地活。

甲：骑在人民头上的
　　人民把他摔垮

给人民作牛马的
人民永远记住他！

乙：把名字刻入石头的
　　名字比尸首烂得更早；
　　只要春风吹到的地方
　　到处是青青的野草。

甲：他活着别人就不能活的人，
乙：他的下场可以看到；
甲：他活着为了多数人更好地活的人，
合：群众把他抬举得很高，很高。

诵读导航

　　臧克家（1905—2004），山东诸城人，我国著名作家、诗人、编辑家，忠诚的爱国主义者，中国诗歌学会会长，中国现实主义新诗的开山人之一。他的文学活动长达七十余年。2002年底面世的《臧克家全集》共有12卷，近630万字。《有的人》写于1949年11月，是为纪念鲁迅先生逝世13周年所写。诗歌以高度凝炼的艺术手法，阐述了人的肉体生命与精神生命的真谛。揭示了生命的意义在于全心全意为人民服务，人活着应该为了多数人更好地活着，在讴歌鲁迅的同时，启迪人们向鲁迅学习，为人民俯首甘为孺子牛。诗歌主题鲜明，语言凝炼，对比鲜明，富于哲理，既能陶冶情操，又能给人美好的艺术欣赏。

示例2：诵读《桂林山水歌》

桂林山水歌

桂林山水歌　　贺敬之

女：云中的神呵，雾中的仙，
　　神姿仙态桂林的山！

　　情一样深呵，梦一样美，
　　如情似梦漓江的水！

男：水几重呵，山几重？
　　水绕山环桂林城……

　　是山城呵，是水城？
　　都在青山绿水中……

女：呵！此山此水入胸怀，
　　此时此身何处来？

男：……黄河的浪涛塞外的风。
　　此来关山千万重。

　　马鞍上梦见沙盘上画：
　　"桂林山水甲天下"……

女：呵！是梦境呵，是仙境？
　　此时身在独秀峰！

　　心是醉呵，还是醒？
　　水迎山接入画屏！

男：画中画——漓江照我身千影，
　　歌中歌——山山应我响回声……

女：招手相问老人山，
　　云罩江山几万年？

　　——伏波山下还珠洞，
　　室珠久等叩门声……

男：鸡笼山一唱屏风开，
　　绿水白帆红旗来！

女：大地的愁容春雨洗，
　　请看穿山明镜里——

　　呵！桂林的山来漓江的水——
　　祖国的笑容这样美！

男：桂林山水入胸襟，
　　此景此情战士的心——

女：是诗情啊，是爱情？
　　都在漓江春水中！

　　三花酒掺一份漓江水，
　　祖国啊，对你的爱情百年醉……

男：江山多娇人多情，
　　使我白发永不生！

女：对此江山人自豪，
　　使我青春永不老！

男：七星岩去赴神仙会，
　　招呼刘三姐呵打从天上回……

女：人间天上大路开，
　　要唱新歌随我来！

男：三姐的山歌十万八千箩，
　　战士呵，指点江山唱祖国……

女：红旗万梭织锦绣，
　　海北天南一望收！

男：塞外的风沙呵黄河的浪，
　　春光万里到故乡。

女：红旗下：少年英雄遍地生——
男：望不尽：千姿万态"独秀峰"！

女：——意满怀呵，情满胸，
　　恰似漓江春水浓！

男：呵！汗雨挥洒彩笔画：
合：桂林山水——满天下！……

贺敬之（1924— ），中国山东省枣庄人。1942年毕业于延安鲁迅艺术学院文学系。40年代开始发表作品，有诗集《放歌集》《贺敬之诗选》《回延安》《雷锋之歌》《中国的十月》，后与丁毅等合著歌剧《白毛女》。他的诗是时代的颂歌，他总是以敏锐的目光去抓取时代的最重大的事件、最主要的生活内容，而不去吟唱那些与人民无关的眼泪和悲伤。他的诗通过想象、夸张、幻想等手法，将革命浪漫主义风格表现得十分突出。并注意吸收民歌和古诗的营养，又不排斥外国诗歌的影响，如"信天游"体与"楼梯式"就被诗人以熟练的笔法熔铸为一体。《桂林山水歌》既是一首优美的山水诗，又是一曲深情的祖国颂。这首诗娴熟地运用陕北民歌"信天游"的调子，具有浓厚的民歌风味。诗歌以丰富奇特的想象和丰满奔放的激情、多姿绚丽的意象，描绘出名甲天下的桂林山水云姿仙态的壮美的形象，充满了诗人对祖国大好河山的赞美之情，以及对新时代奋发向上的革命乐观主义的热情讴歌。诗句均由两行一节组成，节奏韵律明快和谐，语言自然流畅，有如行云流水，便于吟咏歌唱。其意境、音韵俱佳、思想、艺术均有独到之处，是中国当代诗歌作品中不可多得的珍品。

示例3：诵读《青春万岁》

青春萬歲

青春万岁　王蒙

甲：所有的日子，所有的日子都来吧，
　　让我们编织你们，用青春的金线，
　　和幸福的璎珞，编织你们。

乙：所有的日子都来吧，用青春的金线，
　　和幸福的璎珞，编织你们。

甲：有那小船上的歌笑，月下校园的欢舞，
　　细雨蒙蒙里踏青，初雪的早晨行军，
　　还有热烈的争论，跃动的、温暖的
　　心……

乙：是转眼过去的日子，也是充满遐想
　　的日子，
　　纷纷的心愿迷离，像春天的雨，
　　我们有时间，有力量，有燃烧的信念，

合：我们渴望生活，渴望在天上飞。

甲：所有的日子都去吧，

合：都去吧，

甲：在生活中

乙：在生活中

甲：我快乐的向前，

合：向前。

甲：多沉重的担子，我不会发软，

乙：多严峻的战斗，我不会丢脸，

甲：有一天，

乙：擦完了枪，

甲：擦完了机器，

乙：擦完了汗，

合：我想念你们，招呼你们，

甲：并且怀着骄傲，

合：注视你们！

　　王蒙（1934—），中国当代作家，曾任中华人民共和国文化部部长、中国作协副主席等职。祖籍河北，出生于北京。著有长篇小说《青春万岁》《活动变人形》《季节四部曲》等，中篇小说《布礼》《蝴蝶》《杂色》《相见时难》等，诗集《旋转的秋千》，散文集《轻松与感伤》《一笑集》等。有多篇小说和报告文学获奖。作品被译成英、俄、日等多种文字在国外出版。王蒙的作品反映了中国人民在前进道路上的坎坷历程，他也由初期的热情、纯真趋于后来的清醒、冷峻，而且乐观向上、激情充沛，并在创作中进行不倦的探索和创新，成为当代文坛上创作最为丰硕、始终保持创作活力的作家之一。王蒙首开新时期国内意识流小说创作先河，倡导作家学者化、学者作家化，掀起人文精神大讨论，是中国当代文学走向现代写作技巧的开拓者。

　　《青春万岁》是王蒙早期现实主义小说的代表作，为王蒙19岁时创作，也是其进入文坛的代表作品。该小说集理想主义、英雄主义、浪漫主义于一身，描写了20世纪50年代初期，一群天真烂漫的北京女中学生的生活。《青春万岁》这首诗是长篇小说《青春万岁》的序诗。这首序诗写满了那个时代的青年人特有的燃烧的、沸腾的激情。在经历了战争、苦难之后，面对新生的祖国，他们从心底发出了真切的呼唤。渴望与向往，誓言与畅想，无一不展示了那个时代青年人特有的献身祖国、建设祖国的自豪与责任、豪情与壮志。

示例4：诵读《纪念碑》

纪念碑

纪念碑　江河

甲：我常常想
　　生活应该有一个支点
　　这支点
　　是一座纪念碑

乙：天安门广场
　　在用混凝土筑成的坚固底座上
　　建筑起中华民族的尊严

甲：纪念碑
　　历史博物馆和人民大会堂
　　像一台巨大的天平

乙：一边
　　是历史，昨天的教训
　　另一边
　　是今天，是魄力和未来

甲：纪念碑默默地站在那里
　　像胜利者那样站着
　　像经历过许多次失败的英雄
　　在沉思

乙：整个民族的骨骼是他的结构
　　人民巨大的牺牲给了他生命
　　他从东方古老的黑暗中醒来
　　把不能忘记的一切都刻在身上

甲：从此
　　他的眼睛关注着世界和革命
　　他的名字叫人民

乙：我想
　　我就是纪念碑
　　我的身体里垒满了石头
甲：中华民族的历史有多么沉重
　　我就有多少重量
　　中华民族有多少伤口
　　我就流出过多少血液

乙：我就站在
　　昔日皇宫的对面
　　那金子一样的文明
　　有我的智慧，我的劳动
　　我的被掠夺的珠宝
　　以及太阳升起的时候
　　琉璃瓦下紫色的影子
　　——我苦难中的梦境
甲：在这里
　　我无数次地被出卖
　　我的头颅被砍去

身上还留着锁链的痕迹
我就这样地被埋葬
生命在死亡中成为东方的秘密
乙：但是
　　罪恶终究会被清算
　　罪行终将会被公开
　　当死亡不可避免的时候
　　流出的血液也不会凝固
甲：当祖国的土地上只有呻吟
　　真理的声音才更响亮
　　既然希望不会灭绝
　　既然太阳每天从东方升起
　　真理就把诅咒没有完成的
　　留给了枪
乙：革命把用血浸透的旗帜
　　留给风，留给自由的空气
　　那么
　　斗争就是我的主题
合：我把我的诗和我的生命
　　献给了纪念碑

（修订于2010年7月7日）

诵读导航

　　江河（1949—），原名于友泽，1949年生于北京，1988年旅居美国。1980年在《上海文学》发表处女作《星星变奏曲》，有诗集《从这里开始》《太阳和他的反光》等，是新时期朦胧诗的代表诗人之一。与顾城、北岛、舒婷和杨炼一起并称为五大朦胧诗人。《纪念碑》是江河的代表作，发表于1980年第10期《诗刊》，荣获1979—1980年全国中青年诗人优秀诗歌奖。这首诗，朦胧而不晦涩，含蓄并不诡异；立意高远，抒写大气，意象奇伟，境界超拔，并有深入历史、深入灵魂的沧桑、豪迈之感，艺术手法也臻至完美，节奏明快、铿锵有韵，是朦胧诗的代表之作。在表现手法上，主要采取象征、暗示或隐喻的修辞手法，将"纪念碑"与"中华民族""人民"与"我"同一化、个性化，借以抒发豪情，激励人生。

我喜欢出发　汪国真

甲：我喜欢出发。

　　凡是到达了的地方，都属于昨天。哪怕那山再青，那水再秀，那风再温柔。

乙：太深的流连便成了一种羁绊，绊住的不仅有双脚，还有未来。

丙：怎么能不喜欢出发？没有见过大山的巍峨，真是遗憾；

甲：见了大山的巍峨没见过大海的浩瀚，仍然遗憾；

乙：见了大海的浩瀚没见过大漠的广袤，依旧遗憾；

丙：见了大漠的广袤没见过森林的神秘，还是遗憾。

合：世界上有不绝的风景，我有不老的心情。

甲：我自然知道，大山有坎坷，大海有浪涛，大漠有风沙，森林有猛兽。即便这样，我依然喜欢。

乙：打破生活的平静是另一番景致，一种属于年轻的景致。真庆幸，我还没有老。

合：即便真老了又怎样，不是有句话叫老当益壮吗？

丙：于是，我还想从大山那里学习深刻，我还想从大海那里学习勇敢，我还想从大漠那里学习沉着，我还想从森林那里学习机敏。

合：我想学着品味一种缤纷的人生。

甲：人能走多远？这话不是要问两脚而是要问志向；

乙：人能攀多高？这事不是要问双手而是要问意志。

丙：于是，我想用青春的热血给自己树起一个高远的目标。

合：不仅是为了争取一种光荣，更是为了追求一种境界。

甲：目标实现了，便是光荣；

乙：目标实现不了，人生也会因这一路风雨跋涉变得丰富而充实；

丙：在我看来，这就是不虚此生。

合：是的，我喜欢出发，愿你也喜欢。

诵读导航

　　《我喜欢出发》是汪国真所写的一篇富有哲理的励志短文。它抛开了人们习惯的视角，把目光投向了结果之初——出发。立足"出发"，其实就是借给了我们一双观察世界的独特慧眼，在立意上给人新颖的快感。文章采用了提出论点—论证论点—总结论点的结构，思路清晰，通俗易懂。语言上也颇有特色，文章运用了大量的排比铺陈，增强了文章的说服力。使文章在气势磅礴、层层递进中，得出了相应的结论，使我们对为什么要出发有了更形象更深刻的理解。从汪国真的喜欢出发，我们感受到一种探险，触摸到了一颗年轻的心，体会到一种柔情，终于明白比路更远的只能是人的脚和那颗永远追求完美的心灵。

祖国，我的母亲　逸野

男：沿着黄河之岸，
　　我赤脚踩着黄土，
　　一步一步地寻找，
　　寻找传说中的脚印。

女：五千年的冲击，
　　五千年的积淀，
　　五千年的风雨岁月，
　　五千年的壮烈豪情！

男：重重的，
　　在这片神奇的黄土地上
　　发出东方的呐喊；

女：轻轻的，
　　用最清亮最深情的调子，
　　唱出泱泱古国的文明。

男：站在雪域高原，
　　我朝着太阳升起的方向，
　　一遍又一遍地追问，
　　追问女娲补天的内蕴。

女：从黑云密布到朗朗乾坤，
　　从漫漫长夜到一片光明，
　　我们越过高山大海，
　　我们劈开杂草荆棘，
　　我们用身躯托起大山的脊梁，
　　我们用鲜血换来万象更新！

男：当一个声音回荡天际，
　　当五星红旗在天安门广场猎猎飘扬，

合：啊，祖国，
　　你是我沸腾的血脉；
　　你是我激荡的心灵！

女：循着万里长江，
　　我怀一腔赤子痴情，
　　一次又一次地探究，
　　探究真理的深奥和纯净。

男：有过坎坷，有过彷徨；
　　有过挫折，有过飘零。
　　任它潮起潮落，
　　自有天地胸襟！

女：什么是博大和深邃？
　　什么是情操和品行？

男：什么是高尚和卑下？
　　什么是信念和信心？
　　看大浪淘沙，百舸争流，
　　听锣鼓喧天，战马嘶鸣！

合：啊，祖国，
　　我愿意是您怀抱中的孩子，
　　即使千年万年，
　　永不变心！

诵读导航

　　逸野（1962—），本名高小莉，祖籍广东省揭西县。中国作家协会会员，一级作家，广东省作家协会文学院专业作家，中国网络朗诵奠基人之一。20世纪80年代开始发表作品，主要著作有长篇小说《热血热泪热土》《瞬间柔情》《永远的漂泊》《天劫》等，朗诵文体散文集《野白菊》《轻轻叩响你的心扉》《快乐行走》《那些沧海桑田的事》等。逸野，名字最早出现于2001年的互联网，自2002年发表第一篇朗诵散文《放不下的是你》，至今已创作了几百篇朗诵散文、诗歌，结集出版了朗诵散文集《野白菊》《轻轻叩响你的心扉》《快乐行走》《那些沧海桑田的事》等，朗诵光盘《野白菊》《高小莉作品朗诵会》《风之诵》等，创下了专业作家网络朗诵作品之最。朗诵文体的特点有别于传统的散文诗歌，充分考虑诵读二度创作的需要，语言朗朗上口，更加生活化、口语化，质朴、唯美、情真意切，有场景化、画面感，主题清晰，情感脉络分明，能够一下子抓住人心，引发共鸣。《祖国，我的母亲》一诗通过对中华民族历史进程的追寻与探究，讴歌了中华民族灿烂悠久的历史文明，表达了对中华民族、特别是新中国的一片赤子之心和无比的自豪感。排比句式和对偶句式的运用增强了语气，能更充分、更准确地表达豪迈之情和一片赤诚之心。

示例7：诵读《中国根》

中國根

中国根　于炼

甲：你把生命铸成厚重和坚强，
　　向地层深处生长；
　　你让血脉编织成阳光，
　　世世代代直射东方。

乙：你婉拒蓝色的海洋，
　　选择这片黄土地种植理想；
　　你伸出坚实的手掌，
　　领着一个倔强的民族走出忧伤。

合：啊，中国根，
　　你不仅深埋于岁月与沧桑，
　　而且更伸展出魅力和希望。

甲：你的出生选择了远古和荒凉，
　　你的成长伴随着苦乐和忧伤。

乙：曾几时，
　　我的泪水默流成长江，
　　对你的炽爱源远流长。

甲：曾几时，
　　我咬破深秋的葡萄，
　　踏进寒霜品嚼你的悲壮。

乙：我咏颂你唐诗宋词里的华章，
　　学会了什么是如梦的幻想；
　　我在四大发明的余晖中徜徉，
　　懂得了什么是智慧的光芒；

甲：我踏着方块字，
　　穿越五千个春夏秋冬，
　　寻找你的激扬；
　　我捧着古琵琶，
　　抖落三千年日月风尘，
　　把风流弹响。

乙：我从屈原的行吟中，
　　听到了你不息的铿锵；
　　我从愚公的坚毅里，
　　感受到你移山的力量。

甲：你沿着佛祖的枝藤生长着善良，
　　你用《朱子家训》的神采，
　　笑出了父亲般的慈祥。

乙：我终能从你盘根错节的思绪中，
　　领悟一个民族的辉煌；

终能看清你
黑发里飘荡出的无限风光；
终能感受你
黑色眼睛里闪烁的刚毅和光芒。

甲：我深知，
　　你的庄严是长城弓起的脊梁；
　　我懂得，
　　你的奉献是黄河终生的流淌。

乙：夜晚，
　　你的智慧是一轮古老的月亮；
　　白天，
　　你的思想深邃成永恒的太阳。

甲：我吸吮你汗中的苦咸，
　　长成一株执着的仙人掌；
　　我吞食你抖落的尘砂，
　　发育成一副承重的肩膀。

乙：我寻找昔日的杜康，
　　让血液酒精般燃光，
　　我呼喊始祖炎黄，
　　让生命之树绿荫成行。

甲：你绵长绵长的目光
　　淌不尽如烟的哀伤，

你粗糙的手掌，
举起一个又一个希望。

乙：你低哑的哼唱
　　飘起一阵阵稻香，
　　把历史和文化一天天喂养。

甲：你的脸上
　　流淌着两岸相思的泪光；
　　你的根脉
　　连结着祖国统一的向往。

乙：我的深情，
　　总随你的变迁而浮荡；
　　我的祝福，
　　总沿着你的根须献给黄色的东方。

合：我深知，
　　你把生命铸成厚重和坚强，
　　顽强地
　　向地层深处生长，
　　啊！中国根
　　永恒的中国根！

诵读导航

　　于炼（1962—），山东即墨人。现为全国政协委员、中国城市发展研究院院长、中国城建集团公司董事长。出版了《回望中滚落的清纯》《三套车》《圣洁的玫瑰花》等诗集，引起诗界震撼。中国文联主席孙家正称赞于炼作品为"中国文坛一道独特的风景。""诗歌是他生命的属性和本源，是流淌在血管里的血液，是精神家园的追求与归宿"。其诗，简洁而不简单，有深意而不深奥。《中国根》是诗人于炼的一首获奖作品，以讴歌祖国、弘扬东方文化为主调，对中华文化之根寄予无限深情。2012年6月16日，随着"神舟九号"宇宙飞船的成功发射，第一首用中国文字创作的诗歌也同时首次被带进了太空，并附言"我的太空朋友啊，请关注地球的东方，中国对宇宙的炽爱源远流长——谨以小诗献给你们"。于炼也成为诗作进入太空的第一位中国诗人。

一个人老了　西川

甲：一个人老了，在目光和谈吐之间，
　　在黄瓜和茶叶之间，
　　像烟上升，像水下降。黑暗迫近。
乙：在黑暗之间，白了头发，脱了牙齿。
　　像旧时代的一段逸闻，
　　像戏曲中的一个配角。一个人老了。

甲：秋天的大幕沉重的落下！？
　　露水是凉的。音乐一意孤行。
乙：他看到落伍的大雁、熄灭的火、
　　庸才、静止的机器、未完成的画像，
　　当青年恋人们走远，一个人老了，
　　飞鸟转移了视线。

甲：他有了足够的经验评判善恶，
　　但是机会在减少，像沙子
　　滑下宽大的指缝，而门在闭合。
乙：一个青年活在他身体之中；
　　他说话是灵魂附体，
　　他抓住的行人是稻草。

甲：有人造屋，有人绣花，有人下赌。
　　生命的大风吹出世界的精神，

唯有老年人能看出这其中的摧毁。
乙：一个人老了，徘徊于
　　昔日的大街。偶尔停步，
　　便有落叶飘来，要将他遮盖。

甲：更多的声音挤进耳朵，
　　像他整个身躯将挤进一只小木盒；
　　那是一系列游戏的结束：
　　藏起成功，藏起失败。
乙：在房梁上，在树洞里，他已藏好
　　张张纸条，写满爱情和痛苦。

甲：要他收获已不可能
乙：要他脱身已不可能

乙：一个人老了，重返童年时光
　　然后像动物一样死亡。
合：他的骨头
　　已足够坚硬，撑得起历史
　　让后人把不属于他的箴言刻上。

诵读导航

　　西川（1963—），原名刘军，1985年毕业于北京大学，曾是北大三诗人之一，现执教于北京中央美术学院人文学院。西川自80年代起即投身于全国性的青年诗歌运动。曾创办民间诗歌刊物《倾向》（1988—1991），参与过《现代汉诗》的编辑工作。其创作和诗歌理念在当代中国诗歌界影响广泛。出版的诗文集有《隐秘的汇合》《虚构的家谱》《西川诗选》《大意如此》《深浅》等。抒情短诗《一个人老了》作于20世纪90年代初，是作者创作风格转型期的作品，表达出作者对于存在与生命本质的思考。形式上，这首诗对仗工整，同时，错落有致的结构和整齐的对仗交互，使整首诗歌洋溢着和谐的韵律美。诗歌通过对老年心境变化的形象化描写表达出作者对于生命成熟、老去的历程的认识。整首诗并没有情感的大波澜起伏和喷发，却在沉静而深刻的抒情中传达出作者对于"老去"的哲思，这种思考闪耀着智慧的光芒，也启发我们思考生命的本质。

示例9：诵读《致大海》

致大海

致大海　【俄】普希金

甲：再见吧，自由奔放的大海！
　　这是你最后一次在我的眼前，
　　翻滚着蔚蓝色的波浪，
　　和闪耀着娇美的容光。

乙：好像是朋友忧郁的怨诉，
　　好像是他在临别时的呼唤，
　　我最后一次在倾听
　　你悲哀的喧响，你召唤的喧响。

甲：你是我心灵的愿望之所在呀！
　　我时常沿着你的岸旁，
　　一个人静悄悄地，茫然地徘徊，
　　还因为那个隐秘的愿望而苦恼心伤！

乙：我多么热爱你的回音，
　　热爱你阴沉的声调，你的深渊的音响，
　　还有那黄昏时分的寂静，
　　和那反复无常的激情！

甲：渔夫们的温顺的风帆，
　　靠了你的任性的保护，
　　在波涛之间勇敢地飞航；
　　但当你汹涌起来而无法控制时，
　　大群的船只就会覆亡。

乙：我曾想永远地离开
　　你这寂寞和静止不动的海岸，
　　怀着狂欢之情祝贺你，
　　并任我的诗歌顺着你的波涛奔向远方，
　　但是我却未能如愿以偿！

甲：你等待着，你召唤着……而我却被束缚住；
　　我的心灵的挣扎完全归于枉然：
　　我被一种强烈的热情所魅惑，
　　使我留在你的岸旁……

乙：有什么好怜惜呢？现在哪儿
　　才是我要奔向的无忧无虑的路径？
　　在你的荒漠之中，有一样东西
　　它曾使我的心灵为之震惊。

甲：那是一处峭岩，一座光荣的坟墓……
　　在那儿，沉浸在寒冷的睡梦中的，
　　是一些威严的回忆；
　　拿破仑就在那儿消亡。

乙：在那儿，他长眠在苦难之中。
　　而紧跟他之后，正像风暴的喧响一样，
　　另一个天才，又飞离我们而去，
　　他是我们思想上的另一个君主。

甲：为自由之神所悲泣着的歌者消失了，
　　他把自己的桂冠留在世上。
　　阴恶的天气喧腾起来吧，激荡起来吧：
　　哦，大海呀，是他曾经将你歌唱。

乙：你的形象反映在他的身上，
　　他是用你的精神塑造成长：

正像你一样，他威严、深远而深沉，
正像你一样，什么都不能使他屈服
投降。

甲：世界空虚了，大海呀，
你现在要把我带到什么地方？
人们的命运到处都是一样：
凡是有着幸福的地方，那儿早就有
人在守卫，
或许是开明的贤者，或许是暴虐的
君王。

乙：哦，再见吧，大海！
我永远不会忘记你庄严的容光，
我将长久地，长久地
倾听你在黄昏时分的轰响。

甲：我整个心灵充满了你，
我要把你的峭岩，你的海湾，

乙：你的闪光，你的阴影，还有絮语的
波浪，
带进森林，带到那静寂的

合：荒漠之乡。

　　普希金（1799—1837），是19世纪俄罗斯伟大的民族诗人，积极浪漫主义文学的杰出代表和批判现实主义文学的奠基人。他的文学创作在俄国解放运动中产生了十分重要的作用，在俄罗斯文学史上占有崇高的地位，被高尔基誉为"俄国文学的鼻祖"和"伟大的俄国人民诗人"。他的诗具有明快的哀歌式的忧郁、旋律般的美、高度的思想性和强烈的艺术感染力。《致大海》是一首反抗暴政，反对独裁，追求光明，讴歌自由的政治抒情诗。这首诗气势豪放、意境雄浑、思想深沉，是诗人作品中广为传诵的名篇。全诗通过海之恋、海之思、海之念的"三部曲"，表达了诗人反抗暴政，反对独裁，追求光明，讴歌自由的思想感情。诗人以大海为知音，以自由为旨归，以倾诉为形式，多角度多侧面描绘自己追求自由的心路历程。全诗感情凝重深沉而富于变化，格调雄浑奔放而激动人心。

示例10：诵读《致云雀》

致雲雀

致云雀　【英】雪莱

甲：祝你长生，欢快的精灵！
谁说你是只飞禽？
你从天庭，或它的近处，
倾泻你整个的心，
无须琢磨，便发出丰盛的乐音。

乙：你从大地一跃而起，
往上飞翔又飞翔，
有如一团火云，在蓝天
平展着你的翅膀，
你不歇地边唱边飞，边飞边唱。

诵读经典 第二版

206

丙：下沉的夕阳放出了
　　金色电闪的光明，
　　就在那明亮的云间
　　你浮游而又飞行，
　　像不具形的欢乐，刚刚开始途程。

甲：那淡紫色的黄昏
　　与你的翱翔融合，
　　好似在白日的天空中，
　　一颗明星沉没，
　　你虽不见，我却能听到你的欢乐。

乙：清晰，锐利，有如那晨星
　　射出了银辉千条，
　　虽然在清澈的晨曦中
　　它那明光逐渐缩小，
　　直缩到看不见，却还能依稀感到。

丙：整个大地和天空
　　都和你的歌共鸣，
　　有如在皎洁的夜晚，
　　从一片孤独的云，
　　月亮流出光华，光华溢满了天空。

合：我们不知道你是什么；
　　什么和你最相像？
　　从彩虹的云间滴雨，
　　那雨滴固然明亮，
　　但怎及得由你遗下的一片音响？

甲：好像是一个诗人居于
　　思想的明光中，
　　他昂首而歌，使人世
　　由冷漠而至感动，
　　感于他所唱的希望、忧惧和赞颂；

乙：好像是名门的少女
　　在高楼中独坐，
　　为了抒发缠绵的心情，
　　便在幽寂的一刻
　　以甜蜜的乐音充满她的绣阁；

丙：好像是金色的萤火虫，
　　在凝露的山谷里，
　　到处流散它轻盈的光
　　在花丛，在草地，
　　而花草却把它掩遮，毫不感激；

甲：好像一朵玫瑰幽蔽在
　　它自己的绿叶里，
　　阵阵的暖风前来凌犯，
　　而终于，它的香气
　　以过多的甜味使偷香者昏迷。

乙：无论是春日的急雨
　　向闪亮的草洒落，
　　或是雨敲得花儿苏醒，
　　凡是可以称得
　　鲜明而欢愉的乐音，怎及得你的歌？

丙：鸟也好，精灵也好，说吧：
　　什么是你的思绪？
　　我不曾听过对爱情
　　或对酒的赞誉，
　　迸出像你这样神圣的一串狂喜。

合：无论是凯旋的歌声
　　还是婚礼的合唱，
　　要是比起你的歌，就如
　　一切空洞的夸张，
　　呵，那里总感到有什么不如所望。

甲：是什么事物构成你的
　　快乐之歌的源泉？
乙：什么田野、波浪或山峰？
　　什么天空或平原？
丙：是对同辈的爱？还是对痛苦无感？

甲：有你这种清新的欢快
　　谁还会感到怠倦？
乙：苦闷的阴影从不曾
　　挨近你的跟前；
　　你在爱，但不知爱情能毁于饱满。

丙：无论是安睡，或是清醒，
　　对死亡这件事情
　　你定然比人想象得
　　更为真实而深沉，
　　不然，你的歌怎能流得如此晶莹？

合：我们总是前瞻和后顾，
　　对不在的事物憧憬；
　　我们最真心的笑也洋溢着
　　某种痛苦，对于我们
　　最能倾诉衷情的才是最甜的歌声。

甲：可是，假若我们摆脱了
　　憎恨、骄傲和恐惧；
合：假若我们生来原不会
　　流泪或者哭泣，
　　那我们又怎能感于你的欣喜？

乙：呵，对于诗人，你的歌艺
　　胜过一切的谐音
　　所形成的格律，也胜过
　　书本所给的教训，
合：你是那么富有，你藐视大地的生灵！

丙：只要把你熟知的欢欣
　　教一半与我歌唱，
　　从我的唇边就会流出
　　一种和谐的狂热，
合：那世人就将听我，像我听你一样。

（1820年查良铮　译）

诵读导航

　　珀西·比希·雪莱（Percy Bysshe Shelley，1792—1822），简称雪莱，英国著名浪漫主义诗人，1813年发表第一首长诗《麦布女王》，被认为是历史上最出色的英国诗人之一。恩格斯称他是"天才预言家"。代表作有长诗《解放了的普罗米修斯》及其不朽的名作《西风颂》。《致云雀》是1820年雪莱以云雀为媒介创作的一首振奋精神的诗歌，以其充满活力的明喻、隐喻，透过不停的设想使读者情绪振奋、高亢。本诗运用浪漫主义的手法，热情地赞颂了大自然的精灵——云雀。诗人运用比喻、类比、设问的方式，对云雀加以描绘，云雀成了欢乐、光明和美丽的象征。诗歌节奏短促、轻快、流畅、激昂，节与节之间，环环相扣，层层推进，极具艺术感染力。

参考文献

［1］汪佳敏编注. 千字文. 杭州：浙江古籍出版社，2013.

［2］喻岳衡主编. 周希陶编. 重订增广. 长沙：岳麓书社，1988.

［3］喻岳衡主编. 王应麟撰. 三字经. 长沙：岳麓书社，1991.

［4］程允升著. 幼学故事琼林. 天津：天津市古籍书店，1987.

［5］孔子. 论语. 南宁：广西民族出版社，1996.

［6］朱熹. 四书集注. 长沙：岳麓书社，1988.

［7］刘康德. 老子直解. 上海：复旦大学出版社，1999.

［8］周书德编著. 白话孙子兵法. 西安：三秦出版社，1991.

［9］杨伯峻译注. 孟子译注. 北京：中华书局，1960.

［10］姚汉荣. 庄子直解. 上海：复旦大学出版社，2000.

［11］唐圭璋主编. 唐宋词鉴赏辞典. 南京：江苏古籍出版社，1986.

［12］阙勋吾，等译注. 古文观止（言文对照）. 长沙：湖南人民出版社，1982.

［13］汪国真. 汪国真自选作品集. 成都：四川文艺出版社，1991.

［14］林可行. 诗歌经典鉴赏. 呼伦贝尔：内蒙古文化出版社，2007.

［15］张颂. 朗读学. 长沙：湖南教育出版社，1990.

［16］骆守中. 初中生必背古诗文. 西安：三秦出版社，2008.

［17］骆守中. 高中生必背古诗文. 西安：三秦出版社，2008.

［18］杨松丽. 普通话口语交际. 北京：北京邮电大学出版社，2008.

［19］中学语文课程教材研究开发中心. 白天的星星. 北京：人民教育出版社，2002.

［20］中学语文课程教材研究开发中心. 五月的麦地. 北京：人民教育出版社，2003.

后记

　　走进《诵读经典》，似拨一叶扁舟，文海拾贝；穿时空隧道，诗苑觅胜；访中外名家，聆先哲教诲。红尘之中，寻一方净土；喧嚣之外，偷一片宁静。品华章，诵佳作，浏览古今四季变迁，品味人生喜怒哀乐，感悟岁月沧桑凝重。忘情诵读，洗涤心灵残渍，褪去青涩浮华。诵读经典，让民族的精神在我们血脉中流淌；诵读经典，让华夏文化撑起我们人格的脊梁。

　　本书是根据国家对职业院校素质教育的有关要求和职业院校学生的心理特点而编写，目的在于丰富学生诵读的内容，拓展语文学习的领域，激发学生对诵读的兴趣，培养学生良好的阅读习惯，陶冶学生的道德情操。同时，倡导职业院校重视学生人文素质的培养，积淀校园文化底蕴，提升文化品位，营造"技能超群、书香满园"的和谐校园。

　　本书紧扣创新素质教育要求，具备以下特点：

　　1. 可读性。选文上，遵循"唯美"的原则，所选诗文语言、意境优美；同时注重通俗易懂、短小精练。让同学们便于诵读，在诵读中记忆，在诵读中理解，在诵读中感悟，在诵读中运用，在诵读中积累。

　　2. 针对性。根据职业院校学生的年龄特点和认知水平，分层次选文。有大家耳熟能详、易于诵读的作品；也有主旨深邃、诵读难度较大的作品。并充分考虑到学生在诵读中的实际需要，每篇诗文后附有"诵读导航"，指导学生诵读。

　　3. 教育性。选文还遵循"文以载道"的原则，所选诗文具有丰富的内涵，凸显爱国主义、传统美德和人文精神，是对中华民族优秀传统文化和世界优秀文化的弘扬。在诵读中，可激发读者的爱国情感和民族自豪感。

　　4.指导性。"诵读导航"及诵读示例，可以很好地指导学生诵读。

　　本书在全国机械职业教育教学指导委员会应用文化学科组的指导下，由全国多所职业院校的人文类学科骨干教师共同编写。由蒋祖国、张波任主编，吴凤莲、蒋玲、孙杰利、莫春敏、张凤玲任副主编，编写分工如下：第一篇由蒋祖国、张波、吴凤莲、闵江红编写；第二篇由蒋玲、张文林、孙杰利、黄欢成、罗施兵编写；第三篇由袁艳琴、廖善维、莫春敏、吴兴排、黄俏琳、丘菊编写；第四篇由张凤玲、沈民权、宋丽莉、严翊伽、张袁、黄芳云、苏菲、黄俊强、樊臻霖编写；第四篇诵读范例由沈豆子、吴国堃朗诵，蒋祖国负责统稿并撰写后记，张波撰写前言。

　　在本书的编写过程中，得到以下院校的大力支持，在此予以鸣谢：广西工业技师学院、四川工程职业技术学院、广西机电职业技术学院、河北机电职业技术学院、广西轻工技师学院、武汉仪表工业学校、嘉兴技师学院、新疆林业学校、贵州机械工业学校。

　　在编写过程中，我们参阅了大量的纸质文献资料和网络文献资料。除所列参考文献以外，还参考了其他文献资料，由于篇幅所限未能一一注明，特此说明，并向有关作者致以诚挚的谢意！

　　由于编者水平局限，书中难免有不当之处，恳请专家和广大读者提出宝贵意见。

2019年4月